BASTEI
LÜBBE

Von Jule Brand erschienen bei BASTEI-LÜBBE:

12531 Ein Single kommt selten allein
12563 Liebe im Nachfüllpack
12615 So angelt man sich einen Typ
12639 Drei Männer sind einer zuviel
12683 Herrchen gesucht
12711 Küsse niemals deinen Boss
12778 Herzattacken
12795 Sag nicht, ich hätte dich nicht gewarnt

Jule Brand

Lügen haben schöne Beine

BASTEI LÜBBE

BASTEI-LÜBBE-TASCHENBUCH
Band 12843

Originalausgabe

Printed in Germany, August 1998
Einbandgestaltung: Herrlich & Herrlich
Titelfoto: Mauritius
Satz: Textverarbeitung Garbe, Köln
Druck und Bindung: Ebner Ulm
ISBN 3-404-12843-5

»Träume nicht dein Leben –
lebe deine Träume!«

Meiner Lieblingshexe Momo zum Geburtstag

1

Der Tag, an dem ihre Tochter sie als das Au-pair-Mädchen der Familie ausgab, war auch der Tag, an dem Evi entdeckte, daß Charlie sie betrog.

Es war weder Freitag der dreizehnte, noch war ihr eine schwarze Katze über den Weg gelaufen. Sie hatte auch keinen Spiegel zerbrochen oder aus Versehen Salz verstreut und vergessen, sich etwas davon über die linke Schulter zu werfen. Nein, es war ein ganz normaler Tag, der sich nur darin von anderen Tagen unterschied, daß er mit einem Zahnarztbesuch anfing. Für andere Leute mochte diese Tatsache vielleicht schon einen Unglückstag ausmachen, aber wenn man so kräftige und gesunde Zähne wie Evi hatte, konnte man ganz lässig auf dem Zahnarztstuhl Platz nehmen und den Mund aufsperren.

»Ein Gebiß wie ein junges Mädchen.«

»Isch bin ein jungesch Mäschen«, versuchte Evi zu sagen, was nicht gerade einfach war mit all dem Zahnarztgerät in ihrem Mund. »Isch hin erscht schechsundschwanschig.«

»Ach ja, das stimmt«, erwiderte Doktor Ullmann mit einem merkwürdigen Seufzer. »Das kann man bei Ihnen schon mal vergessen. Trotzdem, in dem Alter haben andere wenigstens schon ein paar Kronen. Bei Ihnen muß ich lediglich etwas Zahnstein entfernen.«

Evi schwieg leicht betroffen.

»Das kann man bei Ihnen schon mal vergessen« – was sollte das heißen? Daß sie so viel älter aussah, als sie war? Nein, das war nicht sehr wahrscheinlich. Der Kontrolleur heute morgen in der Straßenbahn hatte sie geduzt.

»Deinen Fahrausweis, Mädchen, und zwar zack, zack« – so was sagte man nicht zu jemandem, der so ganz allmählich auf die Dreißig zuging. Fannys neue Lehrerin auf dem Elternabend neulich hatte sie sogar für Fannys Schwester gehalten, was Fanny und ihr gleichermaßen peinlich gewesen war. Nein, Doktor Ullmanns Bemerkung hatte sich nicht auf ihr Aussehen bezogen, sondern auf ihre Tochter. Fanny war auch bei ihm in Behandlung, und sie hatte leider nicht die Zähne ihrer Mutter geerbt, sondern Charlies kariesanfälliges Gebiß. Außerdem aß sie viel zu viele Süßigkeiten. Evi seufzte mit offenem Mund. Sie konnte sagen, was sie wollte, Agnes, ihre Schwiegermutter, kaufte und verteilte den Kram trotzdem.

»Alle Kinder essen das«, pflegte sie zu sagen. »Du möchtest deine Tochter doch wohl nicht zu einem Außenseiter erziehen! Außerdem schadet es nicht, wenn man sich gründlich die Zähne putzt.«

Ganz sicher hatte Doktor Ullmann mit seiner Bemerkung über Evis Alter auf Fanny angespielt. Sechsundzwanzigjährige Frauen haben eben recht selten zehnjährige Töchter. Doktor Ullmanns eigene Tochter war, wenn sie sich recht erinnerte, ein paar Klassen über ihr gewesen und studierte, wie der stolze Vater öfter erwähnte, immer noch Jura. Sie mußte sich weder mit Tochter und Mann noch mit Schwiegermutter und einer Villa am Stadtrand herumplagen, sondern konnte das angeblich so süße Studentinnenleben genießen.

Obwohl – herumplagen war wirklich nicht das richtige Wort.

Ich plage mich ja nicht, dachte Evi, wirklich nicht. Ich schaue eigentlich nur zu. Mein ganzes Leben lang schaue ich zu. Sogar mir selber.

Das Geräusch des rotierenden Was-auch-immer in ihrem Mund verstummte.

»Fertig«, sagte Doktor Ullmann.

Evi setzte sich erleichtert auf. Mit einem Lächeln renkte sie ihren Kiefer wieder ein.

»Danke«, sagte sie.

»Nichts zu danken«, wehrte Doktor Ullmann glatt ab. Seinen Dank bekam er schon noch, wenn die vergangene Viertelstunde mit einer saftigen Rechnung beglichen würde. »Und grüßen Sie Ihre Familie.«

Evi nickte. Ihre Familie, das waren Fanny, ihr Mann Charlie, und wahrscheinlich auch noch Agnes, der Doktor Ullmann die schönsten dritten Zähne verpaßt hatte, die man sich denken konnte. Mehr Familie besaß Evi nicht. Keine Eltern, keine Großeltern, keine Geschwister. Die Eltern waren bei einem Autounfall ums Leben gekommen, als sie vier Jahre alt gewesen war. Evi konnte sich nicht mal mehr an sie erinnern. Sie war bei den Eltern ihrer Mutter aufgewachsen, die aber nun auch beide nicht mehr lebten. Es gab wohl einen Onkel irgendwo in Norddeutschland, aber den hatte sie noch nie in ihrem Leben gesehen, daher zählte er nicht als Familie.

Vor der Praxis sah Evi auf ihre Armbanduhr. Erst halb elf; der ganze Tag lag noch vor ihr. Es war März, ein ungewöhnlich warmer, sonniger Tag; und ohne groß darüber nachzudenken, schlenderte sie auf die gegenüberliegende Straßenseite. Dort war ein kleiner Park angelegt worden, mehr ein großer Garten, in dessen Mitte ein uralter Kastanienbaum stand und sich ein kleiner, gesondert eingezäunter Spielplatz befand. Evi schritt kräftig aus und hatte den Park in weniger als zwei Minuten umrundet. Aus sportlicher Sicht war das kein besonders befriedigendes Erlebnis, aber es war schön, die Sonne auf der Haut zu spüren und ins Grüne zu schauen. Sie setzte sich auf eine freie Bank und blickte zum Spielplatz hinüber. Am Rande des Sandkastens saßen drei junge Frauen und unterhielten sich lebhaft, während der buntgekleidete Nachwuchs im Sand Kuchen buk und Löcher grub.

Evi dachte ein wenig neidisch, daß sie so etwas nie getan hatte: mit Freundinnen in der Sonne sitzen, sich das Neueste vom Tage erzählen und dabei zuschauen, wie die Kinder miteinander spielen. Das lag wohl in erster Linie daran, daß Evis Freundinnen mit dem Abitur beschäftigt waren, als Fanny so klein war wie die Sandkastenkinder dort. Genaugenommen waren es zu diesem Zeitpunkt auch schon nicht mehr ihre Freundinnen gewesen. Sie hatten Evi vorher schlicht vergessen, von einem Tag auf den anderen hatte sie einfach nicht mehr dazugehört.

Evi konnte es ihnen nicht verübeln. Sie waren alle mehr oder weniger gleich gewesen, waren zusammen im Schulbus gefahren und hatten sich über Jungs, doofe

Lehrer und Mathehausaufgaben unterhalten, bis Evi ein unübersehbares Problem in Form eines immer runderen Bauches bekam, mit dem sie vollkommen aus dem Rahmen fiel. Und schließlich war da dieses kleine, schreiende Bündel gewesen, das so viel wichtiger war als Jungs und Mathehausaufgaben. Spätestens von diesem Augenblick an mußte Evi den anderen Mädchen vorgekommen sein wie ein Wesen von einem anderen Stern, und zwar eins, das eine ansteckende Krankheit mitgebracht hatte.

Sie strich sich nachdenklich eine Haarsträhne hinters Ohr. Wie ihr Leben wohl verlaufen wäre, wenn Charlie und sie damals besser aufgepaßt hätten? Wenn sie die Kondome nicht nur gekauft, sondern auch benutzt hätten? Besser? Schlechter? Aufregender? Auf jeden Fall anders, dachte Evi. Ganz und gar anders.

Ein älterer Herr ließ sich schnaufend neben ihr auf der Bank nieder. Er betrachtete sie verdrießlich und nieste dann zweimal so laut und prustend, daß sie daraus schloß, daß er die Bank lieber für sich alleine hätte. Und weil sie ein äußerst konfliktscheuer Mensch war, erhob sie sich und wanderte ziellos ein Stückchen weiter.

Eine der Mütter auf dem Kinderspielplatz erzählte etwas, das die anderen beiden zum Lachen brachte, und Evi lächelte unwillkürlich mit. Das Lächeln kam wie ein Reflex. Wenn sie längere Zeit ernste oder wenig freundliche Gedanken hegte, bekam sie automatisch ein schlechtes Gewissen. Das war Erziehungssache.

»Schlechte Laune ist eine Beleidigung für den lieben Gott«, hatte ihre Oma immer gesagt, und genau daran mußte Evi jetzt denken. Selbst, wenn Gott ihrer Ansicht nach nicht so kleinlich war und wegen einer mürrischen Miene gleich schmollte, gab es ja überhaupt keinen Grund für ihre melancholische Stimmung und derart philosophisch-deprimierte Lebensbetrachtungen. Schließlich gab es zweifellos weitaus schlechtere Existenzen als ihre. Sie hatte keinerlei finanzielle Sorgen, im Gegenteil: Sie konnte sich alles leisten, was man für Geld kaufen konnte. Sie hatte eine gesunde Tochter – wenn man von den kariösen Zähnen mal absah – und einen Mann, den sie noch mehr liebte als vor elf Jahren. Wenn das kein gutes Leben war, was dann?

Gut, Fanny war unerträglich launisch und abweisend, aber das schob Evi auf ihre eigene nachlässige Erziehung und auf die beginnende Pubertät; und daß Charlie in den letzten Monaten kaum Zeit für sie gehabt hatte und zunehmend schlechter Laune war, konnte an seinem Engagement für den Job liegen. Und natürlich an diesem Interesse, das er neuerdings für die Politik entwickelt hatte.

Diese Mißstimmungen würden vorübergehen, genau wie dieses eigenartige Gefühl, das sich ihrer seit Wochen bemächtigt hatte. Ein Gefühl von Leere und Langeweile, das sie sich nicht erklären konnte.

»So, als ob ich völlig überflüssig wäre«, hatte sie unlängst ihrer Freundin Margitta anvertraut.

Margitta, die als Journalistin bevorzugt psychologische Themen behandelte, hatte gemeint, das käme daher, daß Evi keinerlei Aufgaben im Leben habe.

»Deine Tochter braucht dich nicht mehr, den Haushalt erledigt deine wunderbare Schwiegermutter, und einen Job hast du ja leider auch nicht. Genau genommen nicht mal eine Ausbildung. Kein Wunder, daß du dich überflüssig fühlst.«

»Das geht schon wieder vorüber«, hatte Evi hoffnungsvoll gesagt, aber da hatte Margitta den Kopf geschüttelt.

»Erst, wenn du was änderst!«

Evi überlegte, ob sie wohl recht hatte. Wenn ja, würde es wohl nicht reichen, das Programm der Volkshochschule zu studieren und sich für *Französisch für Fortgeschrittene* anzumelden. Aber was dann? Mit sechsundzwanzig ein Studium beginnen, nur um sich und anderen zu beweisen, daß sie's durchaus draufhatte? Eine Ausbildungsstelle suchen, oder überhaupt irgendeine Arbeit? Evi seufzte. Mal ganz ehrlich – nicht nur, daß ich mir selber überhaupt nichts zutraue –, ich weiß nicht mal, was ich eigentlich will.

Mein altes Problem, dachte Evi. Ich träume immer so vor mich hin. Völlig realitätsfern. Vielleicht ist es doch besser, auf Charlie zu hören. Charlie hatte in letzter Zeit öfter von einem zweiten Kind gesprochen. Möglicherweise sollten sie das wirklich in Angriff nehmen. Evi hätte wieder etwas zu tun, Fanny würde lernen, Verantwortung zu übernehmen und zu teilen, und das Gefühl von Langeweile würde garantiert verfliegen.

Evi seufzte, ohne es zu merken. Sie verspürte wenig Lust, schon wieder nach Hause zu fahren. Dort waren um diese Zeit nur Agnes, ihre Schwiegermutter, und deren langjährige Putzfrau, Frau Dreifuß. Frau Dreifuß kam jeden Morgen um acht Uhr und wienerte unter Agnes' Anleitung die zweihundertachtzig Quadratmeter Wohnfläche spiegelblank.

»Tod allen Bakterien und Mikroorganismen«, lautete Frau Dreifuß' Motto, und Evi pflegte dort nur im Weg herumzustehen, immer in Gefahr, einfach weggeputzt zu werden wie eine besonders gigantische Riesenamöbe.

»Frau Dreifuß und ich sind ein eingespieltes Team«, hatte Agnes ihr schon vor Jahren erklärt, wenn sie ihre Hilfe angeboten hatte. »Besser du machst einen kleinen Spaziergang.«

»Ich könnte einkaufen oder mich anderweitig nützlich machen«, hatte Evi anfangs öfter vorgeschlagen, aber auch davon hatte Agnes nichts wissen wollen.

»Nein, das erledige ich nachher; es wäre zu kompliziert, es dir zu erklären. Warum gehst du nicht eine Runde schwimmen? Sport würde dir guttun.«

Schwimmen oder ein Besuch beim Friseur – das waren die beiden Alternativen, die Agnes immer parat hatte, wenn es darum ging, eine Beschäftigung für Evi zu finden. Und Evi war sogar auf den Geschmack gekommen. Das Schwimmbad lag im Keller und der langgestreckte Raum war tatsächlich ihr absoluter Lieblingsplatz im Haus geworden. Ein Ort wie aus einem Märchen aus *Tausendundeiner Nacht*, obwohl er im Keller lag und kein Tageslicht eindringen konnte. Die Decken waren zu einer Art künstlichem Gewölbe rundgeputzt, in welchem dezent und beinahe unsichtbar die Halogenspots untergebracht waren, ein bißchen wie Sterne am Himmelszelt. Wände und Böden waren mit Marmor und Mosaiken belegt. Das Becken selber war mit einer Unterwasserbeleuchtung ausgestattet, die geheimnisvolle, sich bewegende Kringel und Muster an die weißverputzte Decke warf. Das Wasser war mit vierundzwanzig Grad angenehm warm und das Becken für ein privates Hallenbad recht geräumig, nämlich fünf mal dreizehn Meter. Dazu gehörte eine Sauna und eine Art Duschlandschaft mit Schwall- und Massageduschen, kaltem Tauchbecken und einem kleinen Whirlpool. Der ganze Raum war zeitlos schön und denkbar luxuriös. Evi hielt sich hier mehrere Stunden täglich auf, außer montags. Da pflegte der Mann vom Reinigungsdienst zu kommen, der den Raum putzte und desinfizierte, die Filteranlage überprüfte und das Wasser frisch chlorte.

Agnes schwamm jeden Morgen vor sieben Uhr ihre tausend Meter. Das war ihr disziplinierter Start in jeden neuen Tag ihres Lebens. Fanny haßte Wasser, das kälter als 37° Celsius war, und weigerte sich, auch nur einen Fuß hineinzutunken. Und Charlie behauptete, aus Zeitmangel nicht dazu zu kommen, das Schwimmbad zu nutzen. In Wahrheit war er nur zu faul und für sein Alter ziemlich schlapp, fand Evi, vielleicht sogar eine Spur übergewichtig. Allerdings stand ihm sogar dieser zusätzliche Hüftring ganz gut. Sie mußte wieder lächeln. Auch wenn er sich noch einmal zehn Kilo drauffräße, würde das nichts an seiner atemberaubenden Attraktivität ändern.

So schwamm Evi dann also meistens aus erwähnten Gründen einsam und alleine ihre Bahnen, lockerte ihre Muskeln anschließend im Whirlpool und träumte dabei mit offenen Augen vor sich hin. Manchmal stellte sie sich vor, jemand, ein wildfremder Mensch, würde sie dabei beobachten, wie sie ihren Tag vertrödelte, und sie stellte sich vor, was er wohl sagen würde. Ohne Zweifel würde er sagen, sie wisse gar nicht zu schätzen, wie gut sie es doch habe. Und ihre schlechte Laune sei nicht nur eine Beleidigung für den lieben Gott, sondern für alle, denen es nicht so gut ging wie ihr.

Allein um das Haus mußten sie doch alle beneiden. Es lag mitten im schönsten Wohngebiet der Stadt, ruhig gelegen und dennoch nur ein paar hundert Meter von der Straßenbahn entfernt. Nur zwei Stationen weiter, und man war schon mitten in der Innenstadt. Es war Agnes' Haus, Charlies Elternhaus, eine Villa im Stil des ausgehenden neunzehnten Jahrhunderts, gebaut in den Sechzigerjahren des zwanzigsten Jahrhunderts. Schneeweiß, mit vielen nostalgischen Schnörkeln von außen, hell, großzügig und sehr modern von innen. Evi konnte nicht umhin, Agnes dafür zu bewundern, daß sie ein solches Haus in einer Zeit gebaut hatte, als alle Welt weitläufige Bungalows, wie man sie aus alten Doris-Day-Filmen kannte, für schick gehalten hatte.

❦

Als Evi an diesem denkwürdigen Tag aus der Straßenbahn stieg und die lange, mit alten Platanen bewachsene Allee hinaufschlenderte, an dessen Ende ihr Zuhause lag, mußte sie wieder einmal die vollkommene Schönheit des Hauses bewundern. Selbst nach diesem langen Winter, in all seiner laublosen Kargheit, wirkte der Garten perfekt. Agnes hatte ihn von einem Landschaftsarchitekten anlegen lassen und ein ganzes Gärtnergeschwader zur Pflege angestellt. Auch im Winter tauchten regelmäßig ein oder mehrere Gärtner auf, die

Unkraut entfernten, Rosen anhäufelten und frische Blumenzwiebeln einsetzten. Jetzt, Anfang März, waren Schneeglöckchen und Krokusse schon verblüht. In der Hecke leuchteten aber noch gelb die Forsythien. Osterglocken, Narzissen, Anemonen und Hyazinthen hatten bereits Knospen angesetzt. Aus Erfahrung wußte Evi, daß sie in ein paar Wochen einen farblich perfekt aufeinander abgestimmten Blütenteppich bilden würden, vor dem die Leute auf der Straße bewundernd stehenbleiben würden. Jetzt schon wurden die beiden Magnolienbäume bewundert, die links und rechts der Kieseinfahrt ihre riesigen, schmetterlingsähnlichen Blüten entfaltet hatten und ihren orchideenähnlichen Duft bis ans andere Ende der Straße verströmten.

Mein Zuhause, dachte Evi. Seit zehn Jahren. Warum fühle ich mich nur immer noch wie ein Besucher? Wie ein Gast in einem Hotel?

Ein kleiner, weißer Lieferwagen fuhr an ihr vorbei durch die weit geöffneten, verschnörkelten Eisentore der Einfahrt, in deren Mitte die vergoldete Hausnummer *34* prangte.

Ameise-Feinkostservice – Exquisite Büfetts direkt zu Ihnen nach Hause, stand auf dem Lieferwagen, und Evi fuhr der Schreck in die Magengegend.

Das hatte sie ja vollkommen vergessen! Heute abend war Charlies großer Abend. Die Creme de la Creme der Stadt würde bei ihnen zu Gast sein, und der Bürgermeister persönlich würde Charlie als neues, vielversprechendes Mitglied der Partei vorstellen. Charlie, pardon, Carl Bennemann, jüngster Unternehmer der Stadt, mit knapp dreißig Jahren alleiniger Herrscher über sechshundert Arbeitsplätze und sechzig Millionen Mark Jahresumsatz.

Bennemann Instant GmbH, der drittgrößte Hersteller von Instant-Zitronentee, Kakaopulver und Vitamintabletten der Nation, war ein alter Familienbetrieb. Agnes besaß fünfzig Prozent der Eigneranteile, Charlie die anderen fünfzig. Er war seit zwei Jahren der alleinige Geschäftsführer, und Geschäftsführer war nach Bundeskanzler so ziemlich der lukrativste Posten, den man als Neueinsteiger so gleich nach Beendigung des Studiums antreten konnte. Allen Unkenrufen, die sich in erster Linie auf seine Jugend und Unerfahrenheit bezogen hatten, zum Trotz hatte Charlie das Unternehmen nicht in den Ruin gesteuert, sondern geradewegs in ein neues, goldenes Zeitalter. Er hatte einen kleinen Hersteller für exquisite Babynahrung geschluckt und damit ganz neue Marktanteile erobert. Vierzig neue Arbeitsplätze waren entstanden und sowohl Umsatz als auch Gewinn heftig gesteigert worden.

Ja, ja, die Stadt konnte wirklich stolz auf Charlie sein. Zumal er jetzt sogar noch in der Politik mitmischen würde, weswegen ihm diese Party heute abend wirklich viel bedeutete.

Und da hatte Evi das große Ereignis einfach vergessen. Wie konnte sie nur!

»Evelyn, mein Schatz, da bist du ja.« Agnes, die den weißbejackten Männern von »Ameise-Feinkost« die Türe geöffnet hatte, nickte ihr zu. »Hat etwas länger gedauert bei Doktor Ullmann, nicht wahr?«

»Schöne Grüße soll ich bestellen«, erwiderte Evi ausweichend.

»Wie nett.« Agnes sah wie immer tadellos aus. Sie trug ein blaßrosa Kostüm, das ihre schöngeformten Knie freiließ, Seidenstrümpfe, denen man die Qualität schon von weitem ansah, und schweren Goldschmuck ums Handgelenk. Der Gesamtwert von Agnes Bennemann – ohne die biologisch abbaubaren Teile und gewissermaßen als Second-hand-Angebot – betrug locker fünfzehntausend Mark. Und das, dachte Evi, war erst ihre »Arbeitskluft«. Für den Abend würde Agnes sich noch einmal um hundert Prozent steigern.

Bewundernd beobachtete sie, mit welch souveränen Gesten und freundlich-bestimmtem Lächeln ihre Schwiegermutter die »Ameise«-Männer betreff des Abends instruierte, so als stünde irgendwo ein unsichtbarer Fotograf der »Madame«, der eine Reportage zum Thema »Die perfekte Dame – es gibt sie doch« ausarbeitete. Agnes geriet auch nicht aus der Ruhe, als das Telefon schellte und Frau Dreifuß zeitgleich auf der obersten Treppenstufe einen Eimer mit Putzwasser umstieß und in lautes Gejammer ausbrach.

»Oje, wenn der Essig auf den Marmorboden kommt, dann haben wir aber die Kacke am Dampfen«, schrillte sie und versuchte hektisch, dem Wasserfall mit ihrem Lappen Einhalt zu gebieten.

Evi staunte. »Die Kacke am Dampfen« paßte aber gar nicht zu Frau Dreifuß, die sich sonst immer so um eine vornehme Ausdrucksweise bemühte. Der Essig schien eine echte Bedrohung für den marmornen Fußboden darzustellen.

Aber Agnes brachte die Situation unter Kontrolle. Mit ruhiger Stimme brachte »die perfekte Dame – es gibt sie doch« die Dreifuß dazu, mit dem wirkungslosen Gezeter aufzuhören und statt dessen mehr Aufnehmer herbeizuholen. Gleichzeitig bedeutete sie den »Ameise«-Männern pantomimisch aber unmißverständlich, ein Weilchen Platz zu nehmen, und nahm den Telefonhörer auf.

»Bennemann? Oh, hallo meine Liebe. Ja, wir stekken mitten in den Vorbereitungen für Charlies großen Abend, aber du störst nicht.«

Mit der freien Hand und einem liebenswürdigen Lächeln auf den Lippen wedelte Agnes Evi fort, die immer noch in der Haustüre stand. Niemand sonst hätte es geschafft, ein solches Handwedeln freundlich wirken zu lassen. Es hieß ja auch nichts anderes als: »Du stehst hier nur im Weg rum, such dir doch bitte eine Beschäftigung.«

Evi kannte dieses Wedeln sehr gut. Sie nahm es Agnes nicht übel, daß sie sie überall und jederzeit fortwedelte – sie war ja in der Tat keine große Hilfe. Zu keinem Zeitpunkt ihres Zusammenlebens in der Villa hatte es je zur Debatte gestanden, wer hier im Haus das Sagen hatte. Es war schließlich Agnes' Haus, und auch wenn Evi die Frau ihres Sohnes war, hatte sie bei Agnes nichts zu melden.

Evi hatte es auch nie wirklich versucht. Anfangs vielleicht, als sie zum Beispiel zaghafte Versuche gemacht hatte, das Kochen zu lernen.

»Das ist nichts für dich«, hatte Agnes ihre Ausflüge in die geheiligte, selbstverständlich Tag und Nacht bakterienreine Küche kategorisch abgetan. »Dafür braucht man das gewisse Feeling.«

Das »gewisse Feeling« billigte sich Agnes fairerweise nicht mal selber zu. Sie verließ sich da vielmehr auf den Feinkostservice und gute Restaurants. Beim Kochen, fand sie, richtete man ein verhältnismäßig großes Chaos an, um ein verhältnismäßig kleines Ergebnis zu erzielen, was dann auch noch in kürzester Zeit gegessen wurde. Evi, die nichts dagegen gehabt hätte, das angerichtete Chaos auch wieder zu beseitigen, mußte feststellen, daß Kochen keinen Spaß macht, wenn man nicht auch Leute hat, die die Speisen anschließend gerne aufessen. Fannys Gaumen war schon sehr früh von exquisiter Babykost auf exquisite Drei-Sterne-Feinkost programmiert worden, und bevor sie etwas in den Mund schob, fragte sie grundsätzlich, wer es gekocht hatte. Und wenn es ein geringerer war als ein Drei-Sterne-Koch, dann verschmähte sie es, eine Eigenart, die Agnes als liebenswerte Versnobtheit bezeichnete und Charlie als treffsicheren Instinkt. Nur Evi fand es reichlich überzogen, zweifelte aber wie üblich an ihrer eigenen Meinung, weil sie damit – auch wie üblich – ganz alleine dastand.

Charlie selber hatte Tränen gelacht, als er das erste Mal Evis selbstgebackenen Kuchen probierte. »Das ist wohl mehr ein Fall für den Komposthaufen«, waren die Worte gewesen, die seine junge Frau ein für allemal von der Idee abgebracht hatten, eine gute Köchin werden zu wollen. Auch wenn sie heute noch fest davon überzeugt war, daß es wenigstens Spaß machen würde. Aber, es war halt nichts für sie gewesen.

»Das ist nichts für dich«, war, statistisch betrachtet, der Satz, den Agnes am häufigsten an ihre Schwiegertochter richtete. Ob er sich nun auf die Betreuung der kleinen Fanny, Gartenarbeit – auch so eine Tätigkeit, von der Evi gedacht hatte, sie würde ihr Spaß machen – oder nur das Tragen von Latzhosen oder Modeschmuck bezog, Agnes schien ganz genau zu wissen, was gut für Evi war.

Friseurbesuche und Schwimmen, dachte Evi jetzt auf dem Weg nach oben. Wenn es nach Agnes ging, würde ich den ganzen Tag nur schwimmen. Dann wäre ich ununterbrochen aus den Füßen.

Vorsichtig erklomm sie die nassen Stufen, ohne sich um Frau Dreifuß' vorwurfsvolles Gezeter zu kümmern. »Jetzt tragen Sie den Essig auch noch oben überall herum! Der Velour verträgt nur Spezialreiniger, das wissen Sie doch!«

»Ich ziehe meine Schuhe aus«, entgegnete Evi sanft und ließ ihren Worten gleich die Tat folgen. Auf Socken verschwand sie aus Frau Dreifuß' Sichtweite.

Ihre Laune besserte sich sogleich, als ihr aus Fannys Zimmer helles Kinderlachen entgegenklang. Natürlich, die Schule war längst aus, und Fanny hatte eine neue Freundin mitbringen wollen. Das hatte sie heute morgen beim Frühstück erzählt. Nicht an Evi gewandt, sondern an Agnes, wie meistens, aber Evi hatte sich dennoch den Namen gemerkt. Es war ein Doppelname, wie ihn die meisten von Fannys Freundinnen hatten.

Evi klopfte an die halboffene Tür. Zwei neunjährige Mädchen saßen auf Fannys Schreibtisch und baumelten mit den Beinen. Eins hatte dunkle Locken und große blaue Augen, das andere war blond, glatthaarig und trug eine kleine Nickelbrille aus Schildpatt auf der Nase.

Evi lächelte. »Hallo«, sagte sie zu dem blonden Mädchen. »Du bist sicher die Anna-Lena, Fannys neue Freundin.«

Die Kleine warf den Kopf in den Nacken. »Ob wir wirklich Freundinnen werden, weiß ich noch nicht«, sagte sie ernsthaft.

»Oh«, machte Evi, halb verblüfft, halb amüsiert. »Willst du Fanny erst testen?«

»Du störst«, mischte sich ihre Tochter ein. »Das geht dich gar nichts an.«

»Ich gehe schon.« Evi biß sich auf die Lippen. So war Fanny in letzter Zeit immer. Die Pubertät konnte nicht mehr lange auf sich warten lassen. »Dann spielt mal schön weiter.«

»Spielen!« schnaubte Fanny verächtlich. »Wir *unterhalten* uns.«

»Ach so«, sagte Evi und zog die Türe hinter sich ins Schloß.

»War das deine Schwester?« hörte sie Anna-Lena fragen.

Evi mußte grinsen. Soviel zum Thema »alt aussehen«. Allerdings verging ihr das Grinsen genauso schnell wie es gekommen war.

»Ach was. Das war bloß unser Au-pair-Mädchen«, tönte Fannys Stimme aus dem Zimmer.

Evis Knie gaben vorübergehend nach. Was sagte Fanny denn da?

»Die ist aber hübsch«, sagte Anna-Lena. »Unsere Au-pairs sind immer potthäßlich und sprechen kein Wort deutsch. Meine Mutter sagt, sie seien ja schließlich nicht zum Angucken da, sondern zum Arbeiten. Und dafür, daß ich und mein Bruder die Sprache lernen. Unser letztes Au-pair kam aus Finnland. Weißt du, was gute Nacht auf finnisch heißt?«

Nein, dachte Evi, aber das will ich auch gar nicht wissen. Auf Zehenspitzen schlich sie in ihres und Charlies Schlafzimmer und ließ sich dort aufs Bett fallen.

Was hatte das wohl zu bedeuten, wenn einen die eigene Tochter als das Au-pair-Mädchen ausgab? Auf jeden Fall, daß sie als Mutter komplett versagt hatte. Konnte es sein, daß Fanny sich für ihre Mutter schämte? Warum?

Evi warf einen Blick in den Spiegel an der gegenüberliegenden Wand und unterzog ihr Abbild einer kritischen Musterung. Sie trug Jeans – unübersehbar Markenjeans – und einen Seidenpullover mit V-Ausschnitt in wollweiß, einer Farbe, mit der man laut Agnes nichts falsch machen konnte. Ihre dunkelbraunen Haare waren alle in einer Länge auf Kinnhöhe abgeschnitten, erst letzte Woche hatte der Friseur den exakten Haarschnitt erneuert. Die Haare glänzten und wirkten dank der leichten Naturwelle, die sie Fanny vererbt hatte, so voluminös wie frisch geföont. Auch an ihrem Gesicht war nichts auszusetzen, keine zerlaufene Mascara, keine Warze, keine dicken Pickel, kein Höcker auf der Nase. Die Haut war vom Spaziergang leicht rosig angehaucht, die dichten Wimpern dezent mit Wimperntusche betont, ansonsten trug sie kein Make-up, obwohl Agnes sie immer wieder ermutigte, doch etwas großzügiger damit umzugehen. Evi hielt ihr Gesicht zwar für nichtssagend, aber letztendlich doch für unbestreitbar makellos. Weder Mund noch Nase noch Augen, fand sie, fielen irgendwie aus dem Rahmen. Und auch sonst – sie musterte ihre Fingernägel, nein, die waren sauber, kurzgefeilt, tadellos –, kurz, es gab nichts, das Fanny an ihrem Aussehen auszusetzen haben konnte.

Es mußte schon etwas anderes sein, für das sie sich so schämte, daß sie diesem Mädchen gegenüber nicht zugeben wollte, daß sie ihre Mutter war.

Möglicherweise, dachte Evi, möglicherweise schämt sie sich ja, weil ich noch so jung bin. Vielleicht ist es ihr peinlich, daß sie geboren wurde, als ich noch minderjährig war.

Tatsache war, daß die anderen Mütter zehn Jahre und mehr älter waren. Weil sie ihre Kinder in allerletzter Minute vor der Menopause oder gar mit Hilfe künstlicher Befruchtung bekommen hatten, dachte Evi in einem Anfall seltener Boshaftigkeit. Fanny ging auf eine dieser »Elite«-Schulen, die Agnes für angemessen hielt. Hier waren die Kinder aber nicht etwa wegen ihrer Begabung zur Elite zu zählen. Ausschlaggebend war vielmehr das Einkommen ihrer Eltern. Es gab nur Ärzte-, Anwalts- und Unternehmersöhne und -töchter, so als gäbe es bei der Schulbehörde, die die Aufnahme bewilligte, eine unsichtbare Gehaltsgrenze für Eltern, die auf keinen Fall unterschritten werden durfte. Sicher galt es in diesen Kreisen als äußerst unfein und proletisch, ein Kind zu bekommen, ehe man oder vielmehr frau nicht einen Studienabschluß und eine mindestens zwei Jahre dauernde Karriere vorweisen konnte. Evi hatte nichts dergleichen vorzuweisen, sie hatte nur das Abitur, auf einer Abendschule nachgemacht, als Fanny vier Jahre alt war.

Sie schüttelte den Kopf und wischte sich die Tränen von der Wange, die sich unbemerkt aus ihren Augen gestohlen hatte. Eliteschule hin, Eliteschule her, es ging nicht an, daß Fanny sich für sie schämte. Sie würde mit ihr reden müssen, und zwar möglichst bald.

Ein Blick auf den funkgesteuerten Radiowecker neben dem Bett sagte ihr, daß sie noch einige Stunden Zeit hatte, bis sie sich für den Empfang zurechtmachen mußte. Agnes, Frau Dreifuß und die Männer vom Ameise-Feinkostservice hatten dort unten alles unter Kontrolle – womit sollte sie also die Zeit herumbringen? Gedankenverloren griff sie nach dem Buch, das sie gerade las, eines von denen, die Agnes ihr empfohlen hatte.

»Reich-Ranicki hat es sehr gelobt«, hatte sie gesagt. »Meine Freundinnen sind auch alle begeistert.«

Evi hatte damit angefangen, aber bisher nicht so recht Gefallen daran gefunden. Auch jetzt verspürte sie keine Lust, weiterzulesen. Vielleicht sollte sie lieber ein, zwei Stunden in ihrer geliebten Schwimmhalle verschwinden.

Ja, das war wohl das Beste. In der Frauenzeitschrift, die im Wartezimmer des Zahnarztes gelegen hatte, hatte gestanden, daß Sport Endorphine, sogenannte Glückshormone, freisetzte, und Evi fand, daß sie davon dringend ein paar gebrauchen konnte. Was sie nicht wußte, war, daß auch die konzentrierten Glückshormone sie nicht vor dem bewahren konnten, was ihr noch bevorstand.

2

Als Charlie an diesem Abend nach Hause kam, war er wieder einmal rundum zufrieden mit seinem Leben. Die Vorstandssitzung heute war ganz in seinem Sinne abgelaufen, danach hatte er seiner Geliebten einen kurzen, aber äußerst ergiebigen Besuch abgestattet, und jetzt lag sein Haus weiß, prächtig und wunderbar gepflegt vor ihm im Schein der Abendsonne.

»Charlie Bennemann, du bist ein richtiges Sonntagskind«, sagte er zu sich selber. »Besser kann das Leben doch gar nicht mehr werden.«

Drinnen warteten Mutter, Frau und Tochter auf ihn, den angehimmelten Mittelpunkt des Haushalts, und heute abend wurden illustre Gäste erwartet, die alle sehr stolz darauf waren, ihn einen Freund nennen zu können.

Bevor sich die Tür öffnete, sah Charlie sein Spiegelbild im Fensterglas und strich sich durch das dichte kurzgeschnittene Haar. Das Schicksal hatte ihn nicht nur mit Reichtum, Erfolg und Glück gesegnet, sondern auch noch mit blendendem Aussehen und robuster Gesundheit. Er war groß und breitschultrig, gehörte zu den Männern, die zumindest im angezogenen Zustand immer aussehen, als ob sie den ganzen Tag an der frischen Luft Sport trieben, egal wie lange er in verräucherten Sitzungssälen herumhing. Er hatte zwar keine guten, aber äußerst schön stehende und schneeweiße Zähne, die sein gewinnendes Lächeln noch gewinnender machten, blaue, leicht schräg geschnittene Augen und ein energisches, breites Kinn. Er hatte eine kleine Sehschwäche, so daß er beim Lesen eine Brille tragen mußte, die ihm aber sehr gut stand. Ohne Brille hatte er einen etwas verschwommenen Blick, den vor allem die Frauen erotisch fanden.

Die Frauen, dachte Charlie, während er sein Spiegelbild anlächelte, würden wohl auch auf ihn fliegen, wenn er weniger reich wäre.

»Papa!« Seine Tochter Fanny öffnete ihm die Türe, äußerlich ein genaues Ebenbild ihrer Mutter. »Die vom Feinkostservice haben irgendeinen asiatischen Kaviar geliefert statt russischen. Agnes ist stinksauer.«

Charlie hing seinen hellgrauen Wollmantel an die Garderobe. »Mach dir mal keine Sorgen, Kleines. Es ist nicht sehr wahrscheinlich, daß man den Unterschied schmeckt.«

»Agnes sagt aber, sie sieht nicht ein, daß sie den vollen Preis bezahlt. Papa, weißt du was? Anna-Lena hat ein eigenes Pferd und ein kleines Pony. Darf ich nicht auch eins?«

»Haben«, ergänzte Charlie automatisch. »Hilfsverben dürfen nicht alleine stehen.«

»Darf ich ein Pferd? Haben?«

»Darüber reden wir ein anderes Mal«, seufzte Charlie. »Du weißt doch, daß Agnes gegen Haustiere ist. Ich hatte als Kind auch keins.«

»Ein Pferd würde ja nicht im Haus wohnen«, erklärte Fanny fachkundig. »Wir würden eine Koppel irgendwo außerhalb kaufen oder pachten, mit einem kleinen Stall drauf. So hat Anna-Lena das auch gemacht.«

Charlie lächelte zu ihr hinab. »Ein anderes Mal, Fanny-Spätzchen, ja? Du weißt, heute ist ein wichtiger Tag für mich.«

»Ist gut, Papa.« Fanny sprang bereitwillig die Treppe hinauf. »Ein anderes Mal drüber reden« hieß immerhin nicht »auf gar keinen Fall und Ende der Diskussion«. Wenn es ihr gelänge, ihren Vater für ihre Idee zu gewinnen, mußte nur noch Agnes überzeugt werden. Und da das Pferd und dessen Pflege ihre Großmutter ja gar nicht betreffen würden, standen die Chancen gut, daß sie zustimmte. Fanny war sehr zufrieden mit ihrem ersten Vorstoß in Sachen Pferd. Was ihre Mutter dazu zu sagen hatte, spielte keine Rolle.

Die hat hier sowieso nichts zu entscheiden, dachte Fanny. Bei gar nichts.

Sie mußte an die Geschichte mit der Katze vor zwei Jahren denken. Damals hatte die Nachbarin kleine Kätzchen zu verschenken gehabt, die eine zugelaufene Katze in ihrer Garage bekommen hatte, und Evi hätte gern eins davon genommen. Die Kätzchen waren süß gewesen, so klein und verspielt. Fanny war ziemlich oft mit Evi dorthin gegangen, um sie anzuschauen. Auch sie hätte nichts dagegen gehabt, eins der Kleinen zu nehmen. Aber Agnes war überhaupt nicht damit einverstanden gewesen, und weil das hier ihr Haus war, hatten sie eben keine Katze bekommen.

Heute war Fanny ganz froh darüber, die Katzen waren ja nicht mal irgendwelche Rassekatzen gewesen, und Pferde waren sowieso besser. Aber damals war sie sauer auf ihre Mutter gewesen. Evi hatte nicht mal versucht, sich gegen Agnes' Verbot zu wehren.

Auch jetzt schürzte Fanny darüber verächtlich die Lippen. Ihre Mutter konnte sich eben nicht durchsetzen, kein bißchen. Dabei war das doch gar nicht so schwer. Wenn man etwas haben wollte, gab es verschiedene Mittel und Wege, es zu bekommen. Nur allein zu sagen, daß man etwas gerne hätte, reichte nicht aus, egal, wie freundlich man das auch tat. Fanny war da aus anderem Holz geschnitzt. Diplomatie und Hartnäckigkeit führen zum Ziel, das wußte sie schon im zarten Alter von zehn Jahren, und sie war fest davon überzeugt, daß das mit dem Pferd klappen würde, und zwar noch in diesem Sommer, bevor sie aufs Gymnasium kam.

❦

»Hallo, Agnes.« Charlie küßte seine Mutter auf beide Wangen. »Es ist alles schon wunderbar vorbereitet, wie ich sehe. Du bist eine Klassefrau.«

»Der Kaviar«, seufzte Agnes.

»Ich weiß, Fanny hat es mir schon erzählt. Aber es ist wirklich dumm, sich deshalb Sorgen zu machen. Wo ist denn Evi?«

»Vor einiger Zeit sah ich sie ins Schwimmbad gehen.« Agnes sah auf die Uhr. »Nun, zwei Stunden haben wir ja noch Zeit. Charlie, hast du eigentlich eine kleine Rede vorbereitet? Ich denke, das meiste werden die anderen reden, der Bürgermeister und der Vorsitzende, aber ein paar Worte mußt du sicher auch sagen.«

Charlie zuckte lässig mit den Schultern und schenkte seiner Mutter ein unbekümmertes Jungenlächeln. Im vergangenen Jahr hatte er ein sündhaft teures Rhetoriktraining absolviert. Er hatte gelernt, Reden aus dem Stegreif zu halten, mit den Händen unterstützende Bewegungen zu machen und das Publikum mit Pausen an den richtigen Stellen bei der Stange zu halten. Der Kommunikationstrainer hatte Charlie gar nicht oft genug sagen können, daß er ihn für ein echtes Talent hielte.

»Sie haben Persönlichkeit«, hatte er gesagt. »Charisma wie die ganz Großen. Wie ein John F. Kennedy.«

Damit hatte er Charlie nichts Neues gesagt. Charlie wußte, wie er auf Menschen wirkte, und da er beruflich mit seinen dreißig Jahren schon ziemlich viel erreicht hatte, war er auf die Idee gekommen, in der örtlichen Politik mitzumischen. Spätere Karriere auf Bundesebene nicht ausgeschlossen. »Herr Minister Bennemann« klang doch gut. Oder noch besser: Bundeskanzler Bennemann. Warum nicht?

»Keine Angst, ich bin vorbereitet«, sagte er jetzt zu seiner Mutter. »Ich habe mir sogar Stichworte gemacht, neulich im Flieger. Gleich wenn ich mich umgezogen habe, suche ich danach.«

»Ach, mein Junge«, seufzte Agnes stolz. »Wenn das dein Vater erleben könnte.«

Charlie sagte nichts dazu. Er bezweifelte, daß sein Vater besonders stolz auf ihn gewesen wäre. Schließlich hatte er nachweislich die Oppositionspartei gewählt und mit Spenden unterstützt. Aber der Vater war tot, und dieser Abend gehörte den Lebendigen.

Während er die Treppe hinaufschritt, überlegte Charlie, wo er das Manuskript hingelegt hatte, auf dem die Stichworte für die Rede aufgeschrieben waren. Er machte einen Schlenker in sein Arbeitszimmer, schaute dort in dem Stapel Papiere nach, die er seit Wochen abheften wollte, aber bevor er sie durchgesehen hatte, fiel ihm ein, daß er das Manuskript möglicherweise im Nachtschränkchen neben seinem Bett liegen hatte. Damit er es jederzeit zur Hand hätte, falls ihm mitten in der Nacht noch eine gute Idee käme.

Das Schlafzimmer war leer, Evi offenbar immer noch im Schwimmbad. Die Rede lag, wie er es sich gedacht hatte, in der obersten Schublade des Nachtschränkchens, neben einer Schachtel Kondome, die Charlie leicht abgelenkt in die Hand nahm. Fünf von zehn Kondomen waren noch drin, und er konnte sich definitiv erinnern, die Schachtel in der Adventszeit gekauft zu haben. Man konnte sich also buchstäblich an einer Hand ausrechnen, daß Evi und er seit Dezember erst fünfmal miteinander geschlafen hatten. Charlie rechnete automatisch weiter. Er kam auf einen Wochendurchschnitt von null Komma vier. Weniger als ein halbes Mal Sex in der Woche, das lag sicher weit unter dem Bundesdurchschnitt. Dabei war seine Evi wirklich eine ganz Süße, und er hatte immer Lust auf sie. Null-Komma-vier-mal – so selten war ihm das gar nicht vorgekommen.

Er mußte grinsen. Klar, er selber kam ja auch auf eine deutlich höhere Sexfrequenz, wenn er die außerehelichen Kontakte dazuzählte. Na ja, was sollte es! Evi hatte sich bisher jedenfalls noch nicht beschwert.

Er nahm die Papiere heraus und schob die Schublade wieder zu.

Mal sehen, was er heute abend so alles sagen wollte. Charlie kniff seine Augen zusammen. Verdammt, er konnte nicht mal seine eigene Schrift ohne Brille lesen! Automatisch griff er in seine rechte Innentasche, wo gewöhnlich das Brillenetui zu finden war. Aber nicht jetzt.

»Verdammt«, sagte er laut und suchte in den anderen Taschen nach. Keine Brille. Fluchend stiefelte er wieder die Treppe hinab. Aber die Brille fand sich weder im Mantel noch im Auto noch im Aktenkoffer. Sie war schlicht verschwunden. Als er wieder im Haus war, fiel ihm auch ein, wo er sie hatte liegen lassen.

»So ein Mist«, sagte er laut, nahm zwei Stufen auf einmal wieder hinauf ins Obergeschoß und nahm den Hörer des Telefons ab, das auf seinem Nachttisch stand.

Da er ein ausgezeichnetes Zahlengedächtnis besaß, kannte er die sechsstellige Nummer auswendig, aber sie war ganz offiziell im Telefon eingespeichert. Wieder mußte er grinsen. Wenn Evi das wüßte!

Am anderen Ende der Leitung wurde der Hörer abgehoben.

»Ich bin's, Charlie.« Er ließ sich rücklings auf seine Hälfte des Ehebettes fallen. »Nur ganz kurz, Zuckerschneckchen, aber ich fürchte, ich habe meine Brille vorhin bei dir vergessen. Oh, du hast sie schon gefunden, das ist gut …«

❦

Evi hatte ein ausgiebiges Schwimmprogramm und einen Saunagang mit anschließender Whirlpoolsitzung absolviert und dabei die Zeit vollkommen vergessen. Es war lange nach sechs, als sie auf die Uhr schaute, und das bedeutete, daß sie sich mit dem Frisieren, Ankleiden und Fanny-zu-Bett-bringen beeilen mußte. Obwohl Fanny ja schon lange nicht mehr von ihr ins Bett gebracht werden wollte und dieses Ritual daher in Windeseile abgewickelt wurde. Früher, da hatte Evi Fanny Geschichten vorgelesen, gesungen oder »von früher« erzählt. Aber das fand Fanny inzwischen alles kindisch und doof. Also durfte Evi jetzt kaum mehr als »Gute Nacht« sagen.

Sie duschte noch einmal kalt, damit sich auch die allerletzte Pore zusammenzog, wickelte sich in ihren Bademantel und schlüpfte auf leisen Sohlen die Treppe hinauf.

Jetzt bloß nicht Agnes über den Weg laufen, die sicher schon perfekt gestylt ist und letzte Hand an das perfekt gestylte Büfett legt, dachte sie, und das Glück war ihr hold. Sie durchquerte die Diele, ohne jemandem zu begegnen. Frau Dreifuß war nach Hause gegangen, und die jungen Leute, die nachher kellnern würden, waren noch nicht da. Durch das kleine Fenster neben der Haustür sah sie aber, daß Charlies Auto schon in der Einfahrt stand. Charlie war soeben dabei, etwas aus dem Kofferraum zu holen.

Schnell huschte Evi weiter, die Treppe hinauf, ins Schlafzimmer und von da in die Ankleide, einen recht großen fensterlosen Raum, der rundherum mit verspiegelten Einbauschränken versehen war. Hier entledigte sie sich ihres Bademantels und sucht in Windeseile die Unterwäsche zusammen. Charlie sollte nicht den Eindruck bekommen, als habe sie die Abendveranstaltung vergessen. Außerdem liebte er es, sie in Unterwäsche zu sehen. Er kam dann immer gleich in Stimmung, und Evi fiel ein, daß das letzte Mal schon einige Wochen zurück lag. Warum eigentlich? Sie zuckte mit den Schultern. Irgend etwas war eben immer dazwischen gekommen.

Gerade als sie den BH auf dem Rücken schloß, hörte sie Charlie nebenan eintreten, sich auf's Bett werfen und den Telefonhörer abnehmen.

Wunderbar, dachte Evi, er kann mir gleich sagen, was ich anziehen soll. Ich habe keine Ahnung, ob das kleine Schwarze angemessen ist oder eher ein Kostüm. Oder gar das große Schwarze, große Blaue oder große Grüne? Sie hatte die Qual der Wahl. Ihre Abendkleider nahmen allein anderthalb Meter des Ankleidezimmers in Anspruch. Wie gut, daß sie Charlie hatte, um sich in diesem Chaos zurechtzufinden.

Gerade wollte sie die Türe zum Schlafzimmer aufschieben, als sie Charlies Stimme hörte.

»Ich bin's, Charlie. Nur ganz kurz, Zuckerschneckchen …«

Zuckerschneckchen! Evi erstarrte zu Stein.

»… ich habe meine Brille vorhin bei dir vergessen«, fuhr Charlie fort, und jedes Wort war wie ein Messerstich in Evis Herz.

»Nein, nein, nein«, flüsterte sie. Das durfte einfach nicht wahr sein. Am liebsten hätte sie sich die Ohren zugehalten. Aber es half ja alles nichts. Nebenan telefonierte ihr geliebter Charlie mit einem Zuckerschneckchen. Und hatte sogar seine Brille bei ihr vergessen. Vorhin!!!

»Du mußt sie mir nachher bringen und unauffällig zustecken«, sagte Charlie und lachte. »Sonst bin ich blind wie ein Maulwurf und kann meine Stichworte nicht ablesen. In Ordnung? Ich muß Schluß machen, mich langsam mal duschen und umziehen. Ich rieche immer noch nach dir.«

Evi merkte, daß sie schon mehrere Sekunden das Atmen vergessen hatte, und holte tief Luft.

Und ein und aus.

Und ein und aus.

Erst als sie hörte, daß Charlie nebenan den Hörer auflegte und aufstand, kam das Leben in sie zurück. Sie mußte um jeden Preis vermeiden, daß er sie hier sah und daraus schloß, daß sie ihn belauscht hatte. Blitzschnell wich sie von der Tür zurück und flüchtete durch die zweite Tür ins Badezimmer. Mit zitternden Händen drückte sie Zahnpasta auf ihre Zahnbürste und begann sich die Zähne zu putzen. Sie hatte das Gefühl, die oszillierenden Borsten der elektrischen Zahnbürste würden sich kaum schneller drehen, als ihr Herz in ihrer Brust Purzelbäume schlug. Charlie, Zuckerschneckchen, Charlie, Zuckerschneckchen, Charlie Zuckerschneckchen – Evi war unfähig, einen anderen, einen klaren Gedanken zu fassen.

Hinter ihr ging die Badezimmertür auf, und Charlie stand auf der Schwelle. Evi mußte sich mit ihrer freien Hand am Waschbeckenrand festklammern.

»Hallo, mein Mäuschen«, sagte ihr untreuer Gatte fröhlich. »Ich dachte, du bist noch im Schwimmbad.«

Mäuschen, Zuckerschneckchen – es war doch gut, wenn man für jedes Betthäschen einen anderen Namen hatte, dachte Evi und schaffte es irgendwie, Charlie im Spiegel zuzulächeln. Mit der Zahnbürste im Mund konnte es fast als echtes Lächeln durchgehen.

Charlie entledigte sich seiner Klamotten. Sein Jakkett, das feine Oberhemd, die Anzughose und die Unterwäsche von Calvin Klein fielen achtlos auf die Fliesen.

Zum zweiten Mal heute, überlegte Evi verbittert. Vorhin erst hatte er bei seinem Zuckerschneckchen die Hüllen fallengelassen. Oh, Himmel, zwei winzige Minuten, in denen man zufällig ein Telefongespräch belauschte, und das ganze Leben sah anders aus.

»Wie war dein Tag?« fragte Charlie und drehte ihr seine nackte Kehrseite zu.

Evi nuschelte etwas Undeutliches in ihre Zahnpasta.

»Meiner auch«, sagte Charlie. »Die Vorstandssitzung lief hervorragend. Alle meine Vorlagen sind einstimmig angenommen worden. Alles in allem sehr fruchtbar.«

Er verschwand in der Dusche. »So wie es aussieht, werden wir die Hellberger Pralinétochter problemlos schlucken.« Das Wasser begann zu rauschen, Evi verstand nur noch Bruchstücke. »... in den Ruin gewirtschaftet ... Spottpreis ... auf Vordermann bringen ... bestes Geschäft seit Jahren ...«

»Toll«, sagte sie und sah sich selbst im Spiegel in die Augen. Für eine Frau, die soeben erfahren hatte, daß der Ehemann sie betrog, sah sie noch relativ gefaßt aus. Auch für eine Frau, deren Lebenssinn und -zweck soeben in der Dusche den Duft seiner Geliebten abspülte.

In ihrem Magen meldete sich ein stechender Schmerz. Sie legte unwillkürlich die Hand auf den flachen Bauch. Ja, diese Figur hatte sie ohne Zweifel Agnes zu verdanken und ihrem Rat, zu schwimmen und nichts als zu schwimmen, dachte sie. Sogar die Schwangerschaftsstreifen waren im Laufe der Jahre fast unsichtbar geworden. Aber genutzt hatte es ihr nichts. Zuckerschneckchen – und wer weiß wieviele davor!!! – hatten es Charlie wohl mehr angetan.

»Kannst du mir mal ein Handtuch reichen, Mäuschen?« tönte es aus der Dusche. Evi kam der Bitte mechanisch nach. Jetzt begann zusätzlich zu dem Schmerz im Magen etwas in ihrem Kopf wie wild zu hämmern.

Wäre schön, wenn ich einfach umfallen und sterben würde, dachte sie hoffnungsvoll.

Mit weichen Knien ging sie nach nebenan in das Ankleidezimmer. Sie griff sich ein enges Kleid von Dolce und Gabbana heraus, elastische Spitze über einem Unterkleid aus nachtblauer Seide, ein Kleid, das zugleich hochgeschlossen und offenherzig wirkte. Dazu zog sie, ohne groß nachzudenken, fleischfarbene Nylons und dunkelblaue Pumps an. Jetzt war es auch egal, ob sie passend gekleidet war oder nicht. Was konnte denn noch Schlimmeres passieren?

Die Frisur machte ihr daher auch nicht viel Kopfzerbrechen. Sie kämmte die noch feuchten Locken über Kopf glatt und fixierte sie mit etwas Glanzspray. Fertig.

Aus dem Badezimmer tönte Charlies elektrischer Rasierapparat. Evi holte tief Luft. Jetzt weiter im Text, nur nicht den Faden verlieren. Schmuck? Sie nahm ihre Schmuckschatulle aus der Schublade und warf einen prüfenden Blick in den Spiegel. Das Dekolleté schwelgte bereits in Spitze, und Ohrringe waren überflüssig, da die Ohren komplett von ihren Haaren bedeckt wurden. Blieben noch die Handgelenke und die Finger. Evi machte einen halbherzigen Versuch, den schmalen Ehering von ihrer rechten Hand zu ziehen, aber er ging nicht ab. Evi schauderte. Sie trug den Ring seit zehn Jahren, wahrscheinlich war er in dieser Zeit sozusagen mit ihr verwachsen. Sie würde den Finger abhacken müssen, um ihn loszuwerden.

Unvermittelt stiegen ihr die Tränen in die Augen. Sie schüttelte den Kopf, legte sich das Saphirarmband, das Charlie ihr zum – wievielten? – Hochzeitstag geschenkt hatte, ums Handgelenk und atmete mehrmals tief durch. Jetzt bloß nicht die Nerven verlieren! Der Schmerz in ihrem Magen und der Druck im Kopf waren schon schlimm genug.

Charlie kam nur mit einem Handtuch bekleidet und Wolken des Wohlgeruchs hinter sich herziehend aus dem Badezimmer.

»Wow, Mäuschen, das steht dir aber gut.« Im Vorbeigehen streichelte er ihre Wange.

Evi flüchtete ins Badezimmer. Vor dem leicht beschlagenen Spiegel versuchte sie, Make-up aufzulegen, was durch das Zittern ihrer Hände nicht gerade erleichtert wurde. Foundation, Puder, ein bißchen Rouge, statt Lidstrich – der würde allenfalls im Zickzackmuster gelingen – ein wenig von dem rauchblauen Lidschatten zart verwischen, zum Schluß dunkelblauer Mascara. Evi war beinahe stolz auf sich, daß sie so gut funktionierte. Wieder ein Kontrollblick in den Spiegel. Konnte sie so ihrer Konkurrentin gegenübertreten? Denn eins war ihr klar: Das Zuckerschneckchen würde nachher in jedem Fall anwesend sein. Sie sollte Charlie doch seine Brille überreichen. Unauffällig. Und genauso unauffällig würde Evi die beiden beobachten. Charlie und sein Zuckerschneckchen. Sie versuchte, sich die Gästeliste in Erinnerung zu rufen, aber die Einladungen hatte wie üblich Agnes übernommen, und Evi hatte ohnehin fast niemanden gekannt. Egal, die Brille würde sie jedenfalls verraten.

»Mäuschen?« Hinter ihr tauchte Charlie wieder auf, diesmal fast vollständig bekleidet. »Kannst du mir bitte die Manschettenknöpfe anlegen? Bei mir klappt das einfach nicht.«

Evi dreht sich zu ihm um und half ihm, die mit Diamanten besetzten Manschettenknöpfe zu schließen. Die Dinger waren ein Vermögen wert, ein typisches »Was-schenkt-man-einem-Mann-der-schon-alles-hat?«-Geschenk. Agnes hatte sie eigens für ihren Sohn anfertigen lassen, als Wertanlage sozusagen.

»Bist du aufgeregt?« erkundigte sich Charlie.

Sie und aufgeregt? Evi sah erstaunt zu ihm hoch. Das war doch nicht ihr großer Abend, sondern ganz alleine seiner.

»Ein bißchen«, sagte sie trotzdem. Es war immerhin eine Erklärung für ihre zitternden Hände.

»Mußt du aber nicht sein. Dein Charlie hat alles unter Kontrolle.«

O ja, schoß es Evi durch den Kopf. Daran zweifle ich keine Sekunde. Die Brille bei der Geliebten vergessen, na und? Für Charlie kein Problem. Die Geliebte war ja praktischerweise auch eingeladen und konnte ihm sein unentbehrliches Nasenvehikel einfach mitbringen. Unauffällig zustecken. Alles unter Kontrolle.

»Ich gehe Fanny gute Nacht sagen«, murmelte Evi. Sie brachte es nicht fertig, Charlie in die Augen zu sehen.

»Mach das. Hey, du siehst einfach klasse aus.«

»Danke«, sagte Evi schwach.

❦

Fanny saß noch an ihrem Schreibtisch und schrieb irgend etwas in ein liniertes Schulheft.

»Machst du noch Hausaufgaben?« erkundigte sich Evi. Wie immer, wenn sie ihre kleine Tochter sah, verspürte sie das Bedürfnis, sie in den Arm zu nehmen und die Nase in den duftenden Locken zu vergraben, so wie früher. Aber Fanny verbat sich diese Zärtlichkeiten schon seit längerem äußerst energisch.

»Was dagegen?« fragte sie jetzt über ihre Schulter.

»Nein, natürlich nicht«, sagte Evi leise. »Für welches Fach ist es denn?«

Fanny drehte sich zu ihr um. »Warum willst du das wissen?«

»Weil es mich interessiert.« Evi seufzte. »Aber wenn du's mir nicht sagen willst, laß es halt. Ich wollte dir nur gute Nacht sagen.«

»Nacht.«

»Hast du was gegessen? Agnes wollte dir einen Teller mit Köstlichkeiten vom Büfett abzweigen.«

»Nacht«, wiederholte Fanny mit ausdruckslosem Gesicht.

»Ach, Fanny.«

»Ich sagte gute Nacht. Du wolltest es auch tun, also tu's endlich.«

Evi seufzte noch einmal. »Gute Nacht, kleines Lokkenköpfchen«, sagte sie dann. »Ich hoffe, irgendwann bist du mal wieder besser drauf.«

Fanny sagte nichts mehr. Sie hatte sich schon wieder umgedreht und zu schreiben angefangen. Evi zog leise die Türe hinter sich zu. Zum zweiten Mal an diesem Tag wünschte sie sich, einfach tot umzufallen. Dann wären alle Probleme in diesem Haus auf einen Schlag gelöst. Fanny würde sie nicht vermissen, vermutlich im Gegenteil froh sein, sie loszuwerden. Agnes könnte aufatmen, endlich wäre niemand mehr da, den sie ständig ermahnen müßte, aus dem Weg zu gehen. Und Charlie würde frei sein. Frei für Zuckerschneckchen und andere Tierchen. Evi drückte mit Mühe den Kloß in ihrem Hals hinab in den Magen. Das fehlte jetzt noch, daß sie heulte und all diesen Leuten so derangiert unter die Augen treten müßte. All diesen Leuten und Charlies Geliebter.

Nein, jetzt mußte sie einfach stark sein. Sie war sich zwar nicht ganz im Klaren warum und für wen, aber auf keinen Fall wollte sie sich jetzt schon irgendeine Art der Blöße geben.

Morgen, dachte sie, morgen kann ich immer noch heulen. Oder von der Rheinbrücke springen. Oder Amok laufen. Alles, was ich will, solange ich es mir bis morgen aufspare.

Der Abend wurde – zumindest aus Agnes' und Charlies Sicht – ein voller Erfolg. Für Evi war es der bisher schrecklichste Abend ihres Lebens. Sie war unfähig, sich intelligent an Gesprächen zu beteiligen, sie hörte nicht mal, was man zu ihr sagte. Das einzige, was sie beschäftigte, war, geradezustehen, halbwegs freundlich zu lächeln und vor allem den Augenblick nicht zu verpassen, in welchem die Brille übergeben wurde.

Gleich zu Anfang kam ein ganzer Pulk Gäste, darunter jede Menge festlich gekleideter Frauen, und Evi fürchtete schon, die Brillenübergabe im allgemeinen Begrüßungstumult übersehen zu haben. Aber als Charlie neben sie trat und sie kurz an sich drückte, konnte sie fühlen, daß seine Innentasche immer noch leer war.

Sie wurde dem Bürgermeister und seiner Frau vorgestellt, schüttelte Hände, lächelte mechanisch und musterte die Frau gleichzeitig nur unter einem einzigen Gesichtspunkt. War sie's oder war sie's nicht? In Frage kam sie durchaus. Sie war die zweite Frau des Bürgermeisters – was mochte wohl mit der ersten geschehen sein? Abserviert, aufs Altenteil geschoben, gedemütigt, weil durch eine jüngere und schönere ersetzt, fragte sich Evi unwillkürlich – und höchstens Mitte dreißig, gutaussehend, charmant und als Lektorin bei einem angesehenen Verlag tätig.

Könnte also Charlies Typ sein, überlegte Evi. Die Dame trug allerdings ein hautenges Kleid und kein Handtäschchen – beim besten Willen nirgendwo ein Plätzchen, um eine Brille zu verstecken. Erleichtert lächelte sie die Frau des Bürgermeisters an. Die war's also schon mal nicht.

Aber dann vielleicht die Rothaarige da, die Charlie so strahlend anlächelte.

»Darf ich Ihnen meine Frau vorstellen? Evi, das ist …«

… Zuckerschneckchen? ergänzte Evi in Gedanken und schüttelte steif die dargebotene Hand.

»Freut mich sehr«, sagte die Rothaarige und strahlte auch Evi an. »Sie sind sicher sehr stolz auf Ihren Mann?«

Evi nickte zerstreut. Wo ging er denn wieder hin? Oh, da waren neue Gäste eingetroffen, die er begrüßen mußte. Zwischen all den fremden Gesichtern blickte ihr das vertraute Gesicht ihrer Freundin Margitta entgegen. Gott sei Dank! Evi war so froh wie nie, sie zu sehen und wollte zu ihr eilen, aber die Höflichkeit gebot es, die Rothaarige nicht einfach stehenzulassen. Und wer weiß, vielleicht hatte sie ja Charlies Brille in ihrer schwarzen Abendtasche versteckt …

»Was für eine schöne Tasche«, murmelte Evi mitten hinein in das belanglose Geplauder.

»Chanel«, erklärte die Rothaarige überflüssigerweise, denn das Markenlabel war unübersehbar in den überdimensionalen Verschluß eingearbeitet.

»Wirklich schön«, wiederholte Evi. »Wie sieht sie denn von innen aus?« Sie hielt gespannt die Luft an.

Die Rothaarige sah etwas irritiert aus.

»Ganz normal«, sagte sie jedoch bereitwillig und öffnete das Täschchen. »Sehen Sie, schwarzes Futter, nur ein kleines Innenfach.«

Und weit und breit keine Brille, konstatierte Evi, die das Gewirr aus Kreditkarten, Lippenstift und Puderdose mit Argusaugen durchforstet hatte.

»Sehr schön«, murmelte sie. Die Rothaarige war also nicht Charlies Geliebte, das machte sie doch gleich ein bißchen sympathischer. Evi lächelte sie an. Als neben ihnen ein Bekannter auftauchte und die Chanel-Taschenbesitzerin auf beide Wangen küßte, nutzte Evi die Gelegenheit, sich aus dem Staub zu machen. Sie hatte Charlie aus den Augen verloren, eine sträfliche Nachlässigkeit. In der Zwischenzeit hätte *alles* passieren können!

»Evi! Suchst du mich?« Das war Margitta, ihres Zeichens Redakteurin eines marktführenden Frauenmagazins – das war auch der Grund, warum Agnes sie auf die Gästeliste gesetzt hatte – und Evis einzige und beste Freundin.

Evi fiel ihr um den Hals. »Wie schön, daß du da bist. Ich brauche so dringend jemanden zum Reden.«

»Ist etwas passiert?«

»Das kann man wohl sagen«, seufzte Evi.

»Wir suchen uns ein ruhiges Plätzchen«, schlug Margitta vor. »Du siehst auch gar nicht gut aus.«

Aber ehe sie Evi am Arm in den Nebenraum führen konnte, wurden sie von Agnes abgefangen.

»Margitta, meine Liebe, wie schön, daß Sie gekommen sind. Ich finde ja immer, Ihre Zeitschrift sollte etwas mehr Gewicht auf politische Themen legen. Hätten Sie nicht mal Interesse, ein Porträt über Charlie zu machen?«

»Nun, wenn es thematisch einmal ins Blatt paßt, warum nicht?« entgegnete Margitta und sah zu Charlie hinüber. »Fotogen ist er ja.«

»Zweifellos«, bestätigte Agnes stolz.

Evi folgte ihren Blicken und ließ ein ersticktes Ächzen hören.

Das durfte doch wohl nicht wahr sein: Charlie trug wahrhaftig seine Brille!

»Ist dir nicht gut, Evelyn?« Agnes musterte ihre kreidebleiche Schwiegertochter eher gereizt als besorgt.

Evi antwortete nicht. Sie ließ die Augen abschätzend über die Menge gleiten. Aber es war ja zwecklos zu raten, wer ihm die Brille zugesteckt hatte; zu viele hatte er begrüßt, und sie hatte es versäumt, ihm dabei zuzusehen. Ihre Chance, das Zuckerschneckchen zu identifizieren, war damit vertan. Wie hatte sie nur so dumm sein können!

»Evi?« Margitta schüttelte sacht an ihrem Arm. »Alles in Ordnung?«

Evi drehte langsam den Kopf zur Seite.

»Ich weiß nicht«, murmelte sie. »Mein Kopf tut so weh.«

»Vielleicht solltest du dich etwas hinlegen?« schlug Margitta mit besorgter Stimme vor.

»Ja, vielleicht«, flüsterte Evi.

»Kommt gar nicht in Frage«, zischte Agnes energisch. »Nimm dich jetzt etwas am Riemen, deinem Mann zuliebe.«

»Meinem Mann zuliebe«, wiederholte Evi und unterdrückte mit Mühe das hysterische Gelächter, das in ihr hochsteigen wollte. Das war einfach zuviel für einen einzigen Abend.

Agnes musterte sie streng.

»Du gehst jetzt in die Küche und nimmst zwei Aspirin«, befahl sie. »Dann legst du Rouge nach und kommst zurück. Das bist du Charlie ja wohl schuldig. Vergiß nicht, das ist heute sein großer Abend.«

»Ja«, sagte Evi und verschwand gehorsam in der Küche.

Fannys Tagebuch

Heute hat meine sogenannte Mutter mich wieder fürchterlich blamiert. Ausgerechnet vor Anna-Lena. Glücklicherweise habe ich Anna-Lena verklickern können, daß meine sogenannte Mutter unser Opärmädchen ist. Ich wünschte, es wäre tatsächlich so. Ich wünschte, ich hätte eine Mutter wie Anna-Lena eine hat. Die hat Anna-Lena zum letzten Geburtstag ein richtiges Pferd geschenkt. Anna-Lena hat es gut. Ihre Mutter sieht auch aus wie eine richtige Mutter. Und Anna-Lena sagt, sie liest lauter Bücher darüber, wie man ein Kind richtig erzieht. Ich wünschte, meine Mutter würde das auch mal tun.

In der Schule war es heute scheußlich, ich habe nur eine 2 im Diktat, weil ich Karussell falsch geschrieben habe, und zwar mit zwei R. Das darf nie wieder passieren! Karussell, Karussell, Karussell.

Papa hat gesagt, daß ich vielleicht ein Pferd bekomme. Ich hoffe es sooooo sehr. In unserer Klasse haben vier Mädchen ein eigenes Pferd. Und drei haben ein Pflegepferd. Die anderen haben wenigstens Katzen und Hunde. Ich habe nur Reitstunden. Das ist nicht gerecht.

3

Die Straßenbahn zockelte gemächlich dahin, die Fahrgäste starrten alle mehr oder weniger trübselig vor sich auf den Boden. Draußen hing ein düstergrauer Himmel über den Dächern. Sprühregen und ein kalter Wind vervollständigten das Mistwetter.

Selbst die Natur hat schlechte Laune, dachte Evi und schaute seltsam getröstet aus dem leicht beschlagenen Straßenbahnfenster. Sie hätte es nicht ertragen können, an einem Tag wie diesem in einen strahlend blauen Himmel zu schauen. Frühlingswetter pflegte eben nicht nur die Vögel hervorzulocken, sondern auch jede Menge Liebespaare, die dann küssend und händchenhaltend herumliefen und den Selbstmördern dieser Welt den letzten Rest gaben.

O ja, Evi war dem Wetter dankbar, daß es sich ihrer Stimmung angepaßt hatte. Den gestrigen Abend und die darauffolgende Nacht hatte sie nur unter einer Art Narkose überstanden. Irgendwie hatte sie sich aufrecht gehalten, genickt, gelächelt und geklatscht wie eine Marionette.

Es waren viele Reden gehalten worden, die alle nur eines zum Inhalt hatten: ihren wunderbaren, begabten, tüchtigen und innovativen Ehemann. Sogar Charlies eigene Rede konnte man mit ein bißchen bösem Willen auf diesen Nenner bringen. Weit davon entfernt, wütend zu sein, nach vorne zu stürzen, ihm die Brille von der Nase zu reißen und darauf herumzutrampeln, hatte Evi ihm zugehört, ihn bewundert und schmerzlich gespürt, wie sehr sie ihn doch liebte. Und wenn sie an diesem Abend zu einem klaren Gedanken fähig war, dann zu dem, daß sie ihn auf keinen Fall verlieren wollte.

Charlie und Fanny sind doch alles, was ich habe, dachte sie auch jetzt. Selbst wenn Charlie lieber mit einem Zuckerschneckchen turtelte und Fanny sie als Au-pair-Mädchen abqualifizierte.

Statt, wie von Agnes befohlen, Kopfschmerztabletten einzunehmen, hatte Evi zwei Campari on the rocks zu sich genommen, was durchaus zu ihrem narkoseähnlichen Zustand beigetragen hatte. Das Lächeln war ihr jedenfalls danach viel leichter gefallen.

»Du hast doch was!« hatte Margitta trotzdem ein paarmal besorgt gesagt, aber Evi hatte es nicht fertiggebracht, ihrer Freundin das Ungeheuerliche zu erzählen. Es war ihr, als gebe es einfach keine Worte dafür.

»Ich sag's dir morgen«, hatte sie gesagt und sich mit Margitta in einem kleinen Café in der Stadt verabredet. Jetzt, auf dem Weg dorthin, dachte sie wieder über eine passende Formulierung nach.

Kurz und schmerzlos: »Charlie betrügt mich.«

Oder mit ein paar delikaten Details: »Charlie hat eine Geliebte, die er Zuckerschneckchen nennt.«

Oder bereits mit einer integrierten Interpretation: »Charlie liebt mich nicht mehr.«

Egal, wie sie es auch formulierte, es klang alles fürchterlich.

Die Straßenbahn hielt, und Evi schob sich an einer schwangeren Frau vorbei hinaus auf die Straße. Sofort wurde sie von dem Sprühregen eingefeuchtet wie ein Wäschestück, das Frau Dreifuß vor dem Bügeln mit dem Sprenger bearbeitete.

Margitta wartete bereits im verabredeten Café, obwohl Evi zehn Minuten zu früh kam. Sie sah aus, als würde sie vor Neugierde platzen.

»Wie hast du geschlafen?« erkundigte sie sich sogleich, nachdem sie Evi zur Begrüßung in den Arm genommen hatte.

»Gut«, antwortete Evi, was auch der Wahrheit entsprach. Nach dem Campari war sie auf Rotwein umgestiegen. Das köstliche Büfett von Ameise-Feinkost dagegen hatte sie vollkommen ignoriert. Der Alkohol auf nüchternen Magen hatte sie in einen barmherzigen Nebel getaucht und die Zeit ganz schnell vergehen lassen. Als sie schließlich dem letzten Gast die Hand geschüttelt hatte und mit Charlie hinauf ins Schlafzimmer gegangen war – der Augenblick, vor dem sie sich den ganzen Abend lang gefürchtet hatte – war sie so müde gewesen, daß sie es gerade noch geschafft hatte, sich auszuziehen. Während Charlie, mit dem Abend offenbar rundum zufrieden, pfeifend ins Badezimmer gegangen war, um sich die Zähne zu putzen, hatte sie sich unter ihre Decke gekuschelt. Sie mußte eingeschlafen sein, bevor ihr Kopf das Kissen berührt hatte.

Als sie erwacht war, war Charlies Seite vom Bett schon leer gewesen und Charlie bereits wieder bei der Arbeit, vermutlich von seinem Erfolg beflügelt. Das Familienfrühstück hatte ohne Evi stattgefunden, wahrscheinlich hatte man sie aus Rücksicht auf ihre vermeintlichen Kopfschmerzen schlafen lassen – sehr rücksichtsvoll. Nüchtern und verkatert war Evi von der Realität wieder eingeholt worden und doppelt schwer getroffen. Ein paar Minuten hatte sie einfach nur dagelegen und an die Decke gestarrt, zu nichts als einem einzigen Gedanken fähig: Charlie hat eine andere. Charlie hat eine andere. Charlie hat eine andere.

Der nächste Gedanke war noch erschütternder gewesen: Sie, Evi, war ganz allein auf der Welt. Mutterseelenallein. Charlieseelenallein.

Aber dann war ihr Margitta wieder eingefallen und ihre Verabredung im Café. So ganz allein war sie ja doch nicht, sie hatte immerhin eine Freundin.

»Ach, Margitta, wenn ich dich nicht hätte«, seufzte sie jetzt und lächelte ihrem Notanker dankbar zu. »Du bist wirklich der einzige Mensch, mit dem ich reden kann.«

»Wozu hat man Freunde? Was ist denn so Schreckliches passiert?«

»Es ist wegen Charlie«, begann Evi und fiel dann gleich mit der Tür ins Haus. »Er hat eine andere.«

Margittas Reaktion fiel heftiger aus, als Evi erwartet hatte. Sie wechselte die Gesichtsfarbe und riß erschrocken die Augen auf.

»Woher weißt du das?« fragte sie schließlich tonlos.

»Was kann ich Ihnen bringen?« Die Bedienung war hinter Evi aufgetaucht.

»Einen heißen Kakao bitte, aber ohne Sahne«, sagte Evi.

»Für mich einen Kaffee.« Margitta beugte sich vor. »Wie lange weißt du es schon?«

»Seit gestern abend.« Evi knibbelte Wachs von der Tischdecke. »Ich habe gehört, wie er mit ihr telefoniert hat. Er hatte seine Brille bei ihr vergessen. Erst gestern nachmittag.«

Margitta sagte nichts, sie atmete nur schwer.

»Ich habe dann gehört, wie er sie gebeten hat, ihm die Brille am Abend mitzubringen. Auf die Party, stell dir das mal vor. Und dann dachte ich, ich müßte nur gut aufpassen, welche der Anwesenden ihm etwas zusteckt. Also habe ich ihn nicht aus den Augen gelassen ...«

»Hör mal, Evi, das ...«

Die Bedienung brachte ihre Getränke und unterbrach Margittas erschüttertes Gestammel. »Einmal Kakao, einmal Kaffee.«

»Danke«, sagte Evi. »Aber das blöde ist, ich hab' nicht richtig aufgepaßt. Da waren diese vielen Leute, und auf einmal hatte er seine Brille auf, und ich weiß nicht, wer sie ihm gegeben hat.«

Margitta rührte eine ganze Weile in ihrem Kaffee. Als sie wieder aufblickte, war ihre Stimme ganz ruhig. »Also, ich fasse zusammen: Du hast Charlie bei einem Telefongespräch mit seiner Geliebten belauscht, und sie hat ihm gestern abend bei der Party seine Brille überreicht. Aber du weißt nicht, wer sie ist?«

Evi schüttelte den Kopf.

»Nun, da sie bei euch zu Gast war, ist der Personenkreis doch eingeschränkt«, murmelte Margitta. Dann fuhr sie mit lauter Stimme fort: »Auf der anderen Seite: Warum willst du unbedingt wissen, wer sie ist? Es ist doch sowieso klar, daß du nach so einer Geschichte nicht bei Charlie bleiben wirst, oder?«

Evi sah sie erstaunt an. »Also eigentlich ... – darüber habe ich mir noch gar keine Gedanken gemacht.«

Margitta nahm einen Schluck aus ihrer Kaffeetasse. »Hast du mit Charlie geredet?«

»Nein, natürlich nicht. Das heißt, wir hatten auch noch gar keine Gelegenheit dazu. Und ehrlich gesagt, weiß ich auch gar nicht, ob ich mir das antun soll. Was mache ich denn, wenn er nun sagt, daß er sie liebt? Daß er sie mehr liebt als mich?«

»Dann müßtest du's akzeptieren. Außerdem, die Wahrscheinlichkeit, daß er dich immer noch heiß und innig liebt, schätze ich in Anbetracht der Umstände doch recht gering ein.«

»Du meinst, Charlie ...« Evi konnte den Satz nicht beenden. Es tat zu weh.

»Evi! Jetzt wach doch mal auf! Dein Mann hat eine Affäre. Direkt unter deinen Augen. Vielleicht sucht er schon nach einer Möglichkeit, dich schnell und schmerzlos loszuwerden.«

Jetzt war es an Evi, die Augen erschrocken aufzureißen: »Du glaubst, er will mich – umbringen?«

»Blödsinn, er will dir nichts antun. Aber vielleicht will er die Scheidung. Vielleicht will er eine Frau, die besser zu ihm paßt.«

»Aber Margitta, wie kannst du das sagen? Wir sind seit elf Jahren zusammen.«

Margitta schüttelte den Kopf. »Du bist wirklich ein naives Schaf. Ihr seid doch nur deshalb so lange zusammen, weil du ein paar Monate nach eurem Kennenlernen schwanger geworden bist. Wenn ihr nicht geheiratet hättet, wäre Charlie womöglich wegen Verführung Minderjähriger vor Gericht und ins Gefängnis gekommen; das hast du mir selber erzählt.«

»Aber deswegen haben wir doch nicht geheiratet!« rief Evi ohne Rücksicht auf die anderen Cafégäste. »Wir haben uns geliebt, und weil Fanny unterwegs war, haben wir das einzig Richtige getan ...«

Natürlich waren sie damals nicht gerade vor Freude in die Luft gesprungen, als Evi von ihrer Schwangerschaft erfuhr. Charlie war gerade neunzehn geworden und steckte mitten im Abitur, und Evi war erst in der zehnten Klasse. Das waren nun wirklich nicht die besten Voraussetzungen, um ein Kind großzuziehen, aber Charlie hatte zu keinem Zeitpunkt daran gezweifelt, daß sie es schaffen würden. Da Evis Oma gesundheitlich nicht besonders belastbar und der Opa nur wenige Monate vorher gestorben war, hielten sie es für das Beste, wenn Evi zu Hause aus- und bei Charlie und Agnes einzog.

Evis Oma war sehr beruhigt gewesen, daß Charlie und sie noch vor Fannys Geburt heirateten – sie hatte die erforderliche Sondererlaubnis mit Freuden gegeben. Charlie bestand sein Abitur trotz dieses Trubels mit eins Komma fünf, und schrieb sich noch im selben Jahr für sein Betriebswirtschaftsstudium ein. Fanny und Evi hatten ihn nicht im geringsten behindert – wie auch?

»Ach Evi!« seufzte Margitta. »Selbst wenn du dir vormachst, jahrelang eine gute Ehe geführt zu haben, mußt du jetzt wenigstens einsehen, daß Charlie offenbar nicht glücklich ist. Zu einem Seitensprung gehören immer zwei, das habe ich neulich erst in einem Buch gelesen.«

»Willst du damit sagen, ich habe ihn dazu getrieben, mich zu betrügen?«

»Nein, ich will damit sagen, daß du ihm eben nicht alles geben kannst, was er braucht. Sieh mal: Charlie hat sich in den letzten zehn Jahren ganz schön weiterentwickelt. Er hat studiert. Er hat tausend wichtige Leute kennengelernt. Er hat sich durchgebissen, in der Firma gegen alte Strukturen gekämpft und den Betrieb revolutioniert. Er ist ein Selfmademan mit Power und dem Ehrgeiz, ganz nach oben zu kommen. Er braucht eine Frau an seiner Seite, die da mithalten kann.«

»Also – nicht mich?« ergänzte Evi und fühlte sich ziemlich mies.

Margitta war ja richtig ins Schwärmen geraten über Charlie! Die Situation war irgendwie alles andere als tröstlich. Sie hatte erwartet, von Margitta ein paar aufmunternde Worte zu hören, vielleicht einen guten Ratschlag, wie sie Charlie zurückgewinnen konnte. Daß ausgerechnet ihre liebste Freundin der Ansicht war, es sei geradezu Charlies gutes Recht, sich nach einer anderen, einer besseren Frau umzusehen, verletzte sie doch sehr.

Margitta schien das zu spüren. Sie griff nach ihrer Hand. »Evi, ich weiß, das klingt hart. Aber ich meine es nur gut mit dir. Ich will nicht, daß du noch mehr verletzt wirst. Und du neigst eben dazu, dir etwas vorzumachen.«

Evi schluckte schwer. Margitta streichelte weiter über ihre Hand.

»Du bist meine beste Freundin«, sagte sie sanft. »Ich möchte doch, daß es dir gut geht. Charlie ist Gift für dich.«

»Aber wir sind eine *Familie*!« flüsterte Evi.

»Ihr seid eine *unglückliche* Familie!«

»Aber ich kann Charlie nicht einfach so aufgeben. Ich liebe ihn.«

»Andere Mütter haben auch schöne Söhne«, sagte Margitta hart, änderte ihren Tonfall aber sogleich wieder. »Aber darauf kommt es jetzt gar nicht an. Sieh mal, was hättest du denn davon, mit einem Mann zusammenzuleben, der dich nicht wirklich liebt, der vielleicht eine andere Frau liebt?«

»Vielleicht war es nur etwas Sexuelles? Vielleicht liebt er sie nicht«, hielt Evi dagegen.

Margitta schwieg.

»Wenn ich mit ihm rede, wenn ich ihm sage, daß ich alles weiß, dann macht er vielleicht mit ihr Schluß, und wir fangen noch mal von vorne an«, fuhr Evi hoffnungsvoll fort.

»Du kannst es versuchen«, meinte Margitta. »Vielleicht macht er ja Schluß, vielleicht will er sogar einen Neuanfang. Aber früher oder später wird er sich wieder eine andere suchen, das ist so sicher wie das Amen in der Kirche.«

Evi holte tief Luft. »Weil ich ihm nicht gut genug bin?«

»Nein, weil du einfach nicht zu ihm paßt. Mensch, Evi, sieh der Wahrheit doch mal ins Auge. Du bist ein bedeutungsloses Mädel ohne besonderen familiären Hintergrund und ohne Ausbildung, das sich mit fünfzehn ein Kind hat machen lassen. Er dagegen ist jetzt schon ein großer Mann. Und er will noch größer werden. Dabei wird ihn eine Frau wie du nur behindern. Wirklich, ich will dich nicht beleidigen, aber es ist nun mal eine Tatsache, daß man mit dir gesellschaftlich nicht gerade glänzen kann. Du bist – jetzt sei mir nicht böse – du bist hoffnungslos ungebildet und unpraktisch. Du hältst DAX für ein kleines Waldtier, und du hast keine Ahnung, wie man mit hohen Tieren kommuniziert. Du wüßtest nicht mal, wie man eine Party organisiert.«

»Ja, und? Dafür habe ich andere Stärken«, sagte Evi heftig. Margittas Worte verletzten sie zutiefst, nicht zuletzt, weil sie dachte, daß sie leider nur allzu wahr seien.

»Ach ja, und welche?« Margitta sah sie herausfordernd an. »Los, nenn mir ein paar von deinen Stärken.«

»Nun, ich bin treu. Ich sehe gut aus. Jedenfalls nicht schlecht. Ich bin – ich schwimme sehr gut. Ich ... ich kann mir Geschichten ausdenken. Fanny hat sie geliebt, früher.« Evi verstummte.

»Früher«, wiederholte Margitta verächtlich. »Also zusammenfassend: Deine Stärken sind deine Treue, dein gutes Aussehen und deine Schwimmkünste. Außerdem kannst du dir Geschichten ausdenken, die deine Tochter früher mal gerne gehört hat. Meinst du, das reicht aus? Für einen Mann wie Charlie?«

»Wenn er mich liebt ...«

»Ach, Evi!«

»Margitta, ich liebe ihn doch so sehr. Ich kann nicht ohne ihn leben. Was soll ich denn nur tun?«

Margitta nahm noch einen Schluck aus ihrer Tasse. »Ich verstehe dich doch. Du bist unglücklich, und das zu Recht. Du hast gestern erfahren, daß dein Mann dich hintergeht. Jede Frau wäre unglücklich an deiner Stelle. Aber jetzt kommt es eben darauf an, das Beste aus der Situation zu machen.«

Evi zerbröselte das Plätzchen, das mit dem Kakao serviert worden war, zwischen ihren Fingern. »Wenn man dir so zuhört, dann muß man ja denken, es sei geradezu egoistisch von mir, bei Charlie bleiben zu wollen. Als sei er viel zu gut für mich.«

»Das – das habe ich so nicht gemeint. Charlie und du, ihr paßt einfach nicht zusammen. Du machst ihn nicht glücklich, und er macht dich auch nicht glücklich. Ich will doch nur das Beste für dich.«

»Und das wäre? Wenn ich Charlie verlasse, was bleibt mir denn dann?«

»Deine Tochter zum Beispiel«, sagte Margitta zögernd. »Und jede Menge Unterhalt.«

»Meine Tochter«, wiederholte Evi. »Die schämt sich doch für mich. Gestern erst hat sie einer Freundin gegenüber behauptet, ich sei das Au-pair-Mädchen.«

»Siehst du«, sagte Margitta.

»Siehst du was?«

»Selbst deine Tochter spürt deine – Unzulänglichkeiten.«

Evi starrte ihre Freundin entsetzt an. »Meinst du, Fanny schämt sich zu Recht? Na wunderbar. Meine beste Freundin sagt mir, daß meine Tochter sich für mich schämen muß und meinem armen Mann nichts anderes übrigbleibt, als mich zu betrügen.«

»Ach Evi, jetzt behalt doch mal einen klaren Kopf. Nimm nicht immer alles gleich so persönlich. Laß uns noch mal die Tatsachen zusammenfassen. Du lebst seit elf Jahren mit einem Mann zusammen, der dich nur geheiratet hat, damit er nicht vor Gericht mußte ...«

»Das ist nicht wahr!«

»Gehen wir mal vom Schlimmsten aus, und sagen, es ist wahr!« fuhr Margitta energisch fort. »Also, elf Jahre lang habt ihr zusammen in einem Haus mit deiner Schwiegermutter gelebt. Warst du in dieser Zeit glücklich? Mal ehrlich?«

»Ja«, sagte Evi stur. »Es war eine schöne Zeit.«

»Evi! Du machst dir wieder was vor. Du standest unter der Fuchtel deiner Schwiegermutter und hast nur gemacht, was sie und Charlie dir gesagt haben. Wann hast du das letzte Mal getan, was du wolltest?«

»Ich mache immer nur, was ich will. Du selbst hast mir tausendmal gesagt, wie sehr du mich um mein Leben beneidest. Um meine wunderbare Schwiegermutter, die den Haushalt so perfekt führt, um die Putzfrau, um Charlies dickes Einkommen, um die Reisen, die wir machen, um die viele Zeit, die mir zur Verfügung steht.«

»Ja, und die du dann wofür nutzt? Zum Schwimmen! Ansonsten machst du doch den ganzen Tag nichts, und genau das ist es, was Charlie an dir langweilig findet.«

»Das stimmt nicht«, verteidigte sich Evi mit schwacher Stimme. Hatte sie wirklich zehn Jahre ihres Lebens verschwendet? Na ja, jedenfalls nicht alle zehn

Jahre. Als Fanny klein war, hatte sie viel Zeit mit ihr verbracht. Den ganzen Tag gespielt und Spaziergänge gemacht, und dann hatte sie ja auch noch das Abi nachgebüffelt. Aber seitdem – Margitta hatte recht. Seitdem verbrachte sie ihre Zeit mit Schwimmen, Lesen, Körperpflege und damit, herumzusitzen und über das Leben nachzudenken. Fanny, das war offensichtlich, hatte kein Interesse mehr, ihre Zeit mit ihr zu verbringen. Und Charlie – nun, Charlie hatte Zuckerschneckchen, und das war Beweis genug. Sie spürte, wie ihr die Tränen aus den Augen quollen.

»Ach, Evi.« Margitta sah sie erschrocken an. »Ich will dir doch nur helfen.«

»Ich weiß«, schluchzte Evi. »Aber es ist so hart, die Wahrheit zu hören. Ich weiß ja, daß du recht hast. Es tut nur so weh.«

Margitta zog ihren Stuhl näher zu ihrem und legte den Arm um ihre Schultern. »Hey, es tut mir leid.«

»Das muß es nicht«, seufzte Evi. »Ich bin dir ja dankbar, daß du mir die Augen geöffnet hast.«

Eine Weile schwiegen sie. »Was wirst du jetzt tun?« fragte Margitta schließlich.

»Ich werde mit Charlie reden«, sagte Evi. »So geht es nicht weiter. Entweder wir fangen ganz neu an, oder wir trennen uns.«

»Ganz neu anfangen?« Margitta rückte wieder von ihr ab. »Evi! Das Thema hatten wir doch schon. Selbst wenn Charlie dem zustimmen sollte – so dumm kannst du doch gar nicht sein!«

»Ich werde abwarten, was er dazu sagt«, meinte Evi.

»Ach, du weißt doch, daß er dich in Grund und Boden reden kann«, rief Margitta. »Ich verstehe dich nicht. Was für ein Interesse hättest du an einem Mann, von dem du ganz genau weißt, daß er dich nicht liebt?«

»Ich weiß es doch nicht ganz genau«, murmelte Evi. »Ich denke, elf Jahre kann er nicht einfach so wegwerfen. Und wenn er mich loswerden wollte, wieso hat er dann heimlich eine Affäre. Ich meine, wieso macht er sich die Mühe, das vor mir geheimzuhalten? Wenn ich ihm nichts bedeute, könnte ihm das doch völlig egal sein.«

»Ach, das hat doch nicht mit dir zu tun«, schnaubte Margitta. »Charlie hat einen Ruf zu verlieren, und das weiß er ganz genau. Es macht sich sicher nicht gut, als Familienvater seine Frau zu hintergehen – also hält er die Geschichte geheim.«

Evis Kakao war mittlerweile kalt geworden, aber das merkte Evi gar nicht.

»Und was soll ich jetzt tun?« fragte sie zaghaft.

»Sag Charlie, daß du die Scheidung willst«, antwortete Margitta. »Gib dir nicht die Blöße, ihn um einen Neuanfang anzubetteln.«

»Was soll ich ihm sagen? Ich will die Scheidung, weil ich gehört habe, wie du mit deinem Zuckerschneckchen telefoniert hast?«

Margitta zuckte zusammen. »*Zuckerschneckchen*?«

»Ja, geschmacklos, nicht wahr. Das finde ich auch.«

»Nein«, sagte Margitta. »Das darfst du auf gar keinen Fall tun. Wenn du sagst, daß du die Scheidung aufgrund gekränkter Eitelkeit willst, dann denkt er nur, er könne dich jederzeit wieder rumkriegen.«

»Aber das könnte er auch«, sagte Evi.

»Ach Evi! Ich bin es langsam leid, immer an deinen Stolz zu appellieren. Hast du denn gar kein Bedürfnis, dein Gesicht zu wahren? Willst du tatsächlich die abservierte, betrogene Ehefrau spielen?«

»Nein«, sagte Evi zögernd.

»Na, also. Dann mach bloß nicht den Fehler, ihn auf sein – «

»Zuckerschneckchen!«

»... Verhältnis anzusprechen. Sag ihm einfach klipp und klar, daß du keine Gefühle mehr für ihn hast, daß du eure Ehe für gescheitert hältst und daß es vorbei ist. Fertig. Dann suchst du dir eine Wohnung, nimmst dir einen Anwalt und ziehst aus. Charlie muß dir Unterhalt zahlen. Ein Jahr später bist du geschieden und eine reiche Frau. Charlie muß dir nämlich nicht nur Unterhalt, sondern auch einen beträchtlichen Teil Abfindung zahlen.«

»Das sind ja rosige Aussichten«, murmelte Evi.

»Ja, das sind es wirklich. Stell dir mal vor: In einem Jahr bist du gerade mal siebenundzwanzig Jahre jung, gutaussehend und reich. Die Männer werden dir zu Füßen liegen.«

»Ich denke, Männer finden mich nicht interessant genug. Das hast du selber eben noch gesagt.«

»Ach Blödsinn. Ich habe nur gesagt, daß du und Charlie nicht zusammenpaßt.«

»Vielleicht hast du recht«, sagte Evi. »Vielleicht sollte ich es so machen, wie du gesagt hast. Aber soll ich dir mal was sagen? Es ist mir scheißegal, ob ich mein Gesicht verliere oder nicht.«

»Vielleicht jetzt. Aber in ein paar Jahren wirst du anders darüber denken, glaub mir. Dann wirst du froh sein, daß du Stolz gezeigt hast. Stolz und Würde. Ah, es ist doch nichts erniedrigender, als einem Mann hinterherzulaufen.«

Wieder schwiegen sie eine Weile.

»Ich würde zu gern wissen, wer sie ist«, sagte Evi schließlich. »Und wie sie ist.«

»Diese Frau? Warum denn? Um dich mit diesen Fragen zu quälen, die so alt sind wie die Welt? Was hat sie, was ich nicht habe? Macht er bei ihr die gleichen Dinge, die er bei mir macht? Ach Evi, das kannst du dir schenken. Ein sauberer Schlußstrich, das ist es, was du jetzt brauchst.«

»Und was ist mit Fanny?«

»Fanny – die ist ein Kind. Die wird drüber wegkommen. Außerdem mußt du in erster Linie an dich selber denken.«

»Aber sie liebt ihren Vater viel mehr als mich. Und ihre Oma. Das Haus. Ihre Schule. Charlie würde sicher um sie kämpfen.«

»Na ja, das entscheidet dann vermutlich ein Familiengericht«, sagte Margitta hart.

»Oh, nein, das würde ich nicht durchstehen. Vielleicht sollte ich doch mit Charlie reden. Allein wegen Fanny.«

»Evi, ich glaub's nicht! Du suchst nur eine Ausrede, mit Charlie zusammenzubleiben, merkst du das denn nicht? Dein Unterbewußtsein versucht, dich zu hintergehen, damit du deinen Stolz vergißt.«

»Mein Stolz ist mir so ziemlich schnuppe. Ich bin im Begriff, die einzige Familie zu verlieren, die ich habe.

Die ich je hatte, wenn man es genau nimmt. Ich werde der einsamste Mensch der Welt sein. Da ist mein Stolz mir doch egal.«

»Du bist nicht *einsam*«, sagte Margitta mit weicher Stimme. »Du hast ja mich.«

Evi lächelte. »Und dafür bin ich dir wirklich dankbar. Du bist eine echte Freundin.«

Margitta errötete leicht.

4

Da Margitta am Mittag in ihrer Redaktion zu einer Sitzung antanzen mußte, ließ sie Evi nach einer weiteren Tasse Kaffee und einer Stunde guten Zuredens allein im Café zurück. Evi bestellte sich noch einen Kakao, diesmal mit Sahne, und überlegte, wie Charlie wohl reagieren würde, wenn sie ihm eröffnete, daß sie die Scheidung wolle. Wahrscheinlich würde er aus allen Wolken fallen, sich ungerecht behandelt fühlen, sauer werden, oder aber still und heimlich froh darüber sein, daß sie ihm die Arbeit abnahm, weil er sie ohnehin verlassen wollte, wegen dieser anderen Frau.

So einfach, wie Margitta sich das vorstellte, würde es jedenfalls nicht werden. Charlie würde nachbohren, sie mit Fragen in die Enge treiben. Er würde eine platte Erklärung, von wegen sie hätten sich einfach auseinandergelebt, sicher nicht ohne weiteres akzeptieren. Bestenfalls würde er stinksauer sein.

Und wenn sie nun einfach gar nichts machte? Wenn sie stillhielt? So tat, als wäre alles in Ordnung? Nein, Margitta hatte recht, es würde nie mehr so sein wie vorher. Und feige war es auch. Daran, daß Charlie was mit einer anderen hatte, war nun mal nicht zu rütteln. So oder so, die Alternativen waren gleich schlecht. So was nennt man wohl ein Dilemma, dachte Evi. Egal, was ich auch tue, es wird immer schrecklich sein.

Zwei Tassen Kakao und etliche innere Monologe später sah sie sich endlich in der Lage, den Heimweg anzutreten. Es war ja glücklicherweise Donnerstag. Da war Agnes nicht zu Hause, sondern im Sankt-Vinzenz-Hospital. Sie besuchte dort im Rahmen eines ehrenamtlichen Krankenbesuchsdienstprogrammes Bettlägerige ohne Verwandtschaft. Agnes nannte es ihren Beitrag zur Wohltätigkeit.

»Meine Zeit ist mehr wert als mein Geld«, pflegte sie zu sagen. »Es ist so rührend, wie sehr sich diese Menschen freuen, wenn ich zu ihnen komme.«

Evi hatte schon oft überlegt, wie krank man wohl werden mußte, um sich über Agnes' Besuch zu freuen. Vielleicht, dachte sie jetzt, vielleicht ist nur das Gefühl so schön, wenn sie wieder geht. Ja, das mußte es sein.

Sie musterte die Schuhe im Schaufenster neben ihr. Da waren ein Paar halbhohe Straßenschuhe im Stil von Wanderstiefeln mit doppelten Schnürsenkeln, derben Nieten und einer dicken Sohle. Die Schuhe sahen bequem und modisch aus, aber das war es nicht, was Evi so anziehend an ihnen fand. Es war vielmehr die Tatsache, daß Agnes solche Schuhe für absolut indiskutabel halten würde, eine nicht tragbare Variante des schlechten Geschmacks. Jawohl, Agnes würde diese Schuhe verabscheuen.

Ehe sie wußte, was sie eigentlich tat, war Evi in den Laden eingeschwenkt und hatte eine Verkäuferin gebeten, ihr die Schuhe in Größe achtunddreißig einzupacken.

»Wollen Sie sie nicht lieber vorher anprobieren?« fragte die Verkäuferin. »Die fallen sehr groß aus.«

»Nein, ich will sie einfach nur kaufen«, erwiderte Evi wild entschlossen. »Und wenn sie zu groß sein sollten, dann ziehe ich eben dicke Socken an.«

Mit den Schuhen in der Tüte schlenderte sie weiter.

Das, dachte sie nicht ohne Stolz, war mein allererster Schritt in die Freiheit. Wenn ich Charlie um die Scheidung bitte, dann wird es auch höchste Zeit, daß ich mich nicht mehr nach dem Geschmack seiner Mutter richte.

Die Straßenbahn war gerade abgefahren, als sie an die Haltestelle kam, aber das störte Evi nicht weiter. Fanny fuhr donnerstags direkt nach der Schule mit der Bahn zum Reiterhof und kam erst am späten Nachmittag zurück, weil sie es sich nicht nehmen lassen wollte, *ihr* Pferd abzusatteln, zu striegeln und mit Äpfeln zu füttern. Zu Hause werkelte also nur Frau Dreifuß umher, und die freute sich ganz sicher nicht, sie zu sehen.

Neben ihr auf der Bank ließ sich ein junger Mann nieder, den Evi einer flüchtigen Musterung unterzog. Er trug eine abgewetzte Lederjacke und Jeans, hatte wuschelige, schon länger nicht geschnittene Haare und eine riesengroße, kartoffelähnliche Nase. Die Nase war so ungewöhnlich, daß Evi länger hinstarrte, als der Anstand es erlaubte. Erst als der Mann ihr zulächelte, errötete sie und wandte den Blick ab.

»Ist schon okay«, sagte der junge Mann heiter. »Ich bin es gewohnt, daß die Leute meine Kartoffel anstarren.«

»Ich wollte es nicht«, murmelte Evi peinlich berührt. »So groß ist sie nun auch wieder nicht.«

»Nicht groß? *Nicht groß?* Dieses Monstrum? Seien wir doch mal ehrlich, es ist ein Wunder, daß ich nicht vornüber gebeugt gehen muß.« Der Typ grinste und zeigte dabei seine schönen Zähne. »Aber was soll ich dir sagen? Nicht mal ausgemustert haben sie mich wegen dem Ding da! Dabei bin ich sicher, daß es mich behindern würde, im Kriegsfall, oder so. Damit kann man doch nicht über den Boden robben! Aber glücklicherweise habe ich Zivildienst gemacht und das gar nicht erst ausprobiert.«

Evi schaute ihn unbehaglich an. Es kam höchst selten vor, daß sie mit einem Fremden ins Gespräch kam. Die Leute an Straßenbahnhaltestellen fragten allenfalls mal nach der Uhrzeit, ansonsten muffelte jeder vor sich hin. Und das war auch gut so, fand Evi. Sonst hatte man ja nirgendwo seine Ruhe. Sie neigte dazu, den Typ als extrem verhaltensgestört einzustufen.

»Aha«, sagte sie betont desinteressiert und wandte sich ab.

Das störte den jungen Mann aber gar nicht. Er fuhr fort, ihr mit heiterer Stimme Dinge aus seinem Leben zu erzählen.

»Den Zivildienst habe ich in einem Altenheim gemacht, und ich kann sagen, da war mir mein Riechorgan zum ersten Mal richtig nützlich. Selbst die blindesten der alten Leutchen konnten mich anhand der Nase identifizieren. Das hat meinen Beliebtheitsgrad enorm gesteigert. Einer der Opas hat mich sogar als seinen Erben eingesetzt. Gut, was?«

»Und, was hat er dir vererbt?« Wider Willen hatte Evi die Neugier gepackt.

»Bis jetzt nichts. Er lebt noch, der Gute. Neunundneunzig Jahre alt und quietschfidel. Ich besuche ihn jeden Samstag, dann spielen wir zusammen Schach. Ich lasse ihn gewinnen, damit er nicht auf die Idee kommt, das Testament noch mal zu ändern.«

»Aha«, sagte Evi. »Wie umsichtig.«

»Ja, nicht wahr?« meinte der junge Mann. »Außerdem mag ich den Alten. In so einem Altenheim kann man ganz schön was erleben, obwohl man es ja auf den ersten Blick nicht glauben sollte, mit den ganzen Scheintoten da. Na, ich war jedenfalls fast traurig, als ich dann da aufhören mußte. Alte Leute haben so etwas – Anziehendes, wenn man sich näher damit beschäftigt. Vielleicht, weil sie nur noch den Tod vor sich haben und alles andere hinter sich.«

»So, so«, sagte Evi. Jetzt wünschte sie sich allmählich doch die Straßenbahn herbei.

Der junge Mann neben ihr schwieg eine Weile.

»Ich heiße Kaspar«, sagte er dann.

»Wie passend«, sagte Evi.

»Oh, das ist aber mal ein seltener Name«, konterte Kaspar. »Wiepassend ist der Vorname, nehme ich an, und wie heißt du weiter?«

»Ha ha, wie witzig.«

»Wiepassend Hahawiewitzig«, wiederholte Kaspar. »Nie gehört. Aber durchaus interessant. Alter Landadel, was?«

»Da kommt meine Bahn«, sagte Evi und grinste ein bißchen.

»Oh wie schade, ich muß noch auf die Neun warten«, meinte Kaspar unbekümmert. »War aber nett, mit dir zu plaudern, Wiepassend.«

»Ja, fand ich auch«, sagte Evi, und als sie in das liebe Gesicht ihres Sitznachbarn schaute, tat es ihr leid, daß sie so kratzbürstig gewesen war. Sie lächelte entschuldigend. »Tschüs, Kaspar. Vielleicht sieht man sich ja noch mal.«

»Ja, da bin ich mir ganz sicher«, antwortete Kaspar und zwinkerte ihr zu.

In der Straßenbahn ging Evi wie immer bis fast nach hinten durch, um zwei freie Sitzplätze nebeneinander zu erwischen. Sie haßte es, so eng neben einem wildfremden Menschen zu sitzen, daß sich die Oberschenkel berührten. Im letzten Wagen war es beinahe menschenleer, und Evi ließ sich erleichtert auf eine freie Sitzbank fallen.

Kaum hatte sich die Bahn in Bewegung gesetzt, tauchte Kaspar vor ihr auf.

»Hey, Wiepassend. Du hast diese Tüte liegengelassen!« Er hielt die frischgekauften Schuhe in die Höhe. »Oder waren die nicht passend?« witzelte er.

Evi lächelte. »Doch. Vielen Dank. Du hast mich so abgelenkt, daß ich sie völlig vergessen hatte.«

»Gern geschehen«, sagte Kaspar und ließ sich ungefragt auf den Platz neben ihr fallen. »Ich fand's sowieso klasse, mich mit dir zu unterhalten. Du warst so schön genervt.«

»Und jetzt sitzt du auch noch in der falschen Bahn«, stellte Evi fest.

»Das stimmt. Aber ich habe mein Semesterticket, damit kann ich überall hinfahren, auch wo ich gar nicht hin will.«

»Was studierst du denn?«

»Informatik«, informierte sie Kaspar bereitwillig. »Siebentes Semester, und es ist noch lange kein Ende abzusehen. Es macht mir einfach keinen Spaß. Außer mich in fremde Computer einzuhacken – das ist lustig. Der Rest furchtbar öde.«

»Warum studierst du es dann?«

»Wegen der vielen Ferien. Und irgendwas muß der Mensch doch tun«, sagte Kaspar. »Außerdem habe ich schon diverse andere Studiengänge angefangen. Tiermedizin, Philosophie, Psychologie, Pädagogik, Musikwissenschaften ...«

»Und das war alles nichts?«

»Nein.« Kaspar zuckte mit den Schultern. »Aber ich glaube, ich habe zuviel erwartet. Mittlerweile denke ich, daß es einfach nur darauf ankommt, eine Sache bis zum Ende durchzustehen. Dann stehen einem wieder alle Möglichkeiten offen.«

»Meinst du?« fragte Evi nachdenklich. »Trifft das wohl auch auf andere Sachen zu?«

»Im Grunde ja«, antwortete Kaspar. »Wieso, hast du auch Probleme, etwas durchzuhalten?«

Evi hatte keine Lust, darauf zu antworten. Statt dessen erkundigte sie sich wie eine alte Tante: »Weißt du denn, was du mal werden willst?«

»Nö«, sagte Kaspar. »Das ist das Blöde bei Leuten wie mir. Solange man nicht weiß, was man will, kann man so begabt sein wie Einstein – es wird trotzdem nichts aus einem. Außerdem bin ich schwul.«

»Was hat das denn damit zu tun?«

»Eigentlich nichts. Ich wollte es dir nur jetzt sagen, bevor du später furchtbar enttäuscht bist.«

Evi mußte lachen. »Na ja, an Selbstbewußtsein mangelt es dir wenigstens nicht.«

»Und auch nicht an Vertrauensseligkeit. Sieh mal, du weißt jetzt praktisch alles über mich, und ich weiß immer noch nicht mal deinen Namen.«

»Evi. Evelyn Bennemann.«

»Wiepassend fand ich irgendwie passender«, meinte Kaspar. »Bennemann erinnert mich an diesen Instant-Pulver-Hersteller, bei dem ich mal sechs Wochen Kakao abgefüllt habe. Noch Monate später habe ich nach dem Zeug gerochen. Du bist nicht zufällig die Tochter des Firmenbosses?«

»Nein.«

Kaspar lachte. »Na ja, war ja auch eine blöde Frage. So als wären alle Leute, die Brandt heißen, mit dem Zwiebackhersteller verwandt. Oder alle Müllers mit Müllermilch oder alle …«

»Ich bin nicht seine Tochter, ich bin seine Frau«, unterbrach ihn Evi. »Und hier muß ich raus.«

»Ich steige mit aus und warte auf die Gegenbahn«, meinte Kaspar. »Ich schreib' dir meine Telefonnummer auf. Wenn du mal Lust hast, dann ruf mich an.«

Er lächelte sie breit an.

»Lust auf was?« fragte Evi in einem Anfall von Frivolität. »Ich denke, du bist schwul!«

»Ist es denn wahr?« rief Kaspar mit gespieltem Entsetzen. »Da genießt du eine Viertelstunde meine Gesellschaft und weißt immer noch nichts mit mir anzufangen. Wie wär's denn mit Rollerskaten, Frau Firmenboß?«

»Das wäre toll«, meinte Evi. »Nur leider kann ich es nicht besonders gut. Ehrlich gesagt, ich hab's sogar noch nie probiert.«

»Das macht nichts. Ich bringe es dir bei. Rufst du mich an?«

»Mal schauen«, meinte Evi und lachte.

❦

Die Begegnung mit Kaspar hatte Evi aufgemuntert. Möglich, daß er bei jedem so nett war, aber diese Vertrautheit, die sofort zwischen ihnen geherrscht hatte, war sehr angenehm gewesen.

Wenn ich mich traue, dachte sie, dann rufe ich ihn auf jeden Fall an. Ich habe so wenig Freunde, und Inlineskaten würde ich wirklich gerne lernen.

Den Nachmittag verbrachte sie im Schwimmbad. Hier konnte sie in Ruhe darüber nachdenken, wie es weitergehen würde. Dabei gingen ihr immer wieder Margittas Worte durch den Kopf, daß Charlie sie nur geheiratet habe, weil das Kind unterwegs war, und daß sie sich im Gegensatz zu ihm nicht weiterentwickelt habe und daher heute einfach nicht mehr gut genug für ihn sei. Und daß sie nichts könne, außer schwimmen und gut aussehen.

Das war hart von Margitta, aber es stimmte ja, dachte Evi. Es stimmt alles. Ich bin wirklich nichts wert. Ich habe wie ein Parasit in diesem schönen Haus gehockt, mir schöne Sachen kaufen lassen und überhaupt nichts Nützliches getan. Nicht mal meine Tochter habe ich erzogen. Charlie wird sich vermutlich freuen, mich loszuwerden. Jedes Zuckerschneckchen kann ganz einfach meinen Platz einnehmen. Niemand wird mich vermissen.

Diese und ähnliche Gedanken beschäftigten sie noch, als sie wieder oben war und Fanny nach Hause kam. Sie warf ihre Reitsachen in die Garderobe, bedachte ihre Mutter mit einem gleichgültigen Blick und wollte an ihr vorbei die Treppe hinaufsteigen.

»Wie war's denn heute beim Reiten?« erkundigte sich Evi freundlich.

»Gut«, antwortete Fanny knapp und stapfte an ihr vorbei die Treppe hinauf. »Aber du verstehst ja sowieso nichts davon.«

Evi zwang sich, ruhig zu bleiben. »Hast du vielleicht Lust, mit mir einen Tee zu trinken? Du könntest mir dann alles über die Reitstunde erzählen.«

Fanny sah sie unwirsch an. »Ich muß Hausaufgaben machen. Wenn du jemanden zum Reden brauchst, mußt du dir schon jemand anderes suchen. Was sind denn das für Schuhe? Neu?«

»Ja, gefallen sie dir?«

»Schon. Aber nicht an dir. Das sind doch keine Schuhe für dich!«

Evi mußte lachen. »Du klingst wie Agnes. Der werden sie sicher auch nicht gefallen.«

»Zu Recht. Du hast wirklich kein bißchen Geschmack! Echt, du verhältst dich überhaupt nie wie eine Erwachsene!«

Evi sah erschrocken, wie ihre Tochter die Treppe hochrannte. Das wurde ja immer schlimmer. Irgend etwas nagte da in Fanny, aber sie wußte einfach nicht, was es war. Vermutlich wäre es pädagogisch vernünftig gewesen, hinterherzulaufen und Fanny ruhig aber streng zu einem Gespräch zu zwingen. Mütter behandelt man nicht wie lästiges Ungeziefer, Mütter gibt man nicht als Au-pair-Mädchen aus, Mütter läßt man nicht einfach stehen. Man behandelt sie mit Respekt, Liebe und Vertrauen.

Evi seufzte. Es hatte keinen Zweck abzustreiten, daß sie auch auf pädagogischem Gebiet absolut versagt hatte. Ihre kleine Fanny, dieses ehemals liebe, verschmuste Wesen mit der funkelnden Fantasie war zu einer Miniaturausgabe von Agnes herangewachsen. Noch hatte sie nicht deren Schliff und eisige Höflichkeit, aber das konnte ja noch werden. Wie hatte sie, Evi, nur zulassen können, daß aus Fanny so ein snobistisches kleines Ekel geworden war? Wahrscheinlich eine zwangsläufige Entwicklung, dachte sie. Diese Umgebung war Gift für Kinder.

Auf der anderen Seite, ging es ihr durch den Kopf, wer bin ich eigentlich, das zu beurteilen?

Tatsache war: Fanny paßte hierher, sie nicht. Eine Zehnjährige hatte sehr wohl eine Antenne für so etwas, und vielleicht ließ sie Evi ja einfach nur spüren, daß sie hier fehl am Platz war.

Ich geh' ja schon, dachte Evi bitter. Es ist nur eine Frage der Zeit, dann bin ich hier weg.

Aber was würde mit Fanny geschehen, wenn Charlie und sie auseinandergingen? Ohne Zweifel würde sie hier bleiben wollen. Fanny hatte von Geburt an in diesem Haus gelebt. Sie liebte ihre Oma und ihren Papa, und sie mochte dieses Leben zweifellos so wie es eben war.

Aber das kann ich nicht machen, dachte Evi. Wenn sie Fanny hier ließe, würde aus ihre eine gräßliche, bornierte Person werden. Mutterlos, nur mit einem schwerarbeitenden, karrieregeilen Vater, einer Großmutter, die niemals Gefühle zeigte, nicht mal beim Bridgespielen, und – last but not least – einer Stiefmutter, die *Zuckerschneckchen* hieß.

Da wäre dann niemand mehr, der ihre Bedürfnisse kannte, der ihr alte Beatles-Songs vorsang, wenn sie krank war, und elfmal hintereinander die Geschichte vom kleinen Mädchen mit den Sterntalern vorlas, wenn sie schlecht geträumt hatte. Zugegeben, in letzter Zeit war das nicht mehr oft vorgekommen, und sicher würde Fanny immer erwachsener und selbständiger werden, bis sie schließlich über die Sterntaler nur noch lächeln könnte. Aber niemand, niemand auf der Welt kannte sie so gut wie Evi. Dieses besondere Zittern der Oberlippe, der kleine Kringel, der sich unter ihrer Nase bildete, wenn sie zu weinen anfing, und diese besonders kitzlige Stelle unter den Füßen – das alles wußte doch nur Evi wirklich einzuordnen. Auch wenn Fanny das im Augenblick gar nicht zu schätzen wußte, irgendwann würde der Augenblick kommen, wo sie jemanden brauchte, der sie wirklich kannte und liebte. Und dann – das sah Evi vor sich, als wäre es schon geschehen – dann würde ihr Papa bei der Arbeit sein und Oma Agnes gerade im Sankt-Vinzenz-Hospital Wohltätigkeit ausüben.

Bei diesen Gedanken schwammen Evis Augen vor Mitleid beinahe über. Ihr armes kleines Töchterchen. Sie konnte es unmöglich in diesem Haus zurücklassen.

Vielleicht war Margitta ja völlig auf dem Holzweg, wenn sie sagte, es gebe nur die eine Möglichkeit, Charlie zu verlassen und dabei in erster Linie an sich zu denken. Was wäre sie für eine Mutter, wenn sie in erster Linie an sich selber dächte? Keine gute jedenfalls. Ausrede hin, Ausrede her: Vielleicht würde es sich doch lohnen, um diese Ehe zu kämpfen. Schon allein Fannys wegen.

Wenigstens einen Versuch müßte es ihr wert sein.

❦

Als Charlie an diesem Abend die Haustüre öffnete, kam Evi ihm auf der Treppe in seinem Lieblingskleid, einem tiefausgeschnittenen, roten Strickkleid, das sich lässig um ihre Hüften schmiegte, entgegen. Sie lächelte ihn schüchtern an, und Charlie wurde wie immer ganz warm ums Herz. Was hatte er doch für eine süße, liebe Frau.

»Na, mein Mäuschen? Wie war dein Tag? Wieder gesund?«

Evi nickte. »Charlie, ich ...« Sie schluckte. »Ich wollte mit dir reden.«

Charlie stellte seinen Aktenkoffer in die Garderobe. »Natürlich. Sollen wir essen gehen? Ich könnte uns einen Tisch im *La Fornace* bestellen, und du sagst mir, was du auf dem Herzen hast.«

Evi schluckte wieder.

»Gut«, brachte sie hervor.

Mußte er ausgerechnet heute so nett zu ihr sein? Ausgerechnet heute hatte er auch dieses besondere

Grübchen in der Wange, das sie so sehr an ihm liebte. Und die Art, wie er sie ansah – so *liebevoll*. Man konnte glatt vergessen, daß es ein gewisses Zuckerschneckchen gab. Trotzdem, die Sache mußte einfach vom Tisch. So oder so.

»Ich geh' mich schnell umziehen, dann können wir fahren«, sagte Charlie. »Ist Fanny schon im Bett?«

Evi riß sich zusammen. »Nein, sie schreibt noch an irgendwas. Vermutlich beschwert sie sich in ihrem Tagebuch über das Abendessen. Sie war schwer beleidigt, weil Agnes keine thailändischen, sondern südamerikanische Mangos eingekauft hatte.«

»Das schmeckt sie? Dieses Kind wird mal Restaurantkritikerin«, schmunzelte Charlie.

»Oder magersüchtig«, konstatierte Evi. »Sie und Agnes haben sich die ganze Zeit über Diäten unterhalten. Ich finde es ziemlich schlimm, wenn eine Zehnjährige sich schon Gedanken über ihre Figur macht.«

Charlie lachte. »Wenn sie auf dich kommt, hat sie sowieso niemals Figurprobleme«, meinte er und sah bewundernd an ihr herab. »Ich bin froh, daß du wieder gesund bist. Gestern abend hast du mir ganz und gar nicht gefallen.«

»Darüber wollte ich mit dir reden«, murmelte Evi. »Ich war gar nicht wirklich krank, nur ...«

»Aufgeregt? Du bist wirklich süß! Wir haben den Abend doch wunderbar überstanden. Heute hat das Telefon gar nicht stillgestanden, so viele Leute haben angerufen und mir noch einmal gratuliert. Wie fandest *du* eigentlich meine Rede?« Mittlerweile waren sie im

Schlafzimmer angekommen, und Charlie hatte damit begonnen, sich zu entkleiden.

»Gut, wie immer«, sagte Evi.

»Ja, sie ist sehr gut angekommen, das habe ich auch gemerkt.« Mit Schwung warf Charlie Anzugjacke, Krawatte und Oberhemd aufs Bett. »Rufst du schon mal im *La Fornace* an und läßt uns einen Tisch reservieren? Ah, ich verzehre mich beinahe nach den gegrillten Scampi in Knoblauch-Champagnersoße.«

Er klopfte sich liebevoll auf seinen Bauchspeck. »Dabei sollte ich eigentlich nur einen Salatteller essen. Ich werde wirklich immer fetter. Zu viel Arbeit, zu wenig Bewegung.«

Er zog die schlanke Evi zu sich heran. »Magst du mich trotzdem noch?«

Evi schmiegte sich unwillkürlich an seine nackte Brust und seufzte.

»Ja, und wie«, sagte sie ehrlich.

»Hm, hm.« Charlie bohrte seine Nase in ihr Haar und küßte sie auf Stirn und Augen. Dabei wanderten seine Hände genießerisch über ihre Hüften.

»Könntest du dir vorstellen, das Kleid noch einmal kurz auszuziehen? Nur für mich?«

Nun, dieses Gespräch verlief ganz und gar nicht, wie Evi es sich gedacht hatte, aber Charlies Händen, seinen Küssen und seiner warmen, schmeichelnden Stimme hatte sie noch nie widerstehen können.

»Ich weiß nicht«, protestierte sie schwach, aber Charlie hatte das Kleid schon beinahe ausgezogen.

Hastig versuchte sie, sich Margittas harte Worte ins Gedächtnis zu rufen und sich selber zu ermahnen, an

Zuckerschneckchen zu denken – vergebens. Charlies liebkosende, geschickte Hände trugen den Sieg davon. Unversehens fand sie sich auf dem Bett liegend, an nichts mehr denkend als an Charlie und daran, wie sehr sie ihn doch liebte. Sie klammerte sich um seinen Hals wie eine Ertrinkende, so als wolle sie ihn nie wieder loslassen.

»Ich liebe dich«, sagte Charlie später. Die Uhr neben dem Bett zeigte an, daß gerade mal fünfzehn Minuten vergangen waren.

»Wir haben kein Kondom benutzt«, flüsterte Evi. Sie hatte immer noch einen Arm um seinen Hals geschlungen.

»Das stimmt«, sagte Charlie. »Aber wäre es so schlimm, wenn wir noch ein Kind bekämen?«

Evi traten die Tränen in die Augen. »Würdest du das denn wollen?«

»Natürlich, darüber haben wir doch schon gesprochen. Einen kleinen Bruder für Fanny. Oder eine kleine Schwester, natürlich.«

»Das würde aber bedeuten, daß wir zusammenbleiben, Charlie.« Evi stiegen die Tränen in die Augen.

Die Stunde der Wahrheit war gekommen.

Charlie runzelte die Stirn. »Natürlich würde es das. Hattest du etwa andere Pläne für die nächsten Jahre?«

»Ich nicht, aber du vielleicht. Bist du dir ganz sicher, daß du mich und Fanny und noch ein Kind behalten willst? Dein Leben lang?«

»Evi, was ist denn mit dir los? Du weinst ja!«

»Ja«, schluchzte Evi. »Weil ... weil du gesagt hast, daß du mich liebst. Und daß du noch ein Kind mit mir haben willst.«

»Das ist doch kein Grund zu heulen!«

»Ich dachte aber, du wolltest mich vielleicht loswerden.«

Charlie lachte. »Und wie kommst du auf diese Schnapsidee? Du bist doch mein kleines, dummes Evchen. Wieso sollte ich dich loswerden wollen?«

Evi schniefte. »Vielleicht, weil du eine bessere gefunden hast?« Sie wagte nicht, Charlie bei diesen Worten in die Augen zu schauen.

»Eine bessere?« Charlie küßte sie auf den Hals. »Süße, kleine Evimaus, eins mußt du wissen: Keine Frau auf dieser Welt gefällt mir besser als du! Keine kann dir das Wasser reichen.«

»Keine?« Wirklich nicht? Ach, Charlie das wäre zu schön, um wahr zu sein.

»Keine«, bestätigte er ernst. »Da mach dir mal keine Sorgen.« Er streichelte sanft über Evis Haar. »Wie ist es, hast du keinen Hunger?«

»Doch«, sagte Evi wahrheitsgemäß, wischte sich die Tränen von der Wange und versuchte ein Lächeln. Charlie hatte so ehrlich geklungen. Ja, er mußte sie einfach lieben. So gut konnte doch kein Mensch lügen! Wenn Margitta mit ihrer Behauptung recht hätte, daß er froh wäre, sie loszuwerden, dann würde er sich doch wohl kaum ein weiteres Kind von Evi wünschen!

Nein, nein, es war, wie sie schon nicht mehr zu hoffen gewagt hatte: Charlies Affäre mit Zuckerschneckchen – oder wie immer auch ihr richtiger Name lauten mochte – war ohne jede Bedeutung. Eine Versuchung, der er nicht hatte widerstehen können, weiter nichts. Keine Sache, die seine Gefühle für Evi beeinträchtigte. Vielleicht hatte er in Gedanken schon beschlossen, Zuckerschneckchen den Laufpaß zu geben, jetzt nach dieser leidenschaftlichen Viertelstunde voller Liebesgeständnisse.

Evi frohlockte. Ja, so war es! Ganz einfach. Charlie liebte sie. Sie liebte Charlie. Sie gehörten einfach zusammen. Da konnte Margitta sagen, was sie wollte. Wenn alles gut ging, würden sie ein zweites Kind bekommen. Und dann wären sie wieder, was sie immer waren: eine richtig glückliche Familie.

Was Zuckerschneckchen anging – Evi beschloß, die Angelegenheit großzügig zu vergessen. Was würde es nutzen, Charlie darauf anzusprechen. Er würde nur in die Verlegenheit geraten, etwas zu erklären, das sie ohnehin schon verstanden hatte. Verstanden und verziehen. Ja, sie würden einen Neuanfang machen – vielmehr, sie hatten ihn schon gemacht. Gerade eben.

»Ich werde das Lammfilet nehmen«, sagte sie voller Vorfreude.

Charlie lachte wieder. »Und ich die Scampi und eine dicke Pizza! Jetzt habe ich ja unendlich viele Kalorien verbraucht!«

Fannys Tagebuch

Heute war wieder ein ganz, ganz schrecklicher Tag. In der Schule hat Laura gesagt, daß Anna-Lena zu Gwen-Patrizia gesagt hat, daß sie mich vielleicht nicht zu ihrem Geburtstag einladen will. Obwohl sie doch erst gestern bei mir zu Besuch war!

Außerdem haben wir eine Mathearbeit geschrieben, und ich habe diesmal bestimmt keine eins.

Im Reiterstall mußte ich dann auf Rio reiten, weil Calamity beim Hufschmied war.

Und zu Hause gab es auch nur Ärger. Meine sogenannte Mutter hat sich ein Paar Schuhe gekauft, die Agnes ganz unmöglich fand. Zu recht! Agnes hat gesagt, die Schuhe sind nur was für einen unreifen pubärtierenden Tinätscher, und Mama soll endlich mal lernen, sich ihrem Alter und ihrem Stand entsprechend zu verhalten und zu kleiden. Meine sogenannte Mutter hat natürlich wie immer nichts dazu gesagt, wahrscheinlich hat sie die Schuhe sofort in den Mülleimer geworfen. Dabei waren sie so schlimm auch wieder nicht. Aber das ist typisch für sie. Kapiert nie, worum es eigentlich geht, und wenn sie eine Meinung hat, dann die falsche.

Bin viel zu dick, muß unbedingt abnehmen.

5

Als Evi am nächsten Morgen erwachte, schien die Sonne zum Dachfenster herein, die Vögel zwitscherten, und es war wieder Frühling. Charlie war schon in der Firma, aber seine Seite vom Bett war noch warm, und Evi grub voller Wonne ihre Nase in sein Kopfkissen. Dies war schon der zweite Morgen hintereinander, an dem Charlie sie einfach schlafen ließ. Dabei war ihr das gemeinsame Familienfrühstück eigentlich heilig, und sie fühlte sich seltsam pflichtvergessen, wenn sie so spät aufwachte. Andererseits, es kam selten genug vor und war ein herrlicher Luxus, den man einfach genießen sollte!

Erst das Telefon klingelte Evi aus ihren angenehmen Morgenträumen. Es war Margitta. Beim Klang ihrer Stimme rutschte Evi unwillkürlich von Wolke sieben herab auf Wolke fünf.

»Na?« fragte Margitta mit unüberhörbar mitleidigem Unterton. »Hast du mit Charlie geredet?«

»Ja«, sagte Evi.

»Armes Schäfchen. Jetzt wirst du eine Wohnung brauchen, und da habe ich gleich eine gute Nachricht für dich. Eine Kollegin von mir geht für ein Jahr in die USA. Du könntest ihre Wohnung so lange übernehmen. Voll möbliert, fünfzig Quadratmeter, neue Einbauküche, und das Beste: schon ab nächsten Mittwoch frei! Ist das nicht toll? Ich habe wie ein Löwe darum gekämpft, daß du sie haben kannst!«

»Das ist wirklich nett von dir«, sagte Evi verlegen. »Aber ich werde die Wohnung nicht brauchen.«

Am anderen Ende der Leitung herrschte Schweigen.

»Was soll das heißen?« kam es schließlich äußerst kühl.

»Das soll heißen, daß zwischen Charlie und mir wieder alles in Ordnung ist«, sagte Evi. Sie ärgerte sich über sich selber, weil ihre Worte so schuldbewußt klangen.

»Alles in Ordnung?« wiederholte Margitta entgeistert. »Ich höre wohl nicht recht! Gestern wolltest du noch die Scheidung, und heute ist alles wieder in Ordnung?!?«

Du wolltest das mit der Scheidung, nicht ich, schoß es Evi durch den Kopf. Laut sagte sie: »Na ja, was soll ich sagen? Wir haben uns ausgesprochen und beschlossen, neu anzufangen.«

Wieder herrschte tödliches Schweigen am anderen Ende der Leitung.

»Und was ist ... mit der anderen Frau?« fragte Margitta schließlich.

»Charlie wird sie aufgeben«, sagte Evi hoffnungsvoll. »Er liebt mich, und ich habe ihm verziehen.«

»Hat er gesagt, daß er sie aufgeben will?« Margittas Stimme klang jetzt ein wenig schrill.

»Na ja, nicht so direkt«, gab Evi zu. »Um ehrlich zu sein, wir haben gar nicht über sein Verhältnis gesprochen. Es erschien mir plötzlich nicht mehr so wichtig.«

»Das heißt, Charlie weiß gar nicht, daß du weißt, daß er eine andere hat?«

»Nein«, sagte Evi kleinlaut.

»Also wirklich, Evi! Du bist ja dämlicher als die Polizei erlaubt!«

»Kann schon sein«, sagte Evi. »Aber ich glaube eben doch, daß Charlie und ich einfach zusammengehören. Er hat gesagt, daß er noch ein zweites Kind will …«

»… und du hast ihm geglaubt!« Es hörte sich an, als würde Margitta in den Hörer spucken. »Ich verstehe dich wirklich nicht.«

»Da kann ich dir leider auch nicht helfen.« Evi erschrak über ihre eigenen Worte. So hart hatte sie sich nicht ausdrücken wollen. »Entschuldige, Margitta, es ist ganz lieb von dir, daß du dich so um mich kümmerst, aber es ist letztendlich *mein* Leben, und ich muß meine Entscheidungen schon selber treffen. Wenn ich mich nun entschlossen habe, bei Charlie zu bleiben, dann darfst du doch deswegen nicht böse auf mich sein. Im übrigen glaube ich wirklich, daß er diese Affäre beenden wird. Ich glaube es ganz sicher. Wir hatten eine so wunderbare Nacht …«

»Danke, keine Einzelheiten bitte«, sagte Margitta. Sie klang irgendwie verschnupft. »Ich wollte dir ja nur helfen, aber wenn du offenen Auges in dein Unglück rennen willst, bitte!«

»Aber Margitta«, Evi horchte fassungslos auf den Piepton in der Leitung. Margitta hatte einfach aufgelegt!

Komisch, dachte Evi. Als ob sie's persönlich nimmt, daß Charlie und ich uns wieder vertragen haben.

Nachdenklich lehnte sie sich zurück in den Kissenberg hinter sich und versuchte, Margitta zu verstehen.

Evi versuchte immer, ihre Mitmenschen zu verstehen. Das war einer ihrer liebenswerten und zugleich etwas eigenartigen Charaktermerkmale.

Na klar, daß Margitta etwas genervt war, nachdem sie sich gestern Evis Jammerei hatte anhören müssen und lauter gute Ratschläge gegeben hatte, die Evi jetzt einfach in den Wind schlug. Außerdem dachte Margitta prinzipiell nicht gut von den Männern; wieso sollte sie es ausgerechnet von Charlie tun? Margitta war einunddreißig und eigentlich Single aus Überzeugung.

»Ich liebe es, in meinen vier Wänden tun und lassen zu können, was ich will«, sagte sie immer. »Ein Mann würde doch da nur stören. Jedenfalls den größten Teil des Tages.«

Das hatte sie allerdings schon lange nicht mehr gesagt, ging es Evi jetzt durch den Kopf. Eher, wie schwierig es war, den Richtigen zu bekommen.

»Alle guten Männer sind entweder vergeben oder schwul«, pflegte sie zu sagen. »Und ehe ich mich mit einem von den Übriggebliebenen einlasse, bleibe ich doch lieber allein und konzentriere mich auf meine Karriere.«

Trotz dieser Äußerungen und ihrer toughen Art wußte Evi aber, daß auch Margitta von einer Familie und Kindern träumte. Oft genug hatte sie gesagt, daß sie Evi um ihr Familienleben beneidete.

»Wenn alle Freundinnen ringsum Babys bekommen und von nichts anderem mehr reden, ist es manchmal sehr schwierig, die gutverdienende Singlefrau noch überzeugend rüberzubringen«, hatte sie Evi unlängst anvertraut. »Langsam bin ich soweit, daß ich Angst davor kriege, im Leben mal ganz allein dazustehen. Es ist so ungerecht, als würde nichts von dem zählen, was ich leiste! Mein Job, mein Einkommen, mein perfekt gestylter Körper, meine chice Wohnung, meine exotischen Reisen, meine illustren Freunde – das alles zählt nicht, solange ich keinen Mann abgekriegt habe und kein Kind mein eigen nennen kann. Ich gehe meine Eltern nur noch äußerst selten besuchen, weil die erste Frage immer lautet: Und, Kind, hast du jemanden kennengelernt? Neulich hat mein Vater gesagt, ich solle aufhören, mich so zu zieren, so ganz taufrisch sei ich schließlich auch nicht mehr. Aber nur weil ich jetzt dreißig Jahre alt bin, heißt das doch nicht, daß ich plötzlich meine Ansprüche zurückschraube! Wenn mein Traummann bisher gutaussehend, beruflich erfolgreich und gebildet sein mußte, warum sollte er dann auf einmal ein glatzköpfiger Tankwart mit dem IQ eines Affen sein dürfen?«

Evi hatte darüber lachen müssen, aber zugleich die Verzweiflung gespürt, die dahinter gesteckt hatte. Verständlich, daß Margitta jetzt nicht gerade positiv darauf reagierte, wenn sie hörte, daß sie und Charlie sich zusammengerauft hatten. Vielleicht hatte sie ja unbewußt gehofft, in Evi eine Leidensgenossin zu finden – endlich wieder eine Freundin, die auch ohne Mann dastand.

Na ja, dachte Evi, nur Margitta zu Gefallen kann ich Charlie jedenfalls nicht verlassen. Aber vielleicht sollten wir versuchen, einen Mann für sie zu finden. Natürlich einen gutaussehenden, erfolgreichen und gebildeten Mann, einer von denen Margitta sagte, es gebe sie gar nicht, es sei denn, sie seien verheiratet oder schwul.

Beim Stichwort »schwul« fiel ihr ihre Bekanntschaft von gestern mittag wieder ein: Kaspar mit der Kartoffelnase. Sie hatte große Lust, ihn wiederzusehen.

Warum eigentlich nicht, überlegte sie. Ich werde ihn fragen, ob er mir Inlineskaten beibringt, dann übe ich heimlich, und wenn ich es einigermaßen kann, überrasche ich Fanny und Charlie damit.

Kaspar war glücklicherweise zu Hause, als sie ihn anrief. Er wußte auch gleich, wer sie war.

»So schnell habe ich gar nicht mit deinem Anruf gerechnet, Wiepassend«, sagte er erfreut. »Weil ich mich immer noch nicht um einen Ferienjob gekümmert habe – keiner will einen erstklassigen Computerhacker beschäftigen – und draußen die Sonne scheint, ist es sehr passend, inlineskaten zu gehen. Am Rhein unten, da ist es flach und superglatt asphaltiert.«

»Das dumme ist, daß ich keine Inlineskates habe«, sagte Evi.

»Wenn du wirklich die Frau von Bennemann Instant-Pulver bist, dann dürfte es dir doch keine Probleme machen, welche zu kaufen«, meinte Kaspar.

Evi lachte fröhlich.

»Auch wieder wahr«, sagte sie.

❦

Sie traf sich mit Kaspar eine Stunde später vor *Sport-Scheck* und stellte fest, daß er ihr immer noch genauso sympathisch war wie am Tag zuvor. Jetzt, wo sie ihre gewohnte gute Laune wiedergewonnen hatte und ihr Leben wieder in Ordnung war, hielt sie ihn auch nicht mehr für verhaltensgestört. Er war eben einfach nur ein netter Kerl. Unter seiner Beratung entschied sie sich für ein Paar nicht ganz billiger Inlineskates. Am Material sparen brächte nichts, sagte Kaspar, und sie sähe ihm ganz nach einem echten Naturtalent aus. Die Anschaffung würde schon nicht umsonst sein. Dafür würde er seine Hand ins Feuer legen.

Aber als sie später an der Rheinpromenade ihre ersten Laufversuche machte, dachte Evi, daß er mit seinen Prognosen wohl den Mund etwas zu voll genommen hatte. Sie war nur heilfroh, daß sie einen Helm trug – egal, wie dämlich sie damit auch aussah – und ihr Körper mit diesen überaus praktischen Ellenbogen- und Knieschützern gepolstert war.

»Schade, daß es die nicht auch für den Hintern gibt«, sagte sie nur halb im Spaß, als sie zum x-ten Mal auf ihrem Allerwertesten saß. »Ich kann leider nicht sagen, daß es nicht weh tut.«

»Klappt doch schon viel besser«, meinte Kaspar sorglos und half ihr wieder auf die Beine. »Na los, weiter. Hier kannst du mal dein Durchhaltevermögen beweisen.«

»Spaß macht es ja«, keuchte Evi, als sie ein paar Meter ohne seine stützende Hand gefahren war. »Aber vermutlich muß man schon als Kind damit anfangen, um es so richtig zu können.«

»Aber nein, du machst das ganz prima. Nicht auf die Füße schauen ...«

Eine dreiviertel Stunde später fiel Evi schon nicht mehr so oft hin. Sie schaffte jetzt schon etliche Meter geradeaus, sogar ziemlich schnell. Nur mit dem Bremsen und Kurvenfahren haperte es noch. Aber Evi gab nicht auf. Mit vor Eifer glühenden Wangen rappelte sie sich immer wieder auf und fing von neuem an. Kaspar war schwer beeindruckt.

»Ich sag' doch, du bist ein Naturtalent«, rief er. »Ich hab's dir gleich angesehen. Wenn du so weitermachst, gehen wir morgen in die Halfpipe.«

»Wohin?« fragte Evi und versuchte, einer Spaziergängerin mit Dackel auszuweichen. Es klappte nicht. Kreischend sauste sie die Böschung hinab. Dackel und Frauchen sahen ihr staunend nach.

»War nur ein Scherz, das mit der Halfpipe«, sagte Kaspar, als er Evi aus dem Gras aufhalf. »Jetzt üben wir erst mal das Bremsen, in Ordnung?«

Evi klopfte sich den Dreck vom Hintern und lachte. »Ich wette, da hinten ist kein einziges Fleckchen Haut mehr so wie es sein sollte.«

»Ja, dieser blaue Po wird deinem Mann sicher einige Rätsel aufgeben. Und Muskelkater wirst du auch bekommen, das kann ich dir gleich prophezeien. Und zwar an Stellen, an denen du bisher niemals auch nur den Hauch eines Muskels vermutet hättest!«

Kaspar betrachtete sie mit geneigtem Kopf. »Bilde ich mir das nur ein, oder bist du heute viel besser drauf als gestern?«

»Das bildest du dir nicht ein. Gestern war ich die unglücklichste Frau der Welt, heute die glücklichste.«

»So schnell geht das?« staunte Kaspar. »Verrätst du mir den Trick?«

»Ich habe eben einfach beschlossen, glücklich zu sein«, erklärte Evi ernsthaft. »Meine Oma hat schon immer gesagt, daß schlechte Laune eine Beleidigung für den lieben Gott ist.«

»Tatsächlich? Ich glaube, deine Oma kannte einen anderen lieben Gott als ich. Aber ich find's gut, daß es dir wieder besser geht.«

❦

Erst am Nachmittag, als Evi jeden Knochen und jeden Muskel im Leib schmerzlich spürte, gab sie schließlich auf.

»Nur für heute«, beteuerte sie. »Morgen machen wir weiter. Das heißt, morgen mache *ich* weiter. Du mußt studieren.«

»Das kommt auf das Wetter an«, sagte Kaspar. »Ich mache mein Studium grundsätzlich vom Wetter abhängig.«

Sie setzten sich auf die Stufen einer Treppe, die hinauf zur Rheinuferstraße führte, und zogen sich die Inlineskates aus. Trotz ihrer Blessuren war Evi mit dem Tag rundum zufrieden. Glücklich blinzelte sie in die Sonne. Die Zahl der Spaziergänger und der dazugehörigen Hunde und Kinderwagen hatte sich zum Nachmittag hin verdreifacht. Die ganze Stadt schien auf den Beinen zu sein, um die milden Strahlen der Frühlingssonne, den ausgelassenen Gesang der Vögel und den Anblick des glitzernden Rheinwassers zu genießen.

»Danke«, sagte Evi voll echter Wärme zu Kaspar. »Vielen, vielen Dank, daß du dir die Zeit genommen hast. Ich habe das Gefühl, als ob mir eine völlig neue

Welt erschlossen worden wäre. Wenn ich es gut genug kann, werde ich es meiner Tochter beibringen.«

»Eine Tochter hast du auch?« fragte Kaspar staunend. »Du siehst irgendwie viel jünger aus als du sein mußt.«

»Ich bin sechsundzwanzig«, erklärte Evi.

»Dann bist du sogar jünger als ich«, stellte Kaspar fest. »Wie hast du das nur angestellt, so jung und schon eine Tochter und einen Konzernchef zum Mann! Ich bin letzte Woche siebenundzwanzig geworden und habe weder Mann, noch Kind, noch Beruf. Für meine Eltern war mein Geburtstag der Anlaß, mir den monatlichen Unterhalt zu streichen. In dem Kuhdorf, aus dem ich stamme, trauen sie sich keinem zu sagen, daß ihr Sohnemann immer noch studiert. Genausowenig, wie sie verraten, daß ich schwul bin. Meine Mutter glaubt das sowieso nicht. Sie glaubt, damit wolle ich sie nur ärgern, und meint nur, ich habe die Richtige noch nicht getroffen. Jedesmal, wenn ich zu Besuch bin, versucht sie mir eine der übriggebliebenen Dorfschönheiten anzupreisen. Es ist entsetzlich.«

Evi lachte hell auf. Nebeneinander, die Inlineskates über die Schultern geworfen, schlenderten sie weiter. In diesem Augenblick hatte sie Kaspar so gern, daß nur der Gedanke daran, daß sie sich kaum mehr als vierundzwanzig Stunden kannten, sie davon abhielt, nach seiner Hand zu greifen. Außerdem bestand die Möglichkeit, daß er derartige Sympathiebezeugungen von seiten einer Frau nicht mochte.

»Hast du denn den Richtigen schon getroffen?« erkundigte sie sich neugierig.

»Weiß man ja nie so genau«, antwortete Kaspar vorsichtig. »Im Augenblick denke ich aber, Nobbi könnte der Richtige sein. Norbert Schweis – in vieler Hinsicht das genaue Gegenteil von mir: zielstrebig, ehrgeizig und ausgesprochen gutverdienend. Dagegen habe ich nichts. Er zahlt unsere Miete. Wenn er nicht schwul wäre, wäre er genau der Mann, der meiner Mutter gefiele.«

»Schweis«, lachte Evi. »Was für ein Name! Aber sicher ist er noch unheimlich glücklich wegen dem W! Also, den würde ich an deiner Stelle nicht heiraten!« Sie hielt inne. »Wohin gehen wir eigentlich?«

»Ich bringe dich noch zur Straßenbahn«, erklärte Kaspar ritterlich. »Hier an der Ecke stehen immer die Exhibitionisten herum. Vor denen muß ich dich beschützen. Du könntest sonst etwas zu sehen bekommen, was dir Alpträume bereiten würde.«

»Du bist wirklich lieb. Aber ich kenne mich hier gut aus. Meine Freundin Margitta wohnt in dieser Straße. Siehst du, in diesem Haus da, gleich hier vorne. Rheinblick inklusive. Oh, da kommt sie gerade ...« Evi erinnerte sich, daß Margitta heute morgen einfach aufgelegt hatte. Jetzt war die Gelegenheit, diesen albernen »Streit« aus der Welt zu schaffen.

Sie hob die Hand zum Winken und ließ sie gleich darauf wieder sinken.

»Das verstehe ich nicht«, murmelte sie. Hinter Margitta war niemand anderes als Charlie aus der Haustüre getreten.

Charlie!

Am hellichten Nachmittag bei Margitta! Was hatte er hier zu suchen?

Was?

»Die Blonde ist deine Freundin? Sehr attraktiv«, konstatierte Kaspar und pfiff gleich darauf leise durch die Zähne. »Allerdings ein Nichts im Vergleich mit ihrem gutaussehenden Lover! Wer ist das?«

»Das ist nicht ihr Lover, das ist mein Mann«, wollte Evi sagen, aber in diesem Moment legte Charlie die Arme um Margitta und zog sie an sich. Margittas perlendes Lachen tönte bis zu ihnen hinüber.

Evi packte Kaspar am Ärmel seines Sweatshirts. »Bleib stehen«, zischte sie und tauchte dann hinter ein paar Mülltonnen in Deckung.

Kaspar hechtete neben sie in die Hocke. »Stimmt was nicht?«

»Das kann man wohl sagen.« Evi schaute wieder zu den beiden hinüber. Das alles kam ihr vor wie eine Szene aus ihrem schlimmsten Alptraum. Charlie und Margitta in enger Umarmung mitten auf dem Bürgersteig. Und jetzt küßten sie sich. Mitten auf den Mund. Leidenschaftlich. Ausdauernd. Höchstwahrscheinlich mit Zunge.

»Mein Mann«, flüsterte Evi.

»Was, der da?«

Evi nickte.

Kaspar faßte es einfach nicht. »Du meinst, der Typ, der deine Freundin abknutscht, ist dein Ehemann? Der Boß von Bennemann Instant-Pulver?«

»Genau der«, sagte Evi mit zusammengebissenen Zähnen. »Der Typ, der mir vor weniger als vierundzwanzig Stunden gesagt hat, er liebe nur mich, und keine andere Frau könne mir je das Wasser reichen.«

»Uuuups«, machte Kaspar.

»*Dem* Kerl habe ich verziehen!«, setzte Evi ihren Monolog fort, während sich die beiden weiter vorne immer noch küßten. Margittas Hand lag dabei auf Charlies Hose – so, als wähne sie sich in ihrem Schlafzimmer und nicht am hellichten Tag auf dem Bürgersteig, auf dem Mütter ihre Kinderwagen spazierenfuhren.

»Mit diesem Arsch wollte ich einen Neuanfang wagen! Ha!«

»Herr im Himmel!« stöhnte Kaspar mit einem ungläubigen Augenaufschlag.

»Zum Teufel mit Charlie!« knirschte Evi.

In ihrem Kopf fügten sich einhundert kleine Puzzleteile zu einem Ganzen zusammen. Das ominöse *Zuckerschneckchen*, das war ihr jetzt schlagartig klargeworden, war niemand anderes als ihre beste Freundin Margitta. Dieselbe Person, die ihr nahegelegt hatte, Charlie zu verlassen, am besten ohne Angabe von Gründen. Jetzt war Evi auch klar, warum sie das getan hatte. Einfacher wäre sie die lästige Ehefrau des Geliebten niemals losgeworden! Wenn Evi von Charlie die Scheidung verlangt hätte, wäre der Weg für Margitta frei gewesen. Evi schnaubte leise vor sich hin. Und wie selbstlos sie sich bereits um eine Bleibe für sie gekümmert hatte. Damit die Sache bloß nicht durch solche Kleinigkeiten verzögert wurde. Jetzt war alles sonnenklar!

Zehn Meter weiter lösten sich Charlie und Margitta voneinander, und Charlie stieg in seinen grünen Jaguar, den Evi erst jetzt wahrnahm. Margitta warf ihm Kußhände hinterher. Evi duckte sich tiefer hinter die Mülltonnen.

»Halt mich fest!« keuchte sie. »Halt mich bloß fest, damit ich nicht losrenne und diese hinterhältige Ische mit dem Deckel dieser Mülltonne erschlage!«

Kaspar legte den Arm um ihre Schulter.

»Du kannst wieder aufstehen«, sagte er. »Deine sogenannte beste Freundin ist ins Haus gegangen.«

Evi erhob sich mit wackeligen Knien. Die Wut, die sich ihrer bemächtigt hatte, war so heftig, daß sie am ganzen Körper zitterte.

»Das ist wirklich das Unglaublichste, das mir je widerfahren ist«, sagte sie. »Du kannst dir nicht vorstellen, wie unglaublich.«

»Die Welt ist wirklich schlecht«, meinte Kaspar bekümmert. Er hatte immer noch einen Arm um Evi gelegt und fühlte voller Mitleid, wie ihre Schultern bebten.

Evi warf einen haßerfüllten Blick zu Margittas Wohnung hinauf. Es wäre zu schön, dort jetzt einfach hineinzustürzen und Margitta den erstbesten harten Gegenstand über den Kopf zu braten. Kein Gericht der Welt würde sie dafür verurteilen! Evi holte tief Luft. Was hatte sie sich gestern alles von ihr anhören müssen! Sie sei nicht gut genug für Charlie, hatte Margitta gesagt. Zu ungebildet, zu naiv, zu langweilig! Charlie bräuchte eine Frau, die ihm gewachsen sei! Na klar, dabei hatte Margitta an sich gedacht: Sie war Charlie gewachsen. Sie hielt sich eindeutig für eine gutverdienende Journalistin, eine Frau mit Geschmack, mit Beziehungen, mit gesellschaftlichem Schliff.

»Seien wir mal ehrlich«, hatte sie gesagt, Evi erinnerte sich genau. »Mit dir kann man gesellschaftlich nicht viel Staat machen!« Mit sich aber sehr wohl, mußte sie gedacht haben!

Evi knirschte hilflos mit den Zähnen. Und mit welch kaltschnäuziger Gelassenheit Margitta sich angehört hatte, daß Evi kurz davor gewesen war, Charlies Zukkerschneckchen anhand der Brille zu identifizieren! Jede andere wäre vor Scham unter den Tisch gesunken. Aber Margitta war wirklich hartgesotten. Der besten Freundin den Mann auszuspannen, und das mit System, dazu gehörte wirklich eine gehörige Portion Morallosigkeit. Vielleicht hatte sie Evis Freundschaft nur aus diesem einzigen Grund gesucht: um an Charlie heranzukommen.

»Alle guten Männer sind entweder schwul oder bereits vergeben« – ja, aber diese Feststellung hatte Margitta reichlich wenig gestört!

Und Charlie erst!!! Evis Magen krampfte sich zusammen. Dieser Schweinehund. Dieser verlogene, hinterhältige Mistkerl! Er mußte sie wirklich für verdammt naiv halten, wenn er sich nicht schämte, mit ihrer besten Freundin eine Affäre anzufangen.

»Ich war ja so blöd!« Evi spuckte die Worte geradezu auf den Bordstein. »Ich müßte eine Medaille für meine Dämlichkeit bekommen.«

Kaspar drückte sie fester an sich. »Es tut mir so leid! Eben warst du noch so glücklich. Und jetzt sowas! Der Kerl muß aber auch völlig verblödet sein, wenn er diese blonde Mieze dir vorzieht!«

»Oh«, sagte Evi bitter. »Da bist du aber der einzige Mann weit und breit, der das findet. Und wenn du sie kennen würdest, müßtest selbst du zugeben, daß du auch lieber eine rassige, aber intelligente Blondine mit anspruchsvollem Job und abgeschlossenem Hochschulstudium im Bett hättest, als eine ungebildete Brünette mit Schwangerschaftsstreifen und Abitur von der Abendschule!«

»Ich bin schwul«, erinnerte sie Kaspar.

»Dann liegt es daran«, seufzte Evi. »Wahrscheinlich finden mich nur die schwulen Männer toll. Ach, Kaspar, wie konnte ich nur so auf ihn hereinfallen! Ich hab' wirklich geglaubt, er liebt mich.«

»Na ja, vielleicht tut er das auch«, sagte Kaspar zögernd.

»Ja, ja«, schnaubte Evi. »Auf seine Weise! Ich bin seine liebe, kleine, dumme Evimaus! Eine von vielen netten Tierchen, die er so kennt. Ein Zuckerschneckchen für's Bett, ein Mäuschen für Zuhause. Wer weiß, wer alles in seiner Firma um ihn herum kreucht und fleucht! Häschen, Täubchen, Kätzchen! Nein danke, mir reicht's.«

Sie holte wieder tief Luft. »Mir reicht's endgültig! Kennst du einen guten Anwalt?«

»Nobbi«, antwortete Kaspar wie aus der Pistole geschossen. »Nobbi ist der beste Anwalt, den ich kenne.«

»Dein Nobbi? Der, der deine Miete zahlt? Ist er denn – ich meine, hat er die Anwaltszulassung, oder wie so was heißt?«

»Na hör mal, was denkst du denn, wovon der unsere Miete zahlt?« Kaspar machte ein gekränktes Gesicht. »Er hat eine eigene Kanzlei und zwar seit vier Jahren. Dabei ist der Kerl erst dreiunddreißig. Ich sagte ja, er ist echt ehrgeizig. Ein Traumtyp!«

»Versteht er auch was von Scheidungen?«

»Alles, was du willst«, sagte Kaspar. »Er übernimmt jeden Fall. Und hat noch nie verloren.«

»Erledigt er auch Auftragsmorde?« Evis Augen funkelten mordlüstern. »Er könnte Charlie mit dem Auto überfahren. Oder noch besser: ihn an Agnes' Rosenspalier aufknüpfen. Und Margitta gleich daneben!«

Unvermittelt brach sie in Tränen aus und warf ihren Kopf an Kaspars Brust. Eine wahre Sintflut brach über sein Sweatshirt herein. Hilflos streichelte er über ihr weiches Haar.

»Ich heule nur vor Wut«, schniefte Evi schließlich, als Kaspar schon vollkommen durchweicht war. »Daß ich so blöd war! Mein Charlie und meine beste Freundin! Die beiden Menschen, denen ich am allermeisten vertraut habe! Wie kann man nur so dämlich sein und nichts davon merken!«

»Na, jetzt weißt du's ja«, sagte Kaspar.

Evi hob den Kopf. »Und was soll ich jetzt tun? Oh Gott, ich kenne dich erst seit gestern, und heute bist du der einzige Mensch, den ich um Rat fragen kann. Es tut mir leid, wenn du es jetzt bedauerst, mich kennengelernt zu haben, aber ich brauche dich.«

Kaspar lächelte leicht und rieb sich seine Kartoffelnase.

»Tja, manchmal macht man sich eben genau zum richtigen Augenblick Freunde«, sagte er verlegen. »Ich schlage vor, um nichts falsch zu machen, gehen wir zuerst mal zu Nobbi. Der sagt uns schon, was wir tun müssen. In so einem Fall ist es gut, so früh es geht einen Anwalt einzuschalten. Du wirst sehen: Alles wird gut.«

6

Fanny hatte Anna-Lena zu einem weiteren Besuch bei sich zu Hause überreden können. Die Sache mit der Geburtstagseinladung nagte doch sehr an ihr. Aber sie war guter Hoffnung. Mit heute war Anna-Lena dann schon zweimal innerhalb einer Woche bei ihr gewesen – da mußte sie sie doch einfach zu ihrem Geburtstag einladen! Glücklicherweise war nur Agnes zu Hause und nicht Evi, worüber Fanny insgeheim erleichtert, Anna-Lena aber verwundert war.

»Unser Au-pair hat nur vormittags Ausgang«, sagte sie zu Agnes. »Nachmittags muß sie sich nützlich machen.«

»So, so«, sagte Agnes freundlich, aber zerstreut. Sie richtete gerade eine Kalte Platte mit Köstlichkeiten vom Feinkostservice für ihre Bridgerunde, die in weniger als einer halben Stunde eintreffen sollte.

Fanny zog Anna-Lena aus der Küche.

»Komm, wir gucken uns meine Pferdebücher an«, schlug sie vor.

»Die hab' ich doch selber«, sagte Anna-Lena, während sie unlustig hinter Fanny die Treppe hinaufstieg. »Außerdem sind echte Pferde viel interessanter. Mir ist langweilig. Kauft dein Papa dir denn jetzt ein Pferd? Meine Mutter sagt, daß ihr ja Geld genug habt.«

»Ja«, log Fanny. »Ich krieg' ein Fohlen zum Geburtstag. Bevor ich aufs Gymnasium komme. Eine Stute. Und damit sie nicht so allein auf der Koppel ist, kauft mein Papa mir gleich noch ein Pony dazu. Ich weiß auch schon, wie sie heißen sollen.«

Anna-Lena gähnte vor Desinteresse. Im Kinderzimmer stellte sie sich ans Fenster und schaute hinaus.

»Willst du nicht wissen, wie ich die Pferde nennen werde?« fragte Fanny leicht gekränkt.

»Wie denn?«

»Liberty, das heißt Freiheit, und Leev Linda Lou, das ist kölsch und aus einem Lied, das mein Papa gut findet. Er hat gesagt, es wäre ein lustiger Name für ein Pony.«

»Liberty heißt schon ein Pferd bei uns im Reitstall«, sagte Anna-Lena und gähnte wieder. »Und den anderen Namen find' ich doof.«

Du bist auch doof, dachte Fanny.

»Mir ist langweilig!« Anna-Lena schaute immer noch aus dem Fenster. »Guck mal, da kommt euer Au-Pair-Mädchen. Mit einem Mann. Also echt, daß die einfach ihre Bekannten mitbringen darf! Meine Mutter würde Zustände kriegen.«

»Meine auch«, sagte Fanny und trat neben sie ans Fenster.

Der fremde Mann, den Anna-Lena gesehen hatte, stieg zurück in den Wagen, einen ziemlich schmutzigen roten Toyota, und ihre Mutter kam ins Haus gelaufen. Fanny registrierte, daß sie immer noch die komischen Schuhe trug. Oder besser gesagt: schon wieder.

»Komm, wir gehen runter und sagen, sie soll mit uns spielen«, schlug Anna-Lena vor. »Dazu ist sie schließlich da.«

Von wegen, dachte Fanny. Laut fragte sie ablenkenderweise: »Wie findest du denn Schneeflocke, wenn's ein Schimmel ist, oder Hyazinthe?«, aber Anna-Lena war schon auf dem Weg zur Tür.

»Doof, doof, doof«, leierte sie. »Dann kannst du es ja gleich Osterglocke nennen. Komm, wir gehen euer Au-pair ärgern.«

Das »Au-pair« kam schon in diesem Augenblick die Treppe herauf. Fanny stellte fest, daß ihre Mutter irgendwie anders aussah als sonst. Ihre Jeans hatten Gras- und andere Flecken und die Haare waren ziemlich zerzaust. Ihre Wangen waren gerötet, und ihre Augen sahen aus, als hätte sie geweint.

Geh bloß weiter, dachte Fanny, aber den Gefallen tat Evi ihr nicht. Als sie die beiden Mädchen in der Türe stehen sah, blieb sie stehen und zwang sich zu einem Lächeln.

»Hallo, ihr zwei«, sagte sie und war damit vorübergehend aus dem Konzept geraten. Das hatte Norbert, der Anwalt mit dem komischen Nachnamen, vorausgesehen. In der Hand hatte sie deshalb einen Zettel, auf dem sie genau notiert hatte, was sie in welcher Reihenfolge zu erledigen hatte. Es waren eine ganze Menge Dinge, und sie sollte damit fertig sein und das Haus verlassen haben, bevor Charlie nach Hause kam. Denn sonst, das wußte sie, würde ihr keine Liste der Welt mehr helfen können.

»Wo kommst du denn jetzt her?« fragte Anna-Lena in dem strengen Tonfall, den ihre Mutter ihrem Au-pair-Mädchen gegenüber anzuschlagen pflegte, wenn dieses zu spät nach Hause kam. »Und wer ist bitte der Mann da draußen?«

Evi runzelte angestrengt die Stirn. »Was meinst du?« Sie versuchte, ihre sieben Sinne beieinander zu halten. Alles der Reihe nach erledigen. Zuerst einen Koffer besorgen.

Fanny schaute unbehaglich auf den Boden. Warum mußte Anna-Lena ausgerechnet jetzt so merkwürdige Fragen stellen, und warum ging Evi nicht einfach weiter?

»Aus welchem Land kommst du eigentlich?« setzte Anna-Lena ihr Verhör fort.

Evi, den Kopf voll mit tausend anderen Dingen, verstand nicht recht, warum das kleine Mädchen sie so eigenartig behandelte. Sie vermutete, das gehöre zu einem Spiel, das die beiden gerade spielten, und ging lächelnd weiter in ihr Schlafzimmer.

»Die ist wirklich herbe drauf«, meinte Anna-Lena. »Meine Mutter würde Zustände kriegen. Die hätte die schon längst wieder nach Hause geschickt.«

»Ja. Meine Mutter überlegt das auch.« Fanny wollte erleichtert die Kinderzimmertüre wieder schließen, aber Anna-Lena stellte den Fuß dazwischen.

»Komm, wir gehen ihr nach! Das ist doch lustig. Sie soll dein Zimmer aufräumen oder bügeln oder so was!«

»Nein«, sagte Fanny verzweifelt. »Wir lassen sie in Ruhe. Sie hat freitags immer ihren freien Tag.«

»Ich will aber sehen, was sie macht«, beharrte Anna-Lena und spazierte einfach los. »Sonst langweile ich mich zu Tode.«

»Anna-Lena, warte!« Fanny rannte ihr nach und versuchte, sie am Ärmel zurückzuhalten. Sie fand, daß ihre neue Freundin ziemlich aufreibend war. »Ich habe doch gesagt, wir dürfen sie nicht stören!«

»Wir stören ja nicht«, sagte Anna-Lena und marschierte ohne anzuklopfen ins Zimmer hinein. »Oder stören wir etwa?«

Evi warf ihr einen irritierten Seitenblick zu und sah auf ihre Liste. »Persönliche Gegenstände, Reisepaß, Personalausweis, Schmuck, Bekleidung«, las sie laut.

Anna-Lena verfolgte mit offenem Mund, wie das vermeintliche Au-pair-Mädchen einen riesenhaften Koffer aus dem Ankleidezimmer holte und auf das große, für zwei Personen hergerichtete Bett warf.

»Die packt ja!« rief Anna-Lena laut.

Fanny schüttelte nur den Kopf. Jetzt hatte ihre Mutter den Verstand total verloren! Sie begann, alles in den Koffer zu werfen, was ihr in die Quere kam: Die Bilder von ihr und Papa auf dem Nachtschränkchen, Taschentücher, ein paar Bücher, Fannys selbstgemachte Tonentchen, Unterwäsche, Klamotten, Schuhe, ihre Schmuckschatulle. Unentwegt rannte sie zwischen dem Ankleidezimmer und dem Koffer hin und her.

Anna-Lena staunte Bauklötze. Fanny verstand die Welt nicht mehr.

»Ganz schön viel Kram für ein Au-pair«, stellte Anna-Lena fest. »Gehst du zurück nach Amerika?«

»Nein, nur in die Südstadt«, antwortete Evi beiläufig und sah wieder auf ihre Liste. »Reisepaß, Personalausweis, sonstige persönliche Papiere … – die sind alle in meiner Handtasche.«

Fanny begriff allmählich, daß hier etwas Außerordentliches im Gange war. Der Koffer, diese Packaktion und der Typ im Auto vor der Türe – die Tatsachen sprachen für sich. Sowas hatte sie im Fernsehen schon tausendmal gesehen: Ihre Mutter machte die Fliege!

Jetzt wünschte Fanny sich, Anna-Lena wäre zu Hause geblieben. Schließlich gab es da noch ein paar Sachen zu klären, bei denen sie nur ungern Zeugen hatte. Und schon gar nicht Anna-Lena!

»Papa wird das aber nicht so dolle finden«, sagte sie vorsichtig.

»Wahrscheinlich nicht«, stimmte Evi zu. »Und du?«

Fanny zuckte mit den Schultern. »Solange ich nicht mitkommen muß!«

»Das dachte ich mir.« Evi legte einen Stapel T-Shirts in den Koffer und sah sich um. Ihre Schränke waren immer noch fast voll, aber die anderen Sachen konnte sie später immer noch holen. Heute nur das Allernötigste, hatte der Anwalt gesagt, und zwar schnell.

»Keine Angst, du bleibst vorläufig hier, mein Schatz.« Die Frage, was mit Fanny geschehen sollte, hatte die meiste Zeit der Krisensitzung in Anspruch genommen, aber nach einigem Hin und Her waren Kaspar, Norbert und sie zu dem Schluß gekommen, daß es besser war, das Kind vorerst in seiner gewohnten Umgebung zu lassen. Erst wenn Evi eine eigene Wohnung gefunden und die Sache vor dem Familienrichter offiziell verhandelt worden war, würde sie Fanny hier rausholen. Und das würde ganz, ganz bald sein, das hatte Evi sich geschworen.

»Brennst du durch? Mit dem langhaarigen Mann da draußen?« erkundigte sich Anna-Lena. Der Ausdruck von Langeweile war vollständig aus ihrem Gesicht gewichen. Sie kicherte aufgeregt. »Meine Mutter würde

Zustände kriegen, wenn unser Au-pair einfach abhauen würde.«

»Das kann ich mir vorstellen«, sagte Evi freundlich. »Ich fänd' das auch nicht so gut.«

»Du kriegst nie mehr eine andere Stelle«, erklärte Anna-Lena kategorisch. »Das kannst du mir aber glauben!«

»Eine Stelle als was?« Evi ließ das Kofferschloß einrasten.

»Als Au-pair«, sagte Anna-Lena. »Du kommst auf eine schwarze Liste.«

Fanny stöhnte leise. Ihre Mutter warf ihr einen mitleidigen Blick zu, als wisse sie genau, was Fanny gerade durchmachte. »Ich bin Fannys Mama, ein Au-pair haben wir nicht«, sagte sie trotzdem.

Anna-Lena war sprachlos, Fanny wütend.

»Immer machst du alles kaputt«, klagte sie.

»Ja, ich weiß, du hättest lieber eine andere Mama«, sagte Evi. »Wer weiß, wenn du es dir weiter so fleißig wünschst, bekommst du vielleicht eine!«

Anna-Lena hatte Augen und Mund gleichermaßen aufgerissen. Der Tag war ja noch richtig spannend geworden. Wenn sie das zu Hause erzählte – ihre Mutter würde Zustände kriegen!

»Du bist so … dumm«, beschuldigte Fanny ihre Mutter voller Zorn. »Nie, nie weißt du, was richtig ist.«

»Doch, diesmal weiß ich es«, sagte Fanny und wuchtete den Koffer vom Bett.

»Den kann doch der Mann da draußen tragen«, mischte sich Anna-Lena überraschend konstruktiv ein. »Soll ich ihn rufen?«

»Ja, bitte, sei so nett«, meinte Evi, und Fanny blieb vor Wut schnaubend allein mit ihr zurück.

»Das erzählt sie morgen alles in der Schule«, knirschte sie. »Daß unser Au-pair-Mädchen in Wirklichkeit meine Mutter ist, und daß du ausgezogen bist!«

»Du hättest eben nicht lügen sollen«, sagte Evi und sah wieder auf die Liste. »Bargeld, Sparbücher, Wertpapiere« stand dort, und das bedeutete, daß sie hinunter in Charlies Arbeitszimmer zum Safe mußte. »Hör mal, Fanny, ich weiß, daß das hier nicht schön für dich ist, aber manchmal, da läuft eben nicht alles glatt.«

»Ohne dich wird's auf alle Fälle besser«, stieß Fanny hervor.

Evi lächelte traurig. »Nein, mein Schatz, da muß ich dich enttäuschen. So schnell wirst du mich nicht los! Wir werden noch ein paar Jährchen miteinander verbringen, das ist ganz sicher.«

Sie ging an ihrer Tochter vorbei durch den Flur die Treppe hinab. Hier stießen sie auf Anna-Lena und Kaspar, der in den Anblick eines Chagalls an der Wand versunken war.

»Das ist nur ein Druck. Der Koffer steht im Zimmer ganz am Ende vom Gang«, sagte Evi zu ihm, und Kaspar nickte.

Fanny starrte ihn entgeistert an. Wer zur Hölle war das? Er hatte eine Nase wie eine Runkelrübe. Anna-Lena starrte auch ganz fasziniert darauf.

»Sieht aber komisch aus, der Liebhaber von deiner Mutter«, sagte sie.

Liebhaber? Fanny fand, das Ganze nahm langsam bedrohliche Ausmaße an.

»Weiß Papa das?« fragte sie laut.

»Was denn?« Evi war schon halb unten.

»Das alles!« Fanny machte eine weitausholende Handbewegung.

»Nein«, gab Evi zu. »Aber er wird's schon merken.« Vor allem, wenn er in den Safe geschaut hat, fügte sie in Gedanken grimmig hinzu. Sie ging auf direktem Weg in Charlies Arbeitszimmer. Die Safekombination war identisch mit ihrer Telefonnummer, daher bereitete ihr das Öffnen keine Probleme.

Fanny, die ihr auf den Fersen geblieben war und staunend zuschaute, kam eine Idee. »Das sag' ich Agnes!«

»Petze, Petze ging in'n Laden, wollte Schweizer Käse haben«, sang Evi nervös und nahm ihr Sparbuch und alle Geldscheine heraus, die im Safe lagen. Es waren knapp tausend Mark, viel zu wenig.

»Ich gehe wirklich zu Agnes«, sagte Fanny drohend.

»Schweizer Käse gab es nicht, Petze, Petze ärgert sich«, leierte Evi vor sich hin. »Agnes hat ihre Bridgerunde da, die wird sich nicht freuen, wenn du sie störst.«

»Das werden wir ja sehen«, schnaubte Fanny und verschwand.

Evi packte Sparbuch und Bargeld in ihre Handtasche und zögerte. Mit dem bißchen würde sie nicht weit kommen, es sei denn, sie würde den Schmuck verkaufen. Aber wer weiß, wieviel sie dafür bekommen würde. Im Safe lagen unter anderem Pfandbriefe, Bundesanleihen, Aktien und die Art Wertanlagen, die Agnes bevorzugt ihrer einzigen Enkeltochter zu Weihnachten schenkte, getreu dem Motto: »Auch wenn sie sich jetzt nicht darüber freut, später wird sie das mal zu würdigen wissen. Fröhliche Weihnachten!«

Mit den meisten Papieren konnte Evi nichts anfangen, aber ziemlich weit unten lag ein Stapel sogenannte Inhaberaktien. Das waren Wertpapiere, auf denen kein Name eingetragen war. Wer sie vorlegte, galt automatisch als der Besitzer. Solche Papiere brachte man gewöhnlich in einem Banksafe unter, damit sie bei einem Einbruch nicht in die falschen Hände gerieten.

Die gehören ja praktisch mir, dachte Evi. Jedenfalls zur Hälfte.

Norbert hatte ihr in einem Crashkurs über das geltende Eherecht klargemacht, daß sie im Falle einer Scheidung eine Menge Geld von Charlie zu erwarten hatte, und zwar die Hälfte von allem, was seit ihrer Eheschließung angeschafft worden war, plus Unterhalt, natürlich.

»Also ist es nicht schlimm, wenn ich jetzt diese Papiere an mich nehme«, versuchte sie sich laut Mut zu machen. »Sie gehören mir ja. Das ist kein Diebstahl, und ich brauche das Geld dringend. Sonst kann ich mir keine Wohnung besorgen.«

Die Papiere nahmen soviel Platz ein, daß Evi sie nicht in ihre Handtasche packen konnte. Sie rollte sie zu einer dicken Wurst zusammen und klemmte sie sich unter den Arm. Mit der freien Hand faltete sie die Liste auseinander und ging noch einmal alle Punkte durch. »Klamotten ... Papiere ... Bargeld ... hab' ich, hab' ich, hab' ich.«

Sie holte tief Luft. »Das wäre dann alles!«

Ihre Tochter erschien wieder im Türrahmen. »Der Typ mit der Runkelrübennase hat deinen Koffer in sein Auto getragen. Ich habe ihm gesagt, daß ich ihn bei der Polizei anzeige. Wegen Diebstahl.«

»Und Agnes? Wollte sie nicht kommen und mich davon abhalten, den Safe leerzuräumen?« fragte Evi.

Fanny funkelte sie wütend an. Agnes hatte in der Tat kaum Notiz von ihr genommen.

»Fanny, wir haben eine Abmachung«, hatte sie gesagt und nicht mal von ihren Karten aufgeschaut. »Du belästigst *meine* Gäste nicht, ich belästige *deine* Gäste nicht.«

»Aber ...«, hatte Fanny einen zweiten Anlauf genommen.

»Aber nichts. Solange das Haus nicht brennt, darf uns niemand beim Bridge stören, verstanden?«

Fanny war unverrichteter Dinge wieder abgezogen.

»Sei nicht traurig«, meinte Evi tröstend. »Sie werden's noch früh genug merken. Und dann bist du die einzige, die Bericht erstatten kann.«

»Diebin«, sagte Fanny.

Kaspar war zurückgekommen und lächelte Evi über Fannys Lockenkopf hinweg an. »Fertig?«

»Ja«, seufzte Evi. »Ich glaube, ich hab' jetzt alles.« Sie sah zärtlich auf ihre zornige Tochter herab. »Bis auf das Wichtigste.«

»Wenn du mich anrührst, schreie ich«, sagte Fanny.

»Ich hole dich, sobald ich eine Wohnung für uns gefunden habe«, sagte Evi.

»Nur über meine Leiche.«

»Mann! Wenn ich das zu Hause erzähle! Meine Mutter wird Zustände kriegen«, sagte Anna-Lena vom Flur her. Sie klang begeistert.

»Die würde ich auch kriegen, wenn du meine Tochter wärst«, sagte Evi zu ihr und biß sich sogleich auf die Lippen. Meine Güte, dies war eine ziemlich nervenaufreibende Situation, aber noch lange kein Grund, kleine Kinder fertig zu machen.

»Entschuldige«, setzte sie hinzu. »Deine Mama hat dich sicher sehr lieb. Mütter lieben ihre Töchter immer, ganz gleich, wie sie auch geraten sein mögen.«

»Umgekehrt aber nicht«, sagte Fanny. »Ich hasse dich.«

»Das glaubst du nur«, sagte Kaspar. »Komm, Evi, draußen wird's schon dunkel, und ich möchte ungern deinem Mann begegnen.«

»Dann gibt's nämlich eine Schlägerei«, frohlockte Anna-Lena. »Wie im Fernsehen.«

Evi beugte sich zu der wutsprühenden Fanny herab und küßte sie schnell auf die Wange. »Bis bald, meine Kleine.«

Fanny konnte es einfach nicht fassen. Ihre Mutter machte tatsächlich Ernst. Die Handtasche an die Brust gedrückt, die Rolle mit den Wertpapieren unter den Arm geklemmt, verließ sie das Haus, an der Seite des Kerls mit der komischen Nase, von dem Anna-Lena gesagt hatte, er sei ihr Liebhaber. Fanny bekam es auf einmal mit der Angst zu tun. Das war nicht richtig! So sehr sie sich auch in letzter Zeit eine andere Mutter gewünscht hatte – die da gehörte schließlich hierher und nicht in dieses kleine, schmutzige Auto mit einem fremden Mann.

»Aaaaagnes!« brüllte Fanny aus voller Kehle.

Jetzt war es ihr auch egal, wenn sie sich vor Anna-Lena vollständig blamierte. Die Sache war ohnehin total verfahren.

»Das Haus brennt!!!!!«

Evi war bereits in den Wagen gestiegen.

»Es brennt!« brüllte Fanny. Einzig Agnes konnte ihre Mutter noch aufhalten. Aber bis Agnes sich aus dem Wohnzimmer herausbequemt hatte, war der Wagen schon losgefahren.

»Was ist denn hier los?« fragte Agnes ungehalten. »Fanny! Was ist denn in dich gefahren? Und warum steht die Haustüre sperrangelweit auf?«

Fanny zeigte hinaus.

»Zu spät«, sagte sie. »Jetzt fährt sie weg.«

»Wer um alles in der Welt?« Agnes sah sie ungehalten an.

»Meine sogenannte Mutter!«

»Und ihr Liebhaber«, ergänzte Anna-Lena mit rosigen Wangen. Schade, die Vorstellung schien vorbei zu sein.

Aber bevor der Wagen durch das Tor rollen konnte, wurde ihm die Ausfahrt von einem grünen Jaguar versperrt.

»Papa!« schrie Fanny und schöpfte neue Hoffnung.

»Jetzt gibt's Prügel«, kreischte Anna-Lena.

Agnes runzelte die Stirn.

»Was ist hier los?« verlangte sie zu wissen.

Fanny antwortete nicht, aber Anna-Lena gab bereitwillig Auskunft. »Das Au-pair-Mädchen ist in Wirklichkeit Fannys Mutter, und sie hat einen Liebhaber mit einem häßlichen, alten Auto. Die beiden haben alle Sachen gepackt und wollen fliehen. Aber jetzt kommt Fannys Papa und haut den Liebhaber aus seinem Anzug. Das heißt, eigentlich trägt er keinen Anzug, nur so komische Jeans und einen Pulli, wo meine Mutter Zustände kriegen würde.«

Agnes vergaß vorübergehend ihre Bridgedamen im Wohnzimmer. Daß hier etwas Ungewöhnliches im Gange war, hatte sie jetzt verstanden, nur noch nicht, was genau es eigentlich war.

»Was soll das bedeuten?« fragte sie, und Anna-Lena hielt sie für reichlich begriffsstutzig.

»Fannys Mutter hat einen Liebhaber, und der hat eine dicke Nase. Die beiden sitzen in dem Auto da, zusammen mit einem riesigen Koffer voller Schmuck. Aber jetzt kommt Fannys Papa und nimmt ihnen den wieder ab«, setzte sie zu einer neuen Erklärung an. »Sie hat gesagt, daß sie Fanny nachholen will, wenn sie eine Wohnung gefunden hat, aber Fanny hat gesagt, nur über ihre Leiche.«

»Das ist Charlie«, sagte Evi im Auto zu Kaspar.

»Ich sehe es.« Kaspar drückte versuchsweise auf die Hupe. Vielleicht ließ sich das Problem ganz einfach umgehen, ehe der Typ begriffen hatte, was hier vor sich ging. Aber seine Hoffnung erfüllte sich nicht.

»Du mußt ihn rammen«, sagte Evi erbarmungslos.

Kaspar versuchte ein zaghaftes Lachen. »Ha, ha! Das hier ist zwar japanische Wertarbeit, aber ich glaube nicht, daß ich damit so ohne weiteres einen Jaguar auf die Seite schieben kann.«

»Du mußt aber!«

»Sorry, aber ich habe keine Lust, mein Leben lang diesen Schlitten abzubezahlen!«

»Ich will aber nicht mit ihm reden«, jammerte Evi. »Das kann ich jetzt einfach nicht.«

Charlie war aus dem Wagen gestiegen und kam auf sie zu.

»Er lächelt«, stellte Kaspar fest. »Völlig ahnungslos, der Gute.«

»Fahr ihn über den Haufen«, forderte Evi erneut, aber Kaspar stellte einfach den Motor ab.

»Komm, Evi, raus aus dem Wagen«, kommandierte er munter. »Du hast es bis hierhin geschafft, du schaffst es auch noch weiter. Ich bin ja bei dir. Zur Not flüchten wir zu Fuß, wenn er handgreiflich wird.«

»Der und handgreiflich? Wenn hier einer handgreiflich wird, dann ich! Und ich kann für nichts garantieren«, keuchte Evi. »Wenn ich nur daran denke, daß er vor ein paar Stunden noch …«

Bei dem Gedanken daran, was Charlie vor ein paar Stunden noch getan hatte, war ihre Konfrontationsangst mit einem Schlag verflogen.

Wütend riß sie die Autotür auf.

»Du versperrst uns den Weg«, fauchte sie Charlie an.

»Was?« Charlie machte ein vollkommen verwirrtes Gesicht. In so einem Ton hatte Evi noch nie mit ihm gesprochen. Und überhaupt, was sollte das? Was war das für ein Auto, das da seine Auffahrt versperrte? Wer war der Typ, der hinter dem Steuer saß, und warum saß Evi neben ihm auf dem Beifahrersitz?

»Fahr deinen Angeberkarren aus der Einfahrt«, wiederholte Evi.

Von allen Fragen, die Charlie durch den Kopf schossen, stellte er die erstbeste: »Wo fährst du denn jetzt noch hin?«

»Wo kommst du denn jetzt noch her?« fragte Evi zurück, und er sah voller Verwunderung, daß ihre Pupillen sich vor Wut auf Stecknadelkopfgröße zusammengezogen hatten – etwas, das er noch niemals an ihr gesehen hatte.

Mit einer Stimme wie klirrendes Eis fuhr sie fort: »Ah, antworte mir nicht. Ich weiß es auch so: Du mußtest länger arbeiten, weil es heute Nachmittag etwas später geworden ist! Dein *Zuckerschneckchen* hat dich wohl ziemlich aufgehalten, hm?«

Charlie erbleichte. Er fühlte sich wie ein Windsurfer, über dem eine riesengroße Welle zusammenbricht und ihn auf den Grund des Meeres schleudert. *Wipe-out,* nannte man das.

»Aus dem Weg«, forderte Evi erneut, als ein paar Sekunden lang kein Lebenszeichen von Charlie gekommen war.

Aber Charlie rührte sich nicht. Er starrte sie nur an. Seine Arme baumelten schlaff neben seinem Körper, in seinem Gesicht stand das pure Entsetzen geschrieben. Daran, daß er seine Mimik so schlecht unter Kontrolle hatte, erkannte Evi, daß er wirklich getroffen war.

Sein Pech, dachte sie. Damit muß man rechnen, wenn man ein doppeltes Spiel spielte.

»So kommen wir nicht weiter«, sagte Kaspar und stieg auf der Fahrerseite aus. »Wenn Sie so nett wären und Ihren Wagen ein Stück zurückführen, dann könnten wir hier weg.«

Charlie drehte langsam seinen Kopf.

»Wer sind Sie?« brachte er hervor.

»Ein Freund von Evi«, antwortete Kaspar.

»Ein Freund von Evi«, wiederholte Charlie mit dumpfer Stimme. »Freund, hä? *Freund*? Was soll das heißen, hä?«

»Hä? Hä?« äffte Evi ihn nach. »Wo bleiben denn all die geschliffenen Redebeiträge, die du in deinen Rhetorikkursen gelernt hast? Ich muß schon sagen, ich bin schwer enttäuscht!«

»Was soll denn das?« Charlies Blick ging zwischen Kaspar und Evi hin und her.

Eine letzte Hoffnung hatte er noch. »Jetzt weiß ich: Das ist für die versteckte Kamera oder so was ähnliches!«

»Ja, ja, und dein *Zuckerschneckchen* ist in Wirklichkeit Tommy Ohrner.« Evi krallte ihre Hände um die Autotüre. »Charlie. Ich sag's jetzt noch mal für die ganz Begriffsstutzigen unter uns: Wir möchten diese Ausfahrt möglichst schnell hinter uns lassen, und du stehst uns im Weg.«

»Aber warum?« fragte Charlie, und Evi meinte, echte Verzweiflung in seiner Stimme zu erkennen. Aha, jetzt kamen seine schauspielerischen Talente doch wieder zu Tage.

»Weil ich keine Lust habe, dich mit einer Geliebten zu teilen«, sagte sie. »Weil ich deine Lügen satt bin. Weil ich dich entsetzlich geschmacklos finde. Zuckerschneckchen! Wie konntest du nur!«

»Und was …?« Charlie holte tief Luft. »Was ist mit gestern nacht?«

Evi konnte nicht verhindern, daß ihr die Tränen in die Augen schossen.

»Gestern nacht«, sagte sie leise. »Gestern nacht, da habe ich dich noch geliebt. Gestern nacht habe ich dir noch geglaubt.«

Mein Gott, wie pathetisch, dachte sie, wer schreibt eigentlich meinen Text?

Aber ihre Worte schienen ihre Wirkung nicht verfehlt zu haben. Charlies Augen sahen ebenfalls aus, als würden sie gleich überlaufen.

»Evi ...«

»Charlie, es ist vorbei!«

»Was sagst du da?«

»Noch mal zum Mitschreiben: Es ... ist ... vorbei!«

Von Charlie kam keine Reaktion. Nur versteinerte Blicke. Ganz offensichtlich war er zu einem fruchtbaren Gedankenaustausch nicht in der Lage. Evi aber auch nicht.

»Mach den Weg frei«, wiederholte sie am Rande eines Nervenzusammenbruchs. »Sonst fahren wir über Agnes' Blumenrabatte.«

Das war überhaupt die Idee!

»Einsteigen«, rief sie Kaspar zu.

»Was haben denn Sie mit der ganzen Geschichte zu tun?« wollte Charlie von Kaspar wissen.

»Ich sagte doch, ich bin ein Freund. Ich habe übrigens mal Kakao abgefüllt in Ihrer Firma.« Kaspar setzte ein verbindliches Lächeln auf.

Evi im Auto verdrehte die Augen, aber das sah Kaspar nicht. Er hatte noch etwas auf dem Herzen, und die Gelegenheit war günstig. »Was ich Ihnen immer mal sagen wollte: Der Abteilungsleiter da war ein Arsch. Hieß Merker oder Melker, oder so ähnlich. Gibt es den noch? Wenn ja, würde ich mal darüber nachdenken, ob man den nicht in den Vorruhestand schicken könnte. Damit wäre sicher allen gedient.«

Charlie machte jetzt ein Gesicht wie ein betrunkenes Schaf, fand Evi. Kein Wunder, bei dem Blödsinn, mit dem Kaspar ihn vollquatschte.

»Kaspar!« Sie drückte ungeduldig auf die Hupe. »Das hier ist kein Höflichkeitsbesuch! Stell deinen Smalltalk ein und fahr los!«

Kaspar zuckte bedauernd mit den Schultern.

»Tja, wie gesagt, der Kerl ist vollkommen unfähig, was Menschenführung angeht«, sagte er hastig zu Charlie und setzte sich zurück in den Wagen. »Ich hätte gerne noch weiter geplaudert, aber Sie sehen ja selbst: Wir haben es eilig. War nett, Sie mal persönlich kennengelernt zu haben. Wiedersehen.«

»Tür zu!« schrie Evi ihn an. »Wir fahren einfach durch das Beet da an der Seite. Tut mir zwar leid um die Rosen, aber sonst stehen wir ja morgen früh noch hier rum.«

Charlie sah immer noch aus wie ein betrunkenes Schaf – schade, daß niemand ein Foto davon machte. Evi drehte sich zum Haus um und sah, daß auf der geschwungenen Freitreppe neben Fanny und Anna-Lena auch Agnes stand und ihren wenig glorreichen Abgang beobachtete. Dahinter, noch auf der Schwelle, glotzten Agnes' drei Freundinnen hervor. Selbst auf die Entfernung konnte man ihnen allen bis auf die Rachenmandeln schauen. So weit standen ihre Münder offen.

Na fein, dachte Evi, endlich mal ein Bridgenachmittag, den sie so schnell nicht vergessen werden.

Sie wandte sich wieder nach vorne. Charlie stand immer noch mitten auf dem Kies und faßte es einfach nicht. Aber Evi war weit davon entfernt, Mitleid mit ihm zu haben. Das hatte er sich ganz allein eingebrockt. Sein Pech!

Kaspar drehte den Schlüssel im Zündschloß.

»Gib einfach Gas«, sagte Evi. »Charlie wird schon zur Seite springen.«

Kaspar ließ den Motor aufheulen, aber da kam noch einmal Leben in Charlie.

»Wo fährst du hin?« schrie er und warf sich beinahe auf die Motorhaube. »Evi, sag mir wenigstens, wo ich dich erreichen kann!«

»Nein!« Mit einem Aufschrei drehte Evi die Scheibe herab.

»Du hörst von meinem Anwalt«, brüllte sie, und als ob diese Worte ihm den Rest geben würden, trat Charlie einen Schritt zur Seite. Kaspar konnte den Wagen an ihm vorbeisteuern. Mit Schwung nahm er den von Evi vorgeschlagenen kleinen Umweg durch die Blumenrabatte, umschiffte so den grünen Jaguar und gelangte unversehrt hinaus auf die Straße.

»Warum nicht gleich so«, sagte Evi und brach in Tränen aus. Die Niagara-Fälle waren nichts dagegen.

Auf der Treppe vor dem Haus war es mucksmäuschenstill. Man beobachtete Charlie, der offensichtlich vollkommen benommen dem Auto und seiner Frau hinterherblickte und dabei schwer an ein besoffenes Schaf erinnerte.

»Heiliger Bimbam«, brach schließlich eine der Bridgedamen das Schweigen, und das Entzücken in ihrer Stimme war nicht zu überhören. »Was für ein Drama! Was für ein unglaubliches Drama!«

»Allerdings! Meine preisgekrönten Pariser-Charme-Rosen«, schnaubte Agnes. »Was für eine Unverfrorenheit.«

»Das kommt in den besten Familien vor«, versuchte eine andere Dame sie zu trösten.

»Die haben sich ja gar nicht geprügelt«, meinte Anna-Lena enttäuscht. »Dein Papa ist ein Schlaffi! Mein Vater hätte den Liebhaber von meiner Mutter aber aus dem Anzug geboxt.«

»Halt den Mund«, sagte Fanny und starrte zu ihrem Vater hinüber. Es war ihr auf einmal ziemlich egal, ob sie zu Anna-Lenas Geburtstagsfeier eingeladen wurde oder nicht.

»Sicher bekommst du jetzt kein Pferd«, sagte Anna-Lena. »Oder jetzt erst recht.«

Fannys Tagebuch

Heute hat meine sogenannte Mutter ihre Sachen gepackt und ist in einem schmutzigen roten Auto weggefahren. Mit einem Mann mit einer dicken Nase. Quer durch die Rosen von Oma Agnes, worüber Agnes stinkesauer war. Beinahe hätten sie auch noch Papa überfahren.

Anna-Lena war dabei und hat gesagt, der Mann mit der Nase wäre Mamas Liebhaber. Agnes hat gesagt, Mama hat noch nie einen guten Geschmack an den Tag gelegt, wieso sollte sie es dann bei Männern tun. Papa hat nichts gesagt. Ich habe ihn gefragt, ob Mama ihn nun nicht mehr liebt, und da hat er gesagt, darüber soll ich mir nicht den Kopf zerbrechen. Ich glaube zwar nicht, daß ich sie vermissen werde, aber daß sie einfach so mit einem Liebhaber weggefahren ist, finde ich nicht richtig.

Mir wäre es lieber gewesen, wenn sie gestorben wäre. Die Mutter von Sara-Clarissa aus unserer Klasse ist an Krebs gestorben, und Sara-Clarissa brauchte eine Woche nicht in die Schule zu kommen. Aber ganz normal an Krebs sterben, das kann meine sogenannte Mutter natürlich nicht. Sie macht ja sowieso immer alles falsch.

7

»Und? Heult sie noch?«

»Nein, im Augenblick schlägt sie mit dem Kopf gegen das Sofakissen«, antwortete Kaspar betrübt. »Und dazu ruft sie laut: Wie konnte ich nur so blöd sein! Wie konnte ich nur so blöd sein!«

»Na, das hört sich doch schon besser an«, sagte Norbert, genannt Nobbi, Kaspars derzeitiger Lebensabschnittsgefährte und Evis Anwalt, gelassen. »Solange sie nicht mehr diese Unmengen von Tränen heult. Ich hatte schon Angst, in der Wohnung unter uns würde das Wasser durch die Decke tropfen, und wir hätten eine Klage am Hals.«

»Ich weiß nicht«, meinte Kaspar kopfschüttelnd. »Vielleicht sollten wir einen Psychologen einschalten.«

»Du meinst, die Frau hat ein Trennungstrauma oder so was? Ich finde, für jemanden, der gerade Haus, Mann und Kind verlassen hat, weil der Kerl ein Verhältnis mit der besten Freundin hat, ist sie noch echt gut dabei. Und das bißchen Heulen und Zähneklappern und Sofakissenvertrimmen wird sich auch noch geben. Du wirst sehen. Wir müssen nur aufpassen, daß sie sich nicht spontan vom Balkon stürzt. Und daß sie später auch eine Wohnung findet. Ich habe einen Freund von der Vereinigung Schwuler Makler angerufen. Er sagt, er hört sich um und meldet sich, wenn er was Passendes hat.«

Kaspar lächelte ihn dankbar an. »Mensch Nobbi, wenn ich dich nicht hätte. Du kennst wirklich Gott und die Welt. Und du bist so wunderbar praktisch. Du behältst immer einen klaren Kopf und den absoluten Durchblick.«

»Weiter, weiter«, sagte Norbert geschmeichelt. »Das geht runter wie Öl.«

Kaspar lachte. »Ich sag' ja immer, meine Mutter wäre hellauf begeistert, wenn sie dich zum Schwiegersohn bekäme.«

»Vorausgesetzt, du wärst eine Frau«, erinnerte ihn Nobbi.

»Stimmt.« Kaspar wurde ernst. »Und es stört dich wirklich nicht, wenn Evi für ein paar Tage im Arbeitszimmer pennt?«

»Nein, natürlich nicht. Wo sollte sie denn sonst schlafen? Im Wohnzimmer vielleicht?«

»Du weißt schon, wie ich das meine.«

»Nein«, beruhigte ihn Norbert. »Evi stört mich nicht. Sie ist deine Freundin und meine Klientin. Also gewissermaßen eine Einnahmequelle. Ausnahmsweise mal kein Sozialfall.«

»Im Gegenteil«, stimmte Kaspar zu. »Ihr Macker stinkt geradezu vor Geld.«

»Vielleicht hättest du Evi entführen und dann Lösegeld erpressen sollen«, meinte Nobbi und hob lauschend den Kopf. »Du, hör mal, ich glaube, das Kissenboxen und der monotone Singsang haben aufgehört. Ich geh' mal rein und frag' sie, ob sie was zu essen haben will.«

Evis extreme Kummerphase, in der sie nichts anderes tat als zu heulen, laut über ihre eigene Doofheit zu jammern und vor sich hin zu glotzen, dauerte genau achtundvierzig Stunden. In dieser Zeit nahm sie keine feste Nahrung zu sich, sondern trank nur Unmengen von Kräutertee, den Kaspar und Nobbi ihr in großen Kannen zubereiteten und ins Zimmer stellten.

»Zinnkraut – gut für die Nerven«, sagte Kaspar dann beispielsweise oder: »Brennessel – schwemmt Kummer aus.«

Als er am zweiten Tag nach ihrem Auszug mit einer Kanne Löwenzahntee kam und sagte: »Regt den Appetit an«, merkte Evi erst, wie hungrig sie war. Ihre Tränen waren versiegt.

»Wie spät ist es?« fragte sie heiser.

»Sieben Uhr. Sonntag«, setzte Kaspar hinzu, denn er vermutete, daß Evi die Tage nicht gezählt hatte. »Du hast zwei Tage durchgeheult. Mit einigen Pausen, in denen du das Sofa verprügelt hast.«

»Ich bin eine Zumutung«, seufzte Evi. »Ich weiß nicht, wie ich das jemals wieder gutmachen kann.«

»Ooooch«, sagte Kaspar gedehnt. »Da fällt uns schon was ein. Hauptsache, du weilst wieder unter den Lebenden. Worauf hast du denn Appetit?«

»Ganz egal«, sagte Evi. »Ich habe einen Bärenhunger.«

»Das ist gut! Von uns kann nämlich keiner kochen. Norbert kann nicht mal Spiegeleier zubereiten, und meine Sachen schmecken irgendwie immer wie schon mal gegessen. Wenn's hier was Gutes geben soll, dann lassen wir uns eine Pizza kommen. Oder Ente süß-sauer vom Chinesen.«

»Charlie sagt, meine selbstgebackenen Kuchen seien ein Fall für den Komposthaufen«, erinnerte sich Evi aufs Stichwort und korrigierte sich gleich wieder. »Das heißt, das hat er nur von einem Kuchen gesagt. Danach habe ich nie wieder einen gebacken. Agnes' Küche gehörte eben Agnes. Und dem Ameise-Feinkost-Service. Ich hatte darin nichts verloren.«

»Also Pizza«, stellte Kaspar nüchtern fest. »Welche willst du?«

»Pizza wäre herrlich! Eine mit Pilzen«, meinte Evi und erhob sich. »Oder mit Brokkoli und Knoblauch. Oder mit allem auf einmal. Sonntag, sagst du? Dann habe ich zwei Tage nur rumgehangen und geheult?«

Kaspar nickte. »Ich hätte nicht gedacht, daß es so schnell vorbei geht.«

»Schnell?« Evi schnaubte verächtlich. »Ich sollte mich schämen. In den ganzen zwei Tagen habe ich nicht einen konstruktiven Gedanken gehabt. Ich habe mich nur selber bedauert und über mein verlorenes Glück gejammert. Aber damit ist jetzt Schluß. Ab jetzt schaue ich nach vorne.«

»Gut so«, sagte Kaspar und strahlte. »Nobbi hat einen Makler beauftragt, nach einer Wohnung für dich zu suchen. Wir wußten aber nicht genau, was dir da so vorschwebt und wo das Ganze liegen soll!«

»Tja«, sagte Evi. »Darüber denke ich nach, während ich eine Dusche nehme. Du kannst ja in der Zwischenzeit jede Menge Pizza für uns bestellen. Und bezahl bitte mit meinem Geld. Das Portemonnaie liegt in meiner Handtasche.«

Norbert erschien in der Zimmertüre und sah Evi anerkennend nach.

»Na also«, sagte er. »Phase eins wäre schon mal überstanden. Wir können die Balkontüre wieder entriegeln. Es besteht keine akute Sprunggefahr mehr.«

❦

In den nächsten achtundvierzig Stunden regenerierte sich Evi zusehends. Ohne zu fragen, übernahm sie den Großteil der anfallenden Hausarbeit und die Einkäufe. Es machte ihr Spaß, für Norbert und Kaspar zu sorgen, und die beiden hatten absolut nichts dagegen.

»Eine Frau im Haus ist doch was Schönes«, sagte Norbert zu Kaspar, als er Montag abend in eine blitzsaubere Wohnung kam. »Wonach duftet es denn hier?«

»Evi kocht«, erklärte ihm Kaspar. »Sie hat ein Kochbuch ausgegraben, das meine Mutter mir geschenkt hat. *Dinner for two – Liebe geht durch den Magen.* Meine Mutter hat geglaubt, wenn ich meine Ernährung umstelle, vergeht auch das Schwulsein wieder. War aber nicht so. Nicht mal das Kochen habe ich gelernt. Evi sagt aber, die Rezepte hören sich köstlich an. Sie hat die Zutaten verdoppelt und die Aphrodisiaka weggelassen.«

»Das hätte sie meinetwegen aber nicht tun brauchen«, meinte Nobbi und folgte dem Wohlgeruch bis in die Küche. Seine Klientin stand hinter dem Herd und rührte in einem Topf. Sie hatte rosige Wangen und sah ganz glücklich aus.

»Kochen macht so viel Spaß«, rief sie ihm entgegen, und die Begeisterung in ihrer Stimme war nicht zu überhören. »Das hätte ich niemals gedacht. Es gibt Putengeschnetzeltes mit geschmorten Pfirsichen in Weißweinsoße, dazu Curryreis und grünen Salat mit Joghurtdressing. Und zum Nachtisch eine richtige, echte Mousse au chocolat. Ich habe gerade nachgesehen. Sie ist tatsächlich steif geworden. Und das Schönste: Ich glaube, es schmeckt sogar.« Sie gluckste vor lauter Freude wie ein aufgeregtes Huhn.

Es schmeckte in der Tat ganz hervorragend. Norbert und Kaspar befanden, daß Pizza und Ente süß-sauer nur ein fader Abklatsch dagegen waren. Sie lobten das Essen und die Köchin über alle Maßen, und Evi strahlte über das ganze Gesicht.

»Ich hätte Köchin werden sollen«, sagte sie übermütig. »Statt Ehefrau und dummes Schaf. Das könnte ich den ganzen Tag machen.«

»Du *kannst* es den ganzen Tag machen«, versicherte ihr Norbert, nachdem er die Mousse au chocolat gekostet hatte. »Deine neue Wohnung sollte also auf jeden Fall schon mal eine große Küche haben.«

»Ja«, stimmte Evi zu und spann den Faden sogleich weiter. »Eine große Küche wie in den Rosamunde-Pilcher-Romanen. Karierte Vorhänge an den Fenstern, ein riesengroßer Holztisch, um den sich die ganze Familie und Freunde versammeln, eine dicke Katze, die auf dem Kachelofen liegt, jede Menge Blumen aus dem Garten in schönen Tonkrügen überall und Gläser mit selbstgekochter Marmelade in den Regalen. Die Etiketten handbemalt und beschrieben, die Deckel mit hübschen Laura-Ashley-Stoffresten verziert. Von so einer Küche habe ich immer geträumt, als ich klein war.«

»Tja«, sagte Kaspar nachdenklich. »Garten, Kachelofen, Katze, selbstgekochte Marmelade – das klingt mir nicht gerade nach einem schicken Penthouse in der Stadt.«

»Nein.« Evi nickte. »Eher ein Haus im Grünen, mit Kuhweiden und Brombeerhecken ringsum, bunten Fensterläden, einem offenen Kamin im Wohnzimmer und ganz viel Feuerholz in Stapeln unter dem Dachüberstand – das ist es, wovon ich immer geträumt habe!«

»Warum nicht?« Norbert nahm noch einen Nachschlag von der Mousse. »Du kannst dir definitiv jeden Traum erfüllen. Allein diese Inhaberaktien sind fast eine halbe Million wert. Wenn dein Mann deswegen keine Zicken macht. Und auf deinem Sparbuch hat sich ja auch einiges angesammelt. Es spricht also nichts dagegen, sich nach einer Villa auf dem Land umzuschauen.«

»Keine Villa«, widersprach Evi. »Ein Häuschen!«

»Dann eben ein Häuschen«, sagte Norbert. »Hauptsache, du weißt jetzt, was du willst. Ich werde gleich den Makler anrufen und ihm Bescheid geben.«

»Viel Platz drumherum«, träumte Evi laut vor sich hin. »Für Hühner und ein paar Schafe. Und ein Pferd für Fanny!«

»In Ordnung«, sagte Norbert.

»Hühner, Schafe, Pferd? Das klingt wie ein Bauernhof«, meinte Kaspar.

»Genau. Ein winzig kleiner Bauernhof«, stimmte Evi zu. »Ein Hund vielleicht, der das Ganze bewacht. Eine Katze natürlich, die habe ich mir immer schon gewünscht. Und ganz viel Ruhe. Nachts hört man nur die Eulen und den Wind. Und eine Küche, in der ich machen kann, was ich will.«

»Die hast du jetzt auch schon«, sagte Kaspar. »Unsere Küche ist auch deine Küche.«

»Sehr lieb von euch.« Evi lachte. »Aber nur solange, bis ich mein Haus gefunden habe. Nobbi, was meinst du damit, wenn Charlie keine Zicken macht?«

»Na ja, so ganz klug war es vielleicht nicht, die Dinger einfach so aus dem Safe zu nehmen«, meinte Norbert. »Aber wahrscheinlich denkt dein Charlie sich, daß er noch ganz billig weggekommen ist. Es wird übrigens Zeit, daß wir uns bei ihm melden. Auch die Sache mit dem vorläufigen Sorgerecht muß geklärt werden. Ich habe schon den zuständigen Familienrichter angerufen und mit ihm über den Fall gesprochen.«

Evi seufzte, ihre rosigen Träume mußten wohl noch ein bißchen warten. Zuerst galt es, die tintenschwarze Wirklichkeit zu bewältigen.

❦

Am Mittwoch in der Woche nach ihrem Auszug teilte Norbert ihr mit, daß er mit Charlie in Verbindung getreten sei und diesem empfohlen habe, sich ebenfalls einen Anwalt zu nehmen. Er habe sich außerdem die Freiheit herausgenommen, Charlie darüber zu informieren, daß es Evi gutgehe und daß sie ihm Grüße ausrichten ließe.

Evi war empört. »Ich und dem Grüße ausrichten? Nie im Leben.«

»Das macht sich aber besser, wenn wir höflich miteinander Krieg führen«, meinte Norbert. »Er war auch ausgesprochen freundlich. Er meinte, das ließe sich auch ohne Anwälte lösen, und er wolle dich unbedingt sprechen. Ich habe ihm gesagt, das sei zu diesem Zeitpunkt keine gute Idee.«

»Allerdings nicht.«

»Außerdem ginge es zunächst um Fanny und darum, bei wem sie in Zukunft leben soll.«

»Und was hat er gesagt?«

»Nun, er war nicht besonders gesprächig«, gab Norbert zu. »Eher so ein bißchen wie vor den Kopf geschlagen. Man kann es ihm nicht verdenken. Die Anhörung vor dem Familienrichter ist aber schon nächste Woche. Dann wird sich entscheiden, ob du deine Fanta ...«

»Fanny«, verbesserte Evi.

»... Fanny zugesprochen bekommst oder nicht. Es wäre gut, wenn du bis dahin wenigstens schon eine feste Bleibe vorweisen könntest.«

»Ja«, sagte Evi aufgeregt. »Und ich muß Fanny vorher noch einmal sehen. Sie ist sicher furchtbar sauer auf mich, und das zu Recht. Ich habe sie schließlich einfach so im Stich gelassen. Ich hoffe, du hast Charlie nicht die Adresse oder die Telefonnummer gegeben. Ich möchte nicht, daß er hier aufkreuzt!«

»Nein, nein. Obwohl ich nicht glaube, daß er der Typ ist, der Frauen blaue Augen schlägt und sie an den Haaren zurück nach Hause schleift. Dein Charlie macht auch keine Schwierigkeiten wegen der Wertpapiere. Im Gegenteil, er schien sich eher Sorgen darüber zu machen, ob du auch genug Geld hast. Ich mußte ihn geradezu beruhigen und ihm sagen, ja, du hättest ein Dach über dem Kopf, genug zu essen, ein weiches Bett unterm Hintern und außerdem jemanden, der sich gut um dich kümmert.«

Norbert mußte lachen. »Als ich das sagte, wurde er plötzlich ganz still. Ich glaube, er hält Kaspar für deinen Lover.«

»Soll er ruhig«, sagte Evi. »Dann sieht er mal, was für ein Gefühl das ist!«

»Na ja. Vielleicht ist er ganz froh, daß es dir gut geht«, meinte Kaspar. »Er hat ja auch jemanden, der ihn tröstet. Diese hübsche Blondine, deine Freundin.«

»Meine Ex-Freundin, das verdorbene Zuckerschneckchen«, knurrte Evi. »Mit der habe ich auch noch ein Hühnchen zu rupfen.«

»Tu nichts Ungesetzliches«, warnte sie Norbert. »Alles andere unterstütze ich natürlich! Mir hat auch mal eine Blondine den Freund ausgespannt. Übrigens, der Makler hat angerufen. Morgen und übermorgen kannst du ein paar Projekte besichtigen. Kaspar soll mit dir fahren, es liegt zum Teil ziemlich weit draußen in der Walachei.«

»Gerne«, sagte Kaspar. »Mein blödsinniger Semesterferienjob fängt erst am Montag an! Platzanweiser im Kino! Hundsmiserabel bezahlt. Aber dafür kann ich mir die Filme kostenlos ansehen, das hat ja auch sein Gutes.«

Evi verbrachte einen Großteil ihrer Zeit damit zu überlegen, wie sie Margitta um die Ecke bringen konnte, ohne dafür ins Gefängnis zu kommen. Aber je mehr sie darüber nachdachte, um so weniger verspürte sie Lust dazu. Gut, Margitta war eine miserable Freundin, eine hinterhältige Lügnerin, ja, aber daß Charlie etwas mit ihr angefangen hatte, konnte man nicht ausschließlich ihr anlasten.

Das konnte man ausschließlich Charlie anlasten!

Er hätte ja immerhin nein sagen können. »Nein danke, aber ich liebe meine Frau.«

Hatte er aber nicht. Und deshalb würde es Evis Schmerz nicht lindern, wenn Margitta beispielsweise unter die Räder einer dicken Dampfwalze geraten würde. Oder von der obersten Spitze des Domes stürzen …

Aber die Sache einfach auf sich beruhen lassen, konnte Evi dann doch nicht. Am Donnerstag morgen, bevor sie mit Kaspar hinaus aufs Land fuhr, machte sie deshalb einen Abstecher in das Lady-Fitness-Studio, in dem Margitta täglich von acht bis neun trainierte und sich anschließend für eine Viertelstunde auf die Sonnenbank legte. Die Arbeit in der Redaktion begann immer erst um zehn.

Als Evi um halb neun das Studio betrat, war Margitta beim Bankdrücken. Auf dem Rücken liegend stemmte sie mit den Armen Gewichte nach oben, die ihre Brustmuskeln stärken sollten. *Kampf dem Hängebusen,* nannte sie dieses Programm in Gedanken und zählte eisern mit.

»Fünfundzwanzig, puh, und sechsundzwanzig, puh, und siebenundzwanzig …«

Evi trat unbemerkt hinter sie und schaute mordlüstern auf die Frau herab, die ihr Leben zerstört hatte.

Mit leisem Bedauern registrierte sie, daß das Gerät so konstruiert war, daß man das Gewicht nicht einfach auf den Trainierenden herabsausen lassen konnte. Schade, das wäre ein schnelles und schmerzloses Gespräch geworden. Na ja, schmerzlos wahrscheinlich weniger.

Sie räusperte sich und freute sich ersatzweise auf das schreckensbleiche Gesicht ihrer sogenannten Freundin, wenn diese ihre potentielle Mörderin erblickte.

Margitta hörte sie nicht.

»Und einunddreißig, puh, und zweiunddreißig, puh ...« stöhnte sie.

»Hal-lo«, sagte Evi laut.

Margitta hielt mitten in der Bewegung inne.

»Evi!« rief sie perplex.

Ja, ich bin's. Zähl deine letzten Sekunden, dachte Evi und hoffte, Margitta würde vor Schreck tot umfallen.

Margitta stieß aber nur einen lauten Seufzer aus. »Ach Evi, wie schön, dich zu sehen! Gesund und munter!«

Wie schön? Wie *schön?* Hatte Margitta den Verstand in der Umkleidekabine abgegeben? Sah sie denn nicht, wie bedrohlich nahe sie ihrem Ende war? Evi faßte es einfach nicht.

Margitta sah sie beglückt an. »Oh, wie habe ich um dich gezittert! Ich habe bei euch zu Hause angerufen und erfahren, daß du verschwunden bist! Keiner konnte mir sagen, wo du bist! Ich war unheimlich in Sorge um dich, ich kann dir gar nicht sagen, wie sehr. Warum hast du es dir denn anders überlegt? Ich dachte, Charlie und du, ihr habt euch wieder vertragen! Wolltet einen neuen Anfang machen!«

»Ja, das dachte ich auch«, sagte Evi langsam. Margitta hatte ganz offensichtlich den Ernst der Lage noch nicht begriffen. Sie schien keinen blassen Schimmer davon zu haben, daß sie enttarnt war. Sie glaubte immer noch, Evi sei so blöd, wie sie aussah!

»Oh, und warum bist du einfach so abgehauen?« fragte sie.

»Das kam ganz spontan«, sagte Evi.

Margitta setzte sich auf. »Du Schäfchen. Du hättest zu mir kommen sollen. Ich hätte dich jederzeit aufgenommen, das weißt du doch.«

Ha ha, was für ein Witz, dachte Evi. Du hättest dich bedankt, wenn ich mich in deiner Wohnung einquartiert hätte. Wo hättest du dich dann mit Charlie getroffen? Etwa bei Agnes zu Hause? Wohl kaum.

»Ich hatte dir doch diese Wohnung besorgt«, fuhr Margitta fort. »Wo bist du denn nun untergekommen?«

»Bei Freunden«, sagte Evi. Im Kopf begrub sie gerade ein für allemal ihre Mordpläne. Sie hatte eine bessere Idee.

Margitta zog die Augenbrauen nach oben. »Es geht das Gerücht herum, du hättest einen anderen Mann, aber da ist ja vollkommen absurd!« Sie kicherte, als wäre das ein guter Witz.

»Warum?« fragte Evi.

Margittas Kichern verstummte. »Na ja, das wüßte ich doch, oder? Ich bin schließlich deine beste Freundin.«

»Na ja«, sagte Evi und versuchte, verlegen zu klingen. »*Alles* kann ich dir auch nicht sagen!«

»Wie meinst du das?« Zum ersten Mal hörte Evi Unsicherheit in Margittas Stimme.

»Na, eben wie ich's sage. Jeder hat doch so seine kleinen Geheimnisse. *Oder?*«

»Na ja …« Margitta sah ihr verständlicherweise nicht in die Augen. »Aber ich dachte, wir beide, wir stehen uns so nahe wie Schwestern. Also, da hätte ich doch mitgekriegt, wenn du einen anderen hättest.«

»Hast du aber offenbar nicht«, erwiderte Evi und versuchte ein Lachen, es gelang ihr ganz gut. »Ach, jetzt schau aber nicht so entsetzt. Wenn Charlie mich betrügt, dann ist es doch nur recht und billig, daß ich mich auch nach jemand anderem umschaue.«

»Das glaube ich nicht«, flüsterte Margitta. »Wann … ich meine, seit wann hast du den denn schon?«

»Also, warte mal, kennengelernt haben wir uns letztes Jahr im August.« Evi seufzte, als würde sie einer besonders wonnigen Erinnerung nachhängen. »Ach, das war ein schöner Sommer! Aber da war ich nur verliebt. Und Charlie natürlich gaaaanz treu. Ich habe Kaspar gleich gesagt, daß ich Charlie niemals betrügen würde, und er hat sich damit abgefunden, daß wir ein rein platonisches Verhältnis miteinander hatten … Er machte mir die wunderbarsten Komplimente, schleppte Berge von Geschenken an, und wir hatten eine wirklich schöne Zeit – aber mehr ist nicht passiert.«

»Und ich wußte nichts davon.« Margitta machte einen schockierten Eindruck.

»Nein, das Risiko war mir einfach zu groß. Ich dachte, wenn Charlie diese Geschichte über irgendwelche Ecken erfährt, mißversteht er das Ganze und platzt vor Eifersucht.«

»Na ja. Charlie muß doch auf so einen ... Typ nicht eifersüchtig sein. Dazu ist er viel zu souverän.« Das klang, als würde Margitta nur einem kompletten Vollidioten zutrauen, sich für Evi zu interessieren. Diesem Vorurteil mußte Abhilfe geschaffen werden.

»Oh, Kaspar ist wunderbar«, seufzte Evi. »Phantasievoll, romantisch, ehrlich, sehr intelligent ...«

»Er fährt ein altes Auto«, unterbrach sie Margitta.

Aha, sie war offensichtlich bereits in die Einzelheiten eingeweiht. Altes Auto, zerrissene Jeans, hat mal als Kakaoabfüller bei Bennemann-Instant gearbeitet und hat eine dicke Nase. Diese Informationen, falls Charlie sie denn so weitergegeben hatte, reichten Margitta schon, den Kerl in die unterste Schublade zu stecken.

Na mal sehen, ob man ihn da wieder rausholen konnte.

»Ja, er fährt einen alten Toyota, total schrottreif«, bestätigte Evi. »Er legt überhaupt keinen Wert auf Äußerlichkeiten. Er ist« – Evi überlegte kurz, was Margitta am meisten beeindrucken würde – »ein Millionenerbe mit Hang zum Anarchismus. Geld bedeutet ihm nichts, obwohl er es wirklich wie Heu hat. Noch schlimmer als bei Charlie. Aber Kaspar gibt es wenigstens sinnvoller aus. Er spendet unheimlich viel an gemeinnützige Projekte und setzt sich aktiv für den Schutz der Meeressäuger ein. Nach unserer Romanze, oder vielmehr Beinahe-Romanze im letzten Sommer, ist er mit seiner Segeljacht in die Karibik abgehauen. Um mich zu vergessen, wie er sagt. Dreimal darfst du raten, wie sein Schiff heißt.«

Margitta erriet es nicht.

»*Evi* heißt es, ist das nicht süß« rief Evi. »Na ja, und als ich das mit Charlie und … seiner Geliebten erfuhr, da war Kaspar gerade wieder zurück aus Guadeloupe.«

»Das paßte ja«, sagte Margitta. Es klang beinahe neidisch.

»Ja, das stimmt«, erklärte Evi und überlegte, wie sie das Ganze noch steigern konnte. »Als wär's vom Himmel geplant, sagt Kaspar. Er schreibt augenblicklich an einem Roman. Alle Verlage reißen sich darum. Wir suchen jetzt ein Haus auf dem Land, damit wir unsere Ruhe haben.«

»Ich verstehe«, sagte Margitta kühl. »Deswegen wolltest du auch die Wohnung nicht haben, die ich dir organisiert hatte.«

»Stimmt«, sagte Evi wieder. »Aber du mußt verstehen, daß ich lieber bei Kaspar bin, als allein in einer fremden Wohnung.«

Sie lachte. Margitta machte einfach ein zu komisches Gesicht! Jetzt noch einmal so richtig unter die Gürtellinie treten, dann war sie wirklich am Ende.

»Ich will ja nichts gegen Charlie sagen, ich meine, ich dachte immer, er ist gut im Bett und so, aber ich hatte ja auch keinen Vergleich«, sagte Evi. »Weil ich dumme Gans ja immer treu war. Jetzt weiß ich allerdings, daß das ein großer Fehler gewesen ist. Was mir all die Jahre entgangen ist! Du weißt schon, ich meine, in sexueller Hinsicht!«

Margitta kniff die Lippen zusammen, und Evi frohlockte. Hoffentlich erzählt sie das Charlie weiter, dachte sie. Er wird platzen.

»Für Kaspar bin ich die absolute Traumfrau«, fuhr sie fort. »Er sagt, er kann Charlie einfach nicht verstehen. Er meint, auf der ganzen Welt gibt es keine Frau, die mir das Wasser reichen könnte.«

»Na ja, Geschmäcker sind eben verschieden«, versetzte Margitta und gestattete sich ein verkniffenes Lächeln. »Ich gratuliere. Dann scheint ja alles in Ordnung zu sein, und ich habe mir vollkommen umsonst Sorgen gemacht. Charlie und du, ihr laßt euch scheiden, und du hast gleich einen neuen Millionenerben an der Hand. Ich muß schon sagen, *dafür* hast du einfach ein Gespür. Andere Frauen suchen ihr Leben lang nach einem reichen Mann.«

»Ja, *du* zum Beispiel, ich weiß. Du Ärmste, du hast mir immer schrecklich leid getan.« Evi lächelte so strahlend wie sie konnte. »Aber weißt du was? Gib die Hoffnung nicht so schnell auf. Charlie ist ja jetzt frei. Vielleicht gelingt es dir, ihn dir zu angeln. Na, wäre das nichts?«

»Hm, hm«, machte Margitta und schaute dabei auf den Boden. Wahrscheinlich schäumte sie innerlich vor Wut. Aber sie war wohl immer noch zu feige, Evi zu gestehen, daß sie sich ihren Charlie längst geangelt *hatte!*

»Na komm schon, nur keine falschen Hemmungen«, sagte Evi aufmunternd. »Eine Frau muß schauen, wo sie bleibt, und du mußt keine Skrupel meinetwegen haben. Erstens hat Charlie mich betrogen, und zweitens sind wir jetzt getrennt. Also, es spricht nichts dagegen, daß du dein Glück bei ihm versuchst. Nur keine falsche Schonung. Besser du hast ihn, als dieses *Zuckerschneckchen*!«

Margitta sagte nichts mehr. Evi fand, sie hatte dick genug aufgetragen. Jetzt brauchte sie nur noch einen guten Abgang.

Sie schaute auf die Uhr. »Sorry, Margitta, ich muß laufen. Kaspar und ich haben einen Termin mit dem Makler. Eine alte Wassermühle irgendwo draußen im Grünen – mal sehen, ob es uns zusagt. Wenn ich mehr weiß, melde ich mich bei dir. Und dann mußt du Kaspar natürlich unbedingt kennenlernen. Er wird dir gefallen.«

Sie küßte Margitta auf beide Wangen. »Tschüs, mach's gut.«

»Tschüs«, sagte Margitta.

Evi konnte sich nicht helfen, sie fand, daß Margitta aussah, als wäre sie gegen die Wand gelaufen.

8

»Lügen haben kurze Beine«, sagte Kaspar mahnend, als Evi ihm von ihrem Besuch im Fitneßstudio erzählte.

»Nein, nein«, widersprach sie. »Es heißt: Lügen haben schöne Beine – und die habe ich. Sieh nur! Das kommt vom vielen Schwimmen.«

»Wenn du deinen Charlie weiterhin in dem Glauben läßt, ich sei dein Lover, dann werden deine Beine schon noch kürzer werden«, behauptete Kaspar. »Und ich bin meines Lebens nicht mehr sicher.«

»Möglich«, gab Evi zurück. »Zumal ich gesagt habe, daß du im Bett viel, viel besser bist als er.«

»Ich muß umziehen«, stöhnte Kaspar. »Man gebe mir eine neue Identität!«

Evi lachte. Die Begegnung mit Margitta hatte ihr gut getan. Allein der dämliche Gesichtsausdruck war den Besuch im Fitneßstudio allemal wert gewesen. Sie konnte nur hoffen, daß Margitta nicht alle Informationen für sich behalten würde. Nein, das würde sie auf keinen Fall tun. Sie würde Charlie brühwarm berichten, daß seine kleine, dumme Ehefrau gar nicht so dumm war, wie sie aussah. Hatte sie nicht *schon wieder* einen Millionenerben abgeschleppt?

Evi biß sich auf die Lippen. Wenn das mit dem Millionenerben mal kein Fehler gewesen war! Vielleicht kam Charlie ja jetzt auf die Idee, seine Wertpapiere zurückzuverlangen. Na, auch egal; Hauptsache, ihre Ehre war wiederhergestellt. Charlie hatte sich wohl gedacht, daß sie jetzt traurig und einsam irgendwo herumhing, womöglich unter der Brücke schlief und ihm fürchterlich hinterhertrauerte. Ja, vermutlich hatte er sich vorgestellt, daß sie nun darüber nachgrübelte, was sie wohl falsch gemacht habe, und wie sie sich ändern könnte, um für den tollen Charlie wieder interessant zu werden.

Aber nichts da! Diesen Eindruck hatte sie ihm ja jetzt hoffentlich ein für allemal vermasselt. Es sprach doch nur für ihre wundervolle Person, daß sie sich sogleich einem gutaussehenden, reichen und unheimlich verliebten Mann an den Hals hatte werfen können! Wer konnte das schon!

Evi warf den Kopf in den Nacken. Gut, sie hatte gelogen, und Lügen waren im weitesten Sinne unmoralisch. Aber eine ehrliche Lüge war immer noch besser als diese verlogene Ehrlichkeit, die Margitta und Charlie an den Tag legten.

»Was murmelst du da vor dich hin?« fragte Kaspar, denn Evi hatte, ohne es zu merken, laut gedacht. »Besser eine ehrliche Lüge als verlogene Ehrlichkeit! So einen kompletten Schwachsinn habe ich schon lange nicht mehr gehört.«

»Dann ist es eben eine verlogene Lüge«, sagte Evi. »Auf jeden Fall ist es eine Art Notlüge. Und übrigens haben Lügen keine kurzen Beine, sondern lange Nasen. Wie Pinocchio.«

Sie schauten sich tatsächlich eine alte Mühle an. Was das anging, hatte Evi Margitta nicht belogen. Die Mühle war wunderschön, zum Teil restauriert, die Nebengebäude alle zu Wohnungen ausbaubar. Das Anwesen lag an einem kleinen Bach mitten in einem waldigen Tal, und es war wirklich traumhaft. Trotzdem wußte Evi sofort, daß es nichts für sie war. Das Tal lag weit von der Zivilisation entfernt und war ziemlich schattig. Der viele Wald drumherum war im Sommer sicher herrlich, aber insgesamt wirkte es doch recht düster. Hier nur mit einem Kind zu leben, schien Evi nicht die beste aller Ideen zu sein.

»Nein«, sagte sie zu dem Makler. »Es ist zwar sehr schön hier, aber ich hätte lieber ein Haus auf einer sonnigen Anhöhe. Von wo aus man über das Land blicken kann, über Wiesen und Felder. Wald darf es von mir aus auch geben, nur nicht direkt ums Haus herum. Viel Licht – das will ich. Und ein paar Nachbarn sollte es ruhig auch geben. Das hier ist mir einfach zu einsam.«

Der Makler nickte. »Ja, für eine Frau so ganz allein – das habe ich mir schon gedacht. Außerdem sind anderthalb Millionen auch eine stolze Summe. Norbert hat mir gesagt, wir sollten Ihre augenblickliche Finanzlage berücksichtigen und bis maximal achthunderttausend gehen.«

»Was ja an und für sich auch eine stolze Summe ist«, murmelte Kaspar.

»Ja, und dann steht das Ding auch noch unter Denkmalschutz«, fuhr der Makler fort. »Das heißt, beim Renovieren wären Ihnen tausend und abertausend Grenzen gesetzt. Okay, Sie nehmen's nicht, dann drehe ich das Ding hier also einem anderen Interessenten an.«

Von der alten Mühle fuhren sie noch tiefer hinein in das hügelige Hinterland. Evi war entzückt. Überall standen Kühe auf saftig grünen Wiesen, und Schafherden mit kleinen Lämmern sah sie auch. Die Laubbäume in den Kuppenwäldern begannen allmählich auszuschlagen. Ein zarter Grünschimmer hing über den Ästen, und überall sangen die Vögel.

»Wie wunderschön!« rief Evi begeistert aus. »Wie kann man nur freiwillig in der Stadt wohnen?«

Kaspar sah sie von der Seite an, als habe sie völlig den Verstand verloren. »Na ja, es gibt eben Leute, die wohnen lieber da, wo es öffentliche Verkehrsmittel, Museen, Kinos und Geschäfte gibt. Seien wir mal ehrlich, eine Stadt hat Kultur und Leben zu bieten, das Land nur Kuhfladen!«

»Mir gefallen Kuhfladen«, sagte Evi. »Wenn mir mal nach Kultur und schlechtgelaunten, käsigen Stadtmenschen zumute sein sollte, fahre ich eben hin!«

»Wie denn?« spottete Kaspar. »Hier fährt doch nur alle zwei Tage mal ein Bus!«

Evi mußte lachen. »So schlimm ist es auch wieder nicht. Wir sind schließlich nicht in der Sahara!«

Das Projekt, das der Makler ihnen als nächstes zeigte, war ein Neubau, noch unverputzt, den die Besitzer aus Geldmangel nicht hatten zu Ende bringen können und verkaufen mußten, bevor sie jemals eingezogen waren.

»Wie traurig«, sagte Evi voller Mitleid, als sie durch die halbfertigen Räume schritt. »Nein, das Haus will ich auf gar keinen Fall haben! Ich hätte das Gefühl, mich am Unglück anderer bereichert zu haben.«

»Des einen Tod, des anderen Brot«, zitierte Kaspar. Er hatte es heute mit Sprichwörtern.

»Aber die Bausubstanz ist optimal, und die Sicht ist auch prima«, sagte der Makler. »Und schauen Sie nur, wieviel Sonne durch diese riesengroßen Fenster hereinscheinen kann.«

»Ja, aber trotzdem«, meinte Evi. »Hier sollte die Familie einziehen, die das Haus geplant hat.«

»Na, die werden hier auf gar keinen Fall einziehen«, sagte der Makler. »Die können froh sein, daß die Bank das Haus nicht zwangsversteigert hat!«

»Wie ungerecht diese Welt doch ist«, seufzte Evi und tröstete sich damit, daß diese arme Familie aber immerhin zusammenhielt. Der Mann mochte zwar Schulden haben, aber wenigstens hatte er kein Verhältnis mit der besten Freundin der Frau. Das konnte man jedenfalls hoffen.

Als sie wieder im Auto saßen, meinte Evi zu Kaspar, daß sie's doch eigentlich ganz gut habe.

»Geld *allein* macht zwar nicht glücklich, aber es würde mir doch bedeutend schlechter gehen, wenn ich jetzt nicht mal das hätte«, sagte sie.

Kaspar nickte zustimmend und suchte nach einem passenden Sprichwort.

»Unter jedem Dach ein Ach«, fiel ihm aber nur ein, und darüber mußte Evi wieder lachen.

Sie fuhren eine kurvenreiche Straße hinauf durch mehrere Dörfer, in denen sich malerische Fachwerkhäuser und verschieferte Villen mit hohen, weißen Fenstern und grünen Schlagläden um hübsche Backsteinkirchen gruppierten.

Evi stieß spitze Begeisterungsschreie aus. Jedes Detail, das sie erblickte, regte sie dazu an, in ausgiebigen Phantasieszenarien zu schwelgen.

»Sieh doch! Dieser Baum da ist bestimmt zweihundert Jahre alt. Sicher ist das der Dorfplatz, auf dem man sich an lauen Sommerabenden trifft, während die Kinder länger aufbleiben dürfen und kleine Papierschiffchen im Dorfbach schwimmen lassen. Oh, ist das Landleben nicht romantisch?«

»Und Heinz nimmt seine Gitarre und spielt ein paar Balladen, alle fassen sich an den Händen und singen mit«, ergänzte Kaspar ironisch, aber Evi hatte einfach keine Antenne für seine Ironie.

Sie nickte nur zustimmend. Ja, warum nicht auch noch ein Heinz mit einer Gitarre.

Kaspar seufzte. »Weißt du, wie das Landleben in Wirklichkeit ist? Nachbarschaftsfehden ohne Ende, weil nämlich der eine seinen gefährlichen Rottweiler frei herumlaufen läßt und der andere vorzugsweise sonntags und feiertags damit beschäftigt ist, seinen tiefergelegten und frisierten Proloschlitten auf dem Dorfplatz Probe zu fahren. Ach ja, und der Bauer düngt seine Felder vorzugsweise an dem Tag, an dem du Gäste zum Grillen eingeladen hast; er düngt mit stinkender Gülle, von der man nicht weiß, was alles drin ist. Selbst die Wäsche, die in der ach so frischen Luft trocknen soll, stinkt so erbärmlich, daß du sie noch einmal waschen mußt.«

»Klingt als hättest du mal ein traumatisches Erlebnis mit Gülle gehabt«, sagte Evi.

»*Eins?* Ich bin auf dem Dorf groß geworden, in so einem Nest, das du als hoffnungslos romantisch bezeichnen würdest!«

»Dann ist dein Dorf eben die Ausnahme, behauptete Evi. »Es sind doch nicht alle Menschen hinterwäldlerisch und zurückgeblieben, die das Landleben dem Stadtleben vorziehen. Oooh, sieh nur, kleine Lämmer! Oh Gott, sind die süß!«

»Und so lecker«, sagte Kaspar trocken.

Evi erinnerte sich mit Grausen daran, wie gerne sie Lammfilet beim Italiener gegessen hatte. Knusprig gegrillt mit jungem Gemüse. Wie hatte sie das nur tun können?

Nie wieder, schwor sie sich und lächelte den kleinen, blöden Lämmchen im Vorbeifahren um Verzeihung heischend zu.

Sie hatten jetzt eine kleine Anhöhe erreicht, auf der ein weiteres Dorf lag, das laut Auskunft des Ortsschildes *Rabeneck* hieß. Der Mercedes des Maklers parkte auf einem kleinen Platz, Kaspar steuerte seinen Wagen dahinter.

»Sehen Sie den Blick?« fragte der Makler. »Von hier sieht man bis in die Rheinebene!«

»Tatsächlich«, sagte Kaspar überrascht. »Ich sehe den Dom!«

»Sieht ganz nah aus«, meinte Evi und inhalierte die frische Landluft. Keine Spur von Gülle.

»Aber auch nur Luftlinie«, kam Kaspar noch einmal auf die Entfernung zurück. »Bei den Kurven ist das eine halbe Tagesreise bis dorthin.«

Der Makler schüttelte milde den Kopf. »In einer Viertelstunde sind Sie auf der Autobahn, zwanzig Minuten später schon in der Innenstadt. Hier wohnen viele Pendler. Leitende Angestellte von großen Firmen bauen sich hier ein Haus und fahren täglich mit dem Auto in die Stadt und wieder zurück.«

»Luftverschmutzer«, sagte Kaspar und drehte sich einmal um die eigene Achse. »Und wo ist jetzt das Haus, das wir uns angucken wollten?«

Widerstrebend löste der Makler den Blick von der herrlichen Aussicht.

»Wie gesagt, die Lage allein ist unbezahlbar«, betonte er. »Das Haus dagegen sehr wohl. Unglaublich günstig. Das ist es.« Er zeigte auf das Grundstück, das sich an den kleinen Platz anschloß. Umgeben von einer Buchenhecke, in der noch das braune Laub vom Vorjahr hing, stand dort ein kleines Fachwerkhaus, das aussah, als habe es seine besten Zeiten schon lange hinter sich.

Kaspar sah entsetzt auf die unbeschreiblich häßliche Drahtglastüre und das Vordach aus gelblichem Wellblech.

»Das?« fragte er.

»Ja«, bestätigte der Makler kleinlaut. »Es ist natürlich nicht im besten Zustand. Man müßte schon etwas daran tun. Aber über dreitausend Quadratmeter unverbaubares Grundstück mit altem Obstbaumbestand und dieser wahnsinnigen Aussicht sind allein das Geld wert.«

Er öffnete das Gartentörchen im dunkelbraun gestrichenen, kniehohen Jägerzaun. Kaspar und Evi, die bisher noch kein Wort gesagt hatte, folgten. Beim Näherkommen sah Kaspar die heruntergekommene, abgebröckelte Fassade, die kleinen Fenster, die zum Teil durch häßliche Kunststoffenster ersetzt worden waren, und den geschmacklosen Briefkasten aus gehämmertem kupferfarbenen Metall. Dieses kleine abscheuliche Detail überzeugte ihn restlos.

»Gräßlich«, murmelte er.

»Zwei liebe alte Leutchen haben hier gewohnt«, erzählte der Makler. »Beide waren die letzten zwanzig Jahre nicht mehr ganz fit. Solange ist hier auch nichts dran getan worden.«

»Ich glaube, wir haben genug gesehen«, stieß Kaspar hervor. »Mehr als genug.«

»Schauen Sie es sich erst mal von innen an«, meinte der Makler und schloß die Haustüre auf. »Man *kann* etwas daraus machen.«

»Man kann es aber auch bleiben lassen«, sagte Kaspar, als er in die stockdunkle, enge Diele trat. Die Lieblingsfarbe des alten Ehepaares schien dunkelgrün gewesen zu sein, denn hier war alles dunkelgrün. Die Wände, der angestaubte Teppichboden, der in Wohn- und Eßzimmer verlegt worden war, und auch der großgemusterte Linoleumboden in der kleinen Küche.

»Und das beste: Es ist nicht denkmalgeschützt!« rief der Makler. »Obwohl es noch aus dem letzten Jahrhundert stammt – zumindest größtenteils.«

»Denkmalgeschützt, dieses Monstrum? Das wäre ja noch schöner!« Kaspar stieß Evi in die Rippen. »He, sag du auch mal was.«

Aber Evi sagte nichts. Sie ging schweigend durch die kleinen, düsteren Räume und sah sich alles ganz genau an.

Kaspar legte den Kopf in den Nacken, um gleich darauf vor Grauen zu erstarren. Die Decken waren zwischen den alten Deckenbalken mit Styroporkassetten verkleidet, die man mit selbstklebenden Holzdekorfolien beklebt hatte. Kaspar meinte, noch nie etwas so Scheußliches gesehen zu haben. Aber das Badezimmer übertraf seine schlimmsten Erwartungen. Es war ebenfalls dunkelgrün gekachelt, aber auf jeder Kachel war eine große, fünfblättrige, postgelbe Blume abgebildet. Gelb waren auch die Waschbecken und die Badewanne. Die Decke war hier tiefer abgehängt. Die besonders geschmacklosen Styropor-Holzimitations-Platten waren nicht richtig verklebt, so daß einem die Decke an manchen Stellen buchstäblich auf den Kopf fiel.

»Unglaublich«, keuchte Kaspar. »Ganz unglaublich. Überall diese Farbe von bereits verdautem Spinat!«

»Na ja, man müßte die Bäder neu kacheln«, gestand ihm der Makler zu. »Aber es bleibt ja genug Geld übrig, weil das Ganze nur – und jetzt halten Sie sich fest – nur dreihundertfünfzigtausend kostet. Plus Maklercourtage natürlich.«

»Das sind dreihundertfünfzigtausend zuviel«, sagte Kaspar. »Evi, jetzt sag doch auch mal was!«

»Ich nehm's«, sagte Evi.

Kaspar und dem Makler fielen zeitgleich die Kinnladen herab.

»Könnte ich vielleicht bitte noch die obere Etage sehen? Und Keller und Garten?« fragte Evi höflich.

»Selbstverständlich!« Der Makler hatte sich schnell wieder gefaßt. »Oben sind drei Schlafzimmer und noch ein Badezimmer, und ganz oben befindet sich ein Spitzboden. Mit ein paar Dachfenstern ließe sich ein nettes Studio daraus machen. Und einen Balkon haben Sie auch!«

Erst oben fand Kaspar seine Stimme wieder.

»Balkon!« schnaubte er. »Das ist kein Balkon, sondern ein Wellblechverschlag der schlimmsten Sorte!«

»Das Wellblech mußte du dir natürlich wegdenken«, meinte Evi beschwichtigend. »Sieh mal lieber diese wunderbare Aussicht. Oh, dahinten ist ja ein See! Ein See, Kaspar, siehst du das? Ich habe einen See im Garten!!!«

»Nun, ja, es handelt sich um den Löschteich der Feuerwehr«, verbesserte der Makler. »Er gehört der Gemeinde.«

»Ein See«, wiederholte Evi selig lächelnd. »Ich nehme das Haus auf jeden Fall.«

Der Makler strahlte. »Ja, das ist eine gute Wahl. Für diesen Preis allemal. Gut, ich will Ihnen nicht verschweigen, daß Sie einiges investieren müssen. Sie werden eine neue Heizungsanlage brauchen. Diese hier ist eine Nachtspeicheranlage von Anno dazumal und viel zu kostspielig. Es wäre auch sinnvoll, die Elektroinstallation zu erneuern, eventuell das Dach neu zu decken. Wenn man ohnehin ein paar Dachfenster einbauen läßt, geht das in einem Aufwasch. Und die Fenster müssen natürlich raus. Dann kann man sie gleich hier und da ein wenig vergrößern und bis auf den Boden runterziehen, damit mehr Licht ins Haus kommt.«

»Und unten müssen ein paar Wände eingerissen werden«, setzte Evi hinzu und starrte immer noch voller Entzücken auf den Löschteich. »Aus der kleinen Küche, dem winzigen Eßzimmer und dem Wohnzimmer will ich einen einzigen großen Raum machen.«

»Mit anderen Worten, das Haus muß komplett abgerissen werden und ein neues gebaut werden«, faßte Kaspar zusammen. »Evi, du spinnst, für so ein Loch dreihundertfünfzigtausend Mark zum Fenster rauszuschmeißen.«

»Plus Maklercourtage«, erinnerte ihn der Makler pflichtbewußt.

»Ich *liebe* das Haus«, erklärte Evi mit Nachdruck. »Ich will es besitzen. Ich kaufe es.«

»Nicht diese Bruchbude«, sagte Kaspar. »Denk nur daran, wie lange es dauern wird, bis du hier wohnen kannst. Heizung neu, Elektrik neu, Bäder neu, Dach neu eingedeckt ...«

»Nun, im Grunde ist das Haus sofort beziehbar«, widersprach der Makler. »Alle Reparaturen und Veränderungen kann man so nach und nach machen lassen.«

»Aber ja«, rief Kaspar aus. »Nach und nach ein paar Wände einreißen, den Staub und Bauschutt von der einen Seite zur anderen schieben und eine Weile ohne Dach leben, kein Problem, was?«

»Es *ist* kein Problem«, sagte Evi. »Kaspar, hierfür braucht man Pioniergeist, und den habe ich. Du mußt ja nicht hier wohnen, sondern ich.«

»Und deine Tochter«, erinnerte sie Kaspar.

»Stimmt. Aber da muß sie eben durch. Vielleicht macht es ihr auch Spaß, das zu sehen und dabei zu helfen, daß dieses Haus ein richtiges Schmuckstück wird. Und dieser Löschteich wird sie begeistern. Vielleicht besorgen wir uns ein kleines Boot, dann können wir darauf rudern ...«

»Evi! Du wirst für diesen Schrotthaufen in der Walachei ein Vermögen ausgeben.«

»Nobbi sagt, ich *besitze* ein Vermögen.«

»Das hier ist aber eine Zumutung!«

»Nicht für mich! Es liegt einfach wunderschön – und ich habe mich verliebt. Liebe auf den ersten Blick, weißt du nicht, wie das ist?«

»In eine Wellblechhütte verliebt zu sein? Nein!«

»Du mußt das *Ganze* betrachten – und du mußt dir einen Gutteil wieder wegdenken. Benutz mal deine Phantasie.«

»Das tu ich ja«, beteuerte Kaspar. »Und was ich sehe, ist grauenhaft. Da, mir kommt eine Vision, glasklar: eine völlig deprimierte Evi in einer Großbaustelle, viele Handwerker, die sie übers Ohr hauen, und ihre verwöhnte Tochter, die ihr den letzten Nerv raubt. Eines Nachts gehst du in diesen Löschteich da draußen und ertrinkst im Schlamm.«

»Hier fährt täglich alle zwei Stunden ein Bus in die Stadt«, mischte sich der Makler wieder ein. »Fahrzeit – fünfzig Minuten, aber alle halbe Stunde geht auch ein Bus in die Kreisstadt, bis dahin ist es nur eine knappe Viertelstunde, und es gibt dort alles, was man zum Leben braucht: Schulen, Supermärkte, Geschäfte, Post, ein Theater, Kino, Restaurants ...«

»Ja, das können wir uns alles denken«, unterbrach ihn Kaspar ziemlich unfreundlich. »Evi, es gibt sicher noch einige Häuser, die wir uns anschauen können. Und alle – das kannst du mir unbesehen glauben – *alle* werden besser sein als dieses.«

»Ich will aber dieses«, sagte Evi. »Das steht fest.«

Sie wandte sich an den Makler. »Wo muß ich unterschreiben?«

Der Makler lächelte. »Also, wenn Sie sich jetzt entschieden haben, besiegeln wir die Sache mit einem Handschlag unter Ehrenmännern. Ich mache umgehend den Kaufvertrag, Sie überweisen das Geld, und dann können Sie auch schon einziehen!«

»Nein«, machte Kaspar einen letzten verzweifelten Versuch, das Unvermeidliche zu stoppen, aber Evi und der Makler schüttelten sich bereits innig die Hände.

❦

Trotz des Handschlags und Evis unveränderlicher Begeisterung für das Haus verlangte Kaspar, daß auch Norbert am Wochenende noch einmal mit hinaus zum Haus fuhr und Evi davon abzubringen versuchte, es tatsächlich zu kaufen. Aber Norbert schlug sich überraschend auf Evis Seite.

»Es ist zwar grauenhaft«, sagte er, »aber eine Herausforderung für jeden Ästhet. Genau das, was Evi braucht. Und dieser See ist wirklich phantastisch.«

»Löschteich«, sagte Kaspar. »Eine matschig-braune Brühe.«

Norbert und Evi schritten den Garten ab und entdeckten immer mehr Dinge, wegen denen sich ein Kauf zu lohnen schien. Da gab es eine vollkommen heruntergekommene sechseckige Gartenlaube, ebenfalls mit Wellblech gedeckt, einen dunkelgrün gestrichenen Schuppen, Obstbäume und – direkt am Teich – eine dicke Trauerweide, die schon ganz zart belaubt war.

Evi und Norbert waren gleichermaßen begeistert. Kaspar machte sie, vollkommen umsonst, auf all die häßlichen Dinge aufmerksam, die er entdeckte: auf die mit schmucklosem Beton gepflasterte Terrasse, auf die riesengroße, an eine Hochspannungsleitung erinnernde Wäscheleinenkonstruktion, auf den spießigen Jägerzaun und auf das allgegenwärtige Wellblech.

In einer Ecke des Gartens mußte das alte Ehepaar Hunde gehalten haben, denn hier war ein äußerst schäbiger, drahtgezäunter Bereich, darin ein noch schäbigerer Verschlag, selbstverständlich mit Wellblech verkleidet. Aber selbst diesem Schandfleck konnte Evi etwas abgewinnen.

»Der ideale Ort für meine Hühner«, erklärte sie strahlend.

»Welche *Hühner?*«

»Die, die ich bald besitzen werde«, sagte Evi, und Kaspar schüttelte den Kopf.

Norbert schaute über die Buchenhecke in den Nachbargarten. Das Häuschen, das dort stand, war in Form und Größe ganz ähnlich. Es sah nur mit seinen leuchtend roten Schlagläden viel netter aus. Und nirgendwo gab es eine Spur von Wellblech.

»Siehst du«, meinte Nobbi zu Kaspar. »So könnte es hier auch mal aussehen!«

»In hundert Jahren nicht«, unkte Kaspar. »Ihr werdet schon sehen, was ihr davon habt!«

Aber es half alles nichts. Evi unterschrieb schon in der Woche darauf den Kaufvertrag beim Notar, und Norbert mußte zusehen, daß er die »geklauten« Wertpapiere zu Geld machte, obwohl das ja nicht unbedingt seine Aufgabe als Evis Anwalt war.

Gleichzeitig rückte der Verhandlungstermin um Fannys vorläufigen Aufenthaltsort näher. Um ihre Tochter noch vor der Verhandlung zu sprechen, wartete Evi mittags vor der Schule auf sie. Es war ein bißchen merkwürdig, am Schultor bei all den anderen Frauen zu warten, die ihre Kinder abholten. Es kam ihr vor, als bedächten sie alle mit seltsamen Seitenblicken. Vielleicht bildete sie sich das ja ein, aber wahrscheinlich hatte sich die Sache doch herumgesprochen, durch diese merkwürdige, kleine Anna-Lena. Für die arme Fanny sicher auch nicht so angenehm.

Na ja, egal, dachte Evi. Fannys Tage an dieser Schule waren ohnehin gezählt. In weniger als drei Monaten fingen die Sommerferien an, und danach kam sie auf's Gymnasium.

Fanny trat neben einem anderen Mädchen aus dem Portal, und Evi wurde vor Sehnsucht ganz schwindlig. Sie hatte sie zwar nur zehn Tage nicht gesehen, aber es war ihr wie eine Ewigkeit vorgekommen. Ihr kleines Mädchen. Ihre hochnäsige, snobistische, wunderhübsche Fanny. Wie groß sie schon aussah gegen all die Schüler aus den jüngeren Klassen. Wie schnell das gegangen war. Viel zu schnell. Evi überlegte, ob sie wohl die Zeit zurückdrehen würde, wenn sie es könnte. Noch mal anfangen. Ganz neu. Mit Fanny und mit Charlie, als er noch nicht daran dachte, mit einer anderen Frau ins Bett zu gehen. Alles anders machen. Unwillkürlich schüttelte sie den Kopf. Schließlich konnte sie die Zeit nicht zurückdrehen. Also war es vollkommen überflüssig, auch nur einen Gedanken daran zu verschwenden. Viel wichtiger war es, an die Zukunft zu denken. Und die fing *jetzt* an!

Evi hob die Hand und winkte Fanny zu. »Hallo!«

Fanny sagte etwas zu dem Mädchen neben ihr und trabte dann auf Evi zu. »Was machst du denn hier?«

»Ich wollte dich sehen«, sagte Evi.

»Ich komme aber auf gar keinen Fall mit dir«, zischte Fanny. »Wenn du mich anfaßt, dann schreie ich!«

Evi starrte sie entsetzt an. »Aber ich will dich doch nicht entführen, Fanny. Ich will mit dir reden.«

»Ich will aber nichts hören«, erwiderte Fanny. »Ich will nach Hause.«

Evi seufzte. »Also gut, ich mache es kurz. Ich habe ein Haus für uns beide gefunden. Es ist ein bißchen verlottert und heruntergekommen, aber wir beide machen es uns ganz schön. Es wird dir gefallen. Stell dir vor, wir haben dann einen eigenen See. Na ja, nicht ganz für uns alleine. Es ist der Löschteich des Dorfes, aber es sieht so aus, als gehöre er uns ganz allein ...«

»Ich will deinen blöden See aber nicht«, sagte Fanny. »Warum läßt du nicht einfach alles so, wie es ist?«

»Weil es so, wie es ist, nicht gut ist«, erwiderte Evi ernst. »Ach, Schätzchen, ich weiß, daß du am meisten darunter leidest, daß dein Vater und ich ... na ja, es tut mir jedenfalls furchtbar leid. Aber es ist nicht zu ändern. Und deshalb müssen wir das Beste daraus machen. Du wirst sehen, alles wird gut.«

»Geh weg«, fauchte Fanny. »Da vorne kommt Anna-Lena, und ich möchte nicht, daß sie dich sieht. Ich habe ihr erzählt, meine richtige Mutter ist gestorben, und du bist nur meine Stiefmutter. Ich hab' gesagt, Papa hat dich nur aus Mitleid geheiratet.«

»Wie nett du sein kannst«, murmelte Evi. Dann zwang sie sich zu einem Lächeln. »Zufälligerweise weiß ich aber ganz genau, daß ich deine richtige Mutter bin. Du warst in diesem Bauch hier drin und hast gestrampelt! Und als du geboren wurdest ...«

»Das will ich nicht hören.« Fanny hielt sich die Ohren zu. »Das habe ich nämlich schon tausendmal gehört. Ich gehe jetzt.«

Sie ging tatsächlich.

»Wiedersehen«, rief Evi ihr nach. »Bis bald. Und das Haus ist wirklich schön, du wirst sehen.«

Fanny drehte sich noch einmal um.

»Ich will dein blödes Haus nicht sehen«, sagte sie zum Abschied. »Und dich auch nicht.«

❦

Nach diesem Gespräch fieberte Evi der Verhandlung – »es ist keine Verhandlung, sondern einfach eine Art Anhörung«, sagte Norbert – vor dem Familienrichter voller Angst entgegen. Norbert hatte zwar erklärt, es bestehe kein Zweifel daran, daß man das Kind vorerst ihr zusprechen und daß es auch bei der späteren Sorgerechtsverhandlung keinerlei Probleme geben würde; aber das alles spielte schließlich keine Rolle, wenn Fanny partout nicht zu ihr wollte.

»Natürlich will sie das nicht«, beschwichtigte sie Kaspar. »Sie ist eine verwöhnte, eitle, kleine Person, die zu Hause systematisch gegen dich aufgehetzt wurde. Du mußt ihr aber die Chance geben, das Zusammenleben mit dir überhaupt erst mal zu erproben.«

Obwohl Evi im Grunde seiner Meinung war, fürchtete sie sich am meisten vor Fannys Reaktion. Und natürlich hatte sie auch Angst davor, Charlie wiederzubegegnen. Es würde schrecklich sein, mit ihm um das Kind zu streiten. Sie wußte jetzt schon, daß sie diesen verletzten Ausdruck in seinem Gesicht nur ganz schwer würde ertragen können. Aber vielleicht war er ja gar nicht so verletzt, sondern in erster Linie wütend. Schließlich wußte er von Margitta, daß sie einen anderen hatte – und er hatte ihn ja selber gesehen!

Ihre Gedanken kreisten ständig um die Verhandlung, so daß sie sich gar nicht recht freuen konnte, als der Makler ihr die Schlüssel zu ihrem neuen Haus überreichte und sagte: »Jetzt gehört es Ihnen, und Sie können damit machen, was Sie wollen.«

»Ich bin so schrecklich aufgeregt wie noch nie in meinem Leben«, gestand Evi. »Auch wegen Charlie. Ich habe ihn seit besagtem Freitag nicht mehr gesehen, und da hätte ich ihn am liebsten mit dem Auto überfahren. Ich habe Angst, daß er irgendwelche krummen Touren macht, um mir Fanny wegzunehmen. Er ist sicher stinksauer wegen Kaspar, und wenn er sauer ist, ist mit ihm nicht zu spaßen.«

»Also ehrlich gesagt, den Eindruck habe ich nicht«, sagte Norbert, der in der Zwischenzeit mehrmals mit Charlie telefoniert hatte. »Eher im Gegenteil. Ich glaube nicht, daß er dir irgendwelche Steine in den Weg legt. Er sagt immer, er möchte das Ganze fair regeln. Er hatte überhaupt nichts dagegen, daß du dir ein neues

Auto gekauft hast. Er meinte vielmehr, es sei zu klein für dich.«

»Fünfundsiebzig PS«, rief Evi aus, die sehr stolz auf ihren ersten eigenen Wagen war. Bisher hatte sie dafür keine wirkliche Verwendung gehabt und war nur ganz selten mal mit Charlies Jaguar gefahren. Aber wenn sie demnächst so weit draußen lebte, dann brauchte sie einfach einen Wagen. Sie hatte sich für einen knallroten Kombi entschieden, ein Jahreswagen, nur elftausend Kilometer gefahren. Er war groß genug, um Fanny und ein paar Freundinnen und jede Menge Einkäufe zu transportieren, aber es konnte ruhig auch mal etwas mehr sein. Material für die Renovierung, ein großer Hund – wer weiß?

»Charlie meinte, glaube ich, nicht die Pferdestärken«, sagte Norbert. »Er meinte klein im Sinne von bescheiden. Mit anderen Worten, ich glaube nicht, daß er dir irgend etwas nicht gönnt. Er fragt mich jedesmal, wie es dir geht. Irgendwie scheint er nicht zu glauben, daß es dir den Umständen entsprechend gut geht.«

»Das ist typisch für ihn. Er denkt natürlich, daß es mir dreckig geht, weil ich ihn ja nicht mehr habe! Dabei geht es mir wirklich gut«, giftete Evi. »Ich heule nur noch nachts, tagsüber geht es mir hervorragend.«

Trotzdem schien ihr die Sache doch sehr nahe zu gehen, sogar auf den Magen zu schlagen. Ihr war ständig übel, und am Morgen der Verhandlung suchte sie nicht weniger als elfmal das Klo auf, um sich zu übergeben.

»Ich sollte vielleicht doch lieber mit euch fahren«, meinte Kaspar zu Norbert. »Als psychologische Verstärkung.«

»Hüte dich«, knurrte Norbert. »Ich habe keine Lust zu erklären, warum mein Lebensgefährte jetzt auf einmal ein Millionenerbe und der Liebhaber meiner Klientin sein soll. Außerdem fürchte ich eine Prügelei mit dem eifersüchtigen Ehemann.«

»Also gut«, seufzte Kaspar. »Dann müßt ihr da eben alleine durch.«

»Worauf du dich verlassen kannst«, sagte Norbert. Er hatte einen grauen Anzug an und sah ausgesprochen seriös aus.

»Ich bin ja so stolz auf dich«, sagte Kaspar.

❦

»Nun, nach Durchsicht der mir vorliegenden Papiere sehe ich nichts, was dagegen spräche, das Kind sofort seiner Mutter zuzuführen«, sagte der Richter. »Frau Bennemann hat ein Haus mit Garten und – das erscheint mir das wichtigste Argument – sie hat Zeit, sich um die kleine ... ähm ... ähm ... Fanny zu kümmern. Materiell ist sie dort auch gut versorgt, denn der Ehemann hat ja bekundet, keinerlei Schwierigkeiten, was den Unterhalt betrifft, zu machen.«

Evi war verblüfft. Sie saßen hier noch keine zwanzig Minuten zusammen in diesem kleinen Räumchen, das so gar nicht an »Ehen vor Gericht« erinnerte, und im Grunde war kaum etwas gesagt worden. Trotzdem schlug sich der Richter, ein nett aussehender, ziemlich dicker Herr jüngeren Jahrganges, schon so deutlich auf ihre Seite.

Vielleicht hat er noch eine Verabredung und will schnell fertig werden, überlegte sie. Sie selber hatte bis jetzt noch gar nichts gesagt. Sie hatte erst einmal den Schock überwinden müssen, Charlie wiederzusehen.

Er hatte auf der Treppe des Gerichtsgebäudes gestanden und ihr und Norbert mit ernstem Gesicht und – das bildete sie sich bestimmt nicht ein – ungewöhnlich dunklen Schatten unter den Augen entgegengeblickt. Er hatte weder wütend noch schuldbewußt ausgesehen, und ihre aufgestaute Wut war bei seinem Anblick ganz einfach verpufft.

Ja, mehr noch, am liebsten hätte sie sich an seine Brust geworfen und gerufen: »Ich kann ohne dich nicht leben! Laß uns einfach vergessen, was passiert ist, und von vorne anfangen.«

Aber das hatte sie natürlich nicht getan. Erstens wäre es vollkommen unsinnig gewesen, und zweitens war in diesem Augenblick Agnes hinter Charlie aufgetaucht und hatte Evi mit eisigen Blicken gemustert.

Sofort waren Evis Gefühle wieder abgekühlt. Das sah Charlie ähnlich, hier mit seiner Mutter statt einem Anwalt aufzukreuzen. So, als habe er rechtlichen Beistand gegen sie nicht nötig.

Evi hatte sich zu einem unverbindlichen Lächeln gezwungen und »Guten Morgen« gesagt wie zu zwei völlig Fremden.

Und dann war sie an ihnen vorbeimarschiert, mit Norbert an ihrer Seite. Ihre Übelkeit war mit einem Mal verflogen, Gott sei Dank.

Als sie an dem langen Holztisch Platz genommen hatten, hatte Charlie ihr nicht in die Augen gesehen, obwohl er gleich gegenüber saß. Er hatte vielmehr unbehaglich auf die Tischplatte geglotzt und es Evi damit ermöglicht, ihn sich ganz genau anzuschauen.

Sieht irgendwie dünner aus, stellte Evi fest. Sieht aus, als habe er ein bißchen abgespeckt.

Die Hoffnung, ihm möge vor lauter Kummer der Appetit vergangen sein, keimte in ihr auf. Aber gleich darauf verbat sie sich ihre Gedanken wieder. Blödsinn, wahrscheinlich hielt er sich nur für Margitta in Form, oder er war einfach vor lauter Streß nicht zum Essen gekommen.

»Gibt es dagegen irgendwelche Einwände von Ihrer Seite?« fragte der Richter.

Ach ja, hier ging es um Fanny und nicht um Charlie und sein Gewicht.

»Von meiner Seite nicht«, sagte sie schnell.

»Nun, ich wundere mich doch ein wenig«, ließ sich Agnes vernehmen. Sie hatte hier eigentlich nichts zu suchen. Das hatte ihr der Richter zu Beginn auseinandergesetzt. Er hatte ihre Anwesenheit aber erlaubt, unter der Bedingung, daß sie nur zuhörte.

Das tat sie jetzt aber ganz und gar nicht.

»Sie haben schließlich gelesen, daß meine Enkeltochter nicht damit einverstanden ist, ihr Zuhause zu verlassen«, sagte sie. »Wenn es sein muß, dann fragen Sie sie selber oder lassen Sie ein psychologisches Gutachten erstellen. Sie werden immer zu dem gleichen Ergebnis kommen: Das Mädchen möchte bei uns bleiben. Kein Wunder, denn das Verhältnis zu seiner Mutter ist alles andere als gut. Wir finden es nicht richtig, Fanny aus ihrer gewohnten Umgebung herauszuholen, zumal wir der Ansicht sind, daß ihre Mutter augenblicklich nicht in der Lage ist, es zu erziehen. Ich bin sicher, daß ein psychologisches Gutachten über Evelyn dieses bestätigen würde. Sie ist eine äußerst labile und untüchtige Person und macht derzeit eine Art zweite Pubertät durch. Niemand wäre ungeeigneter, ein Kind großzuziehen.«

Evi lauschte mit entsetztem Gesicht. Agnes sah wie immer perfekt aus, eine Oma aus einem sehr, sehr modernen Märchenbuch: schön, jugendlich und unglaublich seriös. Aber auf den Richter schienen ihre Worte keinen Eindruck zu machen.

Er sagte lediglich freundlich: »Meine liebe Dame, ich zweifle nicht dran, daß Sie Ihre eigene Meinung dazu haben, und offensichtlich ein Faible für psychologische Gutachten. Aber lassen Sie mich noch einmal klar und deutlich sagen, daß Sie in diesem Fall überhaupt nichts zu sagen haben. Wenn Ihr Sohn nicht in der Lage ist, sich zu artikulieren, dann hätte er einen Anwalt mitnehmen sollen.«

Das war starker Tobak. Damit bezeichnete er Charlie als Muttersöhnchen und verbot Agnes schlicht den Mund. Evi hielt die Luft an.

Aber die Worte des Richters wirkten. Agnes sagte: »Selbstverständlich Euer Ehren«, und klappte dann brav den Mund zu.

»Wie sieht es aus?« wandte sich der Richter an Charlie, der seinen Blick auf Evis Profil geheftet hatte, solange seine Mutter redete. »Hat Ihre Mutter Ihre Meinung treffend wiedergegeben, oder haben Sie noch etwas hinzuzufügen?«

»Nun, ich habe im Grunde nichts dagegen, wenn Fanny zu Evi zieht«, sagte Charlie, wobei er wieder auf die Tischplatte schaute. »Allerdings weiß ich wirklich nicht, inwieweit sie in der Lage ist, sich augenblicklich intensiv um Fanny zu kümmern.«

»Also, das ist doch ...«, rief Evi aus.

Der Richter nahm ihr das Wort ab. »Wie meinen Sie das? Halten Sie Ihre Frau auch für psychisch labil?«

»Nein«, sagte Charlie hastig. »Es ist nur, sie hat gerade eine neue Beziehung begonnen, und da ist es doch reichlich schwierig, sich ... also, mit ... Fanny ist nicht so einfach, wissen Sie, und ... eigentlich hatte ich ja gedacht, wir könnten versuchen ...« Er verstummte.

Hervorragend, dachte Evi. Wieder einmal ein geschliffener Redebeitrag des charismatischen Charlie Bennemann, dem allseits bekannten und gefürchteten Rhetorikkurskönig! Wenn das aber ein Trick sein soll und er mit seinem Gestammel Betroffenheit und Hilflosigkeit angesichts meiner angeblichen Affäre simulieren will, dann hat er rein gar nichts davon. Der Richter hält ihn jetzt schon für ein unfähiges Muttersöhnchen. Wahrscheinlich kann er gut verstehen, daß ich mir einen anderen gesucht habe.

»Frau Bennemann?«

»Ja?« fragte Agnes.

Der Richter schüttelte ärgerlich den Kopf. »Ich meinte die *junge* Frau Bennemann.«

Die junge Frau Bennemann, das war Evi. Noch.

»Ich denke, hier liegt ein Mißverständnis vor«, sagte sie. »Ich weiß nicht, was mein Noch-Ehemann da redet, aber ich habe keineswegs vor, Fanny einen neuen Vater vor die Nase zu setzen. Langfristig würde ich mir das gemeinsame Sorgerecht wünschen, und Fanny kann wählen, wo sie wohnt. Aber ich glaube, die nächsten Jahre ist sie bei mir einfach besser aufgehoben.«

»Bei einer Mutter, die von heute auf morgen Mann und Kind sitzen läßt, um sich selbst zu verwirklichen?« rief Agnes aus. »Die mit einem anderen Mann auf und davon geht? Also, ich weiß wirklich nicht!«

Der Richter runzelte unwillig die Stirn, und Charlie sagte schnell: »Agnes, bitte!«

»Agnes, du scheinst nicht vollständig informiert zu sein. Hat Charlie dir nicht gesagt, warum ich gegangen bin?« fragte Evi.

»Das spielt doch überhaupt keine Rolle«, erwiderte Agnes. »Du hast deinen Mann und dein Kind im Stich gelassen, das ist alles, was zählt.«

Sie blickte den Richter vorwurfsvoll an. »Und *so* einer Frau wollen *Sie* das Sorgerecht zusprechen.«

Der Richter sah Evi an.

»Warum haben Sie das Haus Hals über Kopf verlassen?« fragte er, und Evi fand, daß es in keiner Weise vorwurfsvoll klang, eher neugierig.

Sie schaute Norbert fragend an, der bisher kein Wort hatte verlauten lassen. Er nickte ihr in stummer Übereinstimmung zu.

»Weil ich erfahren hatte, daß mein Mann eine Geliebte hat«, antwortete sie und sah ganz schnell zu Charlie hinüber. Er wandte genauso schnell seinen Blick ab.

Feigling, dachte Evi.

Laut fuhr sie fort: »Ein Verbleiben im Haus erschien mir unter diesen Umständen unmöglich. Und da ich nicht wußte, wohin ich gehen und wo ich unterkommen würde, habe ich Fanny zunächst zu Hause gelassen, bis ich eine neue Wohnung für uns beide gefunden hatte. Es ist ein kleines Haus weiter draußen auf dem Land in einem entzückenden Dorf namens Rabeneck.«

Der Richter nickte mit dem Kopf.

»Das klingt mir doch sehr vernünftig«, sagte er zu Charlie.

»Ich bitte Sie, was hat diese Frau einem Kind denn zu bieten?« mischte sich Agnes wieder ein. »Sie hat nicht mal Abitur. Sie hat elf Jahre auf Kosten meines Sohnes gelebt. Und jetzt will sie offenbar nachholen, was sie in ihrer Jugend versäumt hat. Mit so einem *Steineschmeißer,* wenn Sie wissen, was ich meine. Das ist doch keine Atmosphäre, in der man ein Kind großziehen kann.«

»Agnes, bitte, der Richter hat doch gesagt, du sollst dich 'raushalten«, ließ sich Charlie wieder vernehmen.

»Ja, wenn du nichts sagst!« Agnes sah ihn empört an. »Wenn du einfach nur dasitzt und dir deine Tochter wegnehmen läßt, dann muß wenigstens ich etwas dagegen unternehmen.«

»Erstens habe ich mein Abitur auf der Abendschule nachgemacht, wie du sehr wohl weißt, und zweitens hat die Schulbildung doch wohl recht wenig mit meinen Fähigkeiten zu tun, ein Kind großzuziehen«, sagte Evi zu Agnes. »Und was den Steineschmeißer angeht – «, sie wandte sich an den Richter. »Kann ich Ihnen etwas im Vertrauen sagen? Nur unter vier Augen?«

»Bitte«, sagte der Richter und stand auf.

Evi stand ebenfalls auf und folgte ihm ans Fenster. »Ich habe überhaupt keinen anderen Mann, das schwöre ich Ihnen. Der, von dem Agnes redet, ist ein schwuler Student, der mir sehr geholfen hat. Er ist nur ein Freund, weiter nichts.«

»Aha«, sagte der Richter freundlich. »Und warum sagen Sie das nicht einfach?«

Evi sah sich zu den anderen um. Sie schienen alle Ohren so groß wie Satellitenschüsseln zu besitzen.

»Ich finde, es kann nicht schaden, wenn Charlie glaubt, daß ich einen anderen habe. Er hat mich mit meiner besten Freundin betrogen, müssen Sie wissen«, flüsterte sie.

»O«, machte der Richter. »Unter diesen Umständen ist das natürlich verständlich.«

»Ich wollte nur, daß Sie das wissen. Mit einem fremden Mann würde Fanny sich jedenfalls nicht auch noch herumschlagen müssen, wenn sie zu mir käme. Aber meine Schwiegermutter hat natürlich recht: Fanny will tatsächlich um nichts in der Welt bei mir wohnen. Sie hält mich irgendwie für minderwertig.«

»So sind Kinder«, meinte der Richter. »Die Kleine kommt wohl auf die Großmutter, was?«

Evi mußte lächeln. »Ja, ein bißchen schon.«

Der Richter lächelte ebenfalls und nahm wieder Platz. Dabei winkte er auch Evi auf den ihren zurück.

»Nun«, sagte er. »Für mich ist die Sache klar. Das Kind kommt zunächst zur Mutter, und wenn die Scheidung ansteht, werden wir uns die Angelegenheit noch einmal anschauen und dann weitersehen.«

»Aber«, sagte Agnes. »Das scheint mir doch eine äußerst leichtsinnig getroffene Entscheidung zu sein. Was ist zum Beispiel mit der Schule? Das Kind geht noch bis zum Sommer auf die Graf-Adalbert-Grundschule und soll danach aufs Walter-Scheel-Gymnasium. Wie soll denn das alles gehen, wenn meine Schwiegertochter mit dem armen Kind hinaus in die Provinz zieht?«

»Nun, dann wird Ihre Schwiegertochter sicher eine Schule aussuchen, die näher an Fannys Zuhause liegt«, sagte der Richter geduldig.

»Ich muß sagen, ich halte Ihre Entscheidung für äußerst inkompetent«, schnappte Agnes. »Vielleicht sollte ich Ihnen sagen, daß der Gerichtspräsident bei uns zu Hause ein und aus geht!«

»Agnes, bitte«, sagte Charlie, und Evi stellte verächtlich fest, daß »Agnes, bitte« mehr oder weniger der einzige Redebeitrag war, den er hier bis jetzt geleistet hatte.

»Meine liebe Dame, was wollen Sie denn damit sagen?« fragte der Richter.

»Nun, daß es durchaus Mittel und Wege gibt, Ihre Entscheidung anzufechten«, sagte Agnes. »Auch ein Beamter sitzt nicht so fest im Sattel, wie er vielleicht denkt.«

»Soll das eine Drohung sein?« Der Richter sah jetzt wirklich böse aus.

»Na ja«, sagte Evi ablenkend, bevor der Streit eskalieren konnte. »Es wäre vielleicht für alle das Beste, wenn Fanny erst einmal die Osterferien zu mir kommt, und dann für den Rest ihrer Grundschulzeit wieder bei ihrem Vater wohnt. An den Wochenenden könnte sie zu mir kommen und in den Sommerferien dann ganz zu mir ziehen. Bis dahin ist sicher auch die Renovierung abgeschlossen, und der Übergang wäre nicht ganz so schwierig für Fanny. Sie könnte wenigstens diese letzten drei Monate auf ihrer Schule bleiben und sich gleichzeitig schon allmählich daran gewöhnen, bei mir zu leben.«

»Eine ganz hervorragende Idee«, fand der Richter. »Dagegen gibt es wirklich nichts einzuwenden. Oder, *Herr* Bennemann?«

»Da ist das letzte Wort noch nicht gesprochen«, sagte Agnes. »Ich dachte, hier würde zum Wohle des Kindes entschieden!«

Charlie sagte nichts. Er schaute von der Tischplatte auf Evi und von Evi zurück auf die Tischplatte. Evi hatte beinahe Mitleid mit ihm.

»Was spricht dagegen, daß Fanny bei mir wohnt?« fragte sie freundlich. »Du kannst sie sehen, so oft du willst, das verspreche ich dir. Nicht bloß an den Wochenenden.«

Charlie sah ihr zum ersten Mal direkt in die Augen. »Wie gesagt, von mir aus bestehen keine Bedenken. Ich weiß nur nicht, inwiefern Fanny diesen anderen Mann ...«

Er stockte wieder und wandte sich dann an den Richter: »Sehen Sie, ich hatte eigentlich gehofft, daß eine Verhandlung über Fanny in dieser Form gar nicht nötig sein würde. Ich dachte, Evi und ich, wir würden uns wieder einigen. Ich meine, ich dachte, so ein Familienrichter müsse sich in erster Linie darum bemühen, die Familie wieder zusammenzuführen.«

Familie zusammenführen! Der hatte ja wohl einen an der Waffel! Evi hätte beinahe laut aufgelacht.

»Was Sie meinen, ist ein Ehetherapeut!«, sagte der Richter. »Und den hätten Sie besser vorher aufgesucht.

Jetzt ist es wohl zu spät dafür. Aber trösten Sie sich, jede dritte Ehe wird geschieden, statistisch gesehen.«

»Aber ich …« Charlie verstummte wieder.

Das war eindeutig nicht sein Tag, dachte Evi. So wird er es niemals zum Bundeskanzler bringen.

»Wenn Sie sich mit Ihrer Frau versöhnen wollen – *ich* stehe Ihnen nicht im Wege«, sagte der Richter. »Aber das müssen Sie schon außerhalb dieses Raumes klären.«

Er zwinkerte Evi zu. »Und was Ihre Sorge wegen der Psyche des Kindes angeht, sage ich Ihnen: Kinder verstehen mehr, als man ihnen allgemeinhin zutraut. Ich schlage also vor, Frau Bennemann holt ihre Tochter gleich heute ab und nimmt sie mit in die Osterferien. Damit ist die Sitzung geschlossen. Ich wünsche Ihnen allen noch einen schönen Tag. Und, Frau Bennemann senior, grüßen Sie mir doch bitte den Gerichtspräsidenten recht freundlich von mir.«

»Worauf Sie sich verlassen können«, sagte Agnes und setzte ihre allerhochnäsigste Miene auf.

Fannys Tagebuch

Ich kann es einfach nicht fassen: Der Richter hat bestimmt, daß ich zu meiner sogenannten Mutter gehen muß. Papa hat gesagt, das ist überhaupt nicht schlimm, aber Agnes hat gesagt, daß der Richter nicht mehr lange Richter ist, sondern ganz bald auf der Straße sitzt.

Papa hat gesagt, bis es soweit ist, muß ich aber auf jeden Fall zu meiner sogenannten Mutter. Das Kaff, in das sie mich verschleppen will, liegt am Hinterteil der Welt, sagt Agnes, und sie sagt, nach den Sommerferien will meine sogenannte Mutter mich auf eine Bauernschule schicken, auf die nur Dorftrottel gehen. Papa sagt, Agnes spinnt, das sei eine ganz normale Schule.

Ich habe ihn gefragt, warum er zuläßt, daß meine sogenannte Mutter mich bekommt, obwohl sie doch pubärteer und unreif und unfähig ist. Papa hat gesagt, sie sei nicht pubärteer und unreif und unfähig, sondern aus anderen Gründen gegangen. Welche sagt er aber nicht, nur daß Agnes gefälligst nicht mehr solche Sachen sagen soll.

Ich fragte ihn, ob ich denn wenigstens ein Pferd bekommen könnte, aber dazu sagte er auch nichts.

9

Nach der Gerichtsverhandlung, die ja eigentlich keine gewesen war, kaum, daß sie den Verhandlungsraum verlassen hatte, überkam Evi wieder die Übelkeit vom Morgen. Eilig suchte sie die Damentoilette auf und erbrach den Zwieback, den Kaspar ihr nach dem letzten Brechanfall noch aufgedrängt hatte.

Die Nerven, dachte sie. Ich bin doch viel mitgenommener, als ich dachte.

Als sie wieder in den Korridor hinaustrat, sah sie dort Charlie stehen, in ein Gespräch mit Norbert vertieft. Sie atmete tief durch und trat zu ihnen.

»Können wir fahren?« fragte sie Norbert.

»Ja, aber dein Mann wollte vorher noch mit dir reden«, sagte Norbert.

»Ähm ja«, bestätigte Charlie mit einem verlegenen Lächeln. »Unter vier Augen, wenn es geht.«

Evi legte sich die Hand auf den Magen und trat ein paar Schritte zurück. Charlie folgte ihr.

»Du duzt dich mit deinem Anwalt?«

»Wolltest du darüber mit mir reden?« fragte Evi kalt zurück.

»Nein, eigentlich nicht.« Charlie setzte seinen treudoofen Hundeblick auf, den Evi zuletzt an ihm gesehen hatte, als er ihr aus Versehen die Hand zwischen der Wagentür eingeklemmt hatte. »Evi, ich bin immer noch wie vor den Kopf geschlagen. Das alles hat mich schlicht überwältigt. An einem Tag halte ich mich für den glücklichsten Mann der Welt, am nächsten bricht die Welt für mich zusammen.«

»Der glücklichste Mann der Welt? Weil du eine Ehefrau und eine Geliebte hattest?« fragte Evi. »Tja, es hätte dir jemand sagen sollen, daß solche Glückskonstellationen selten lange anhalten. Irgendeiner der Beteiligten hat immer schnell die Schnauze voll davon. Meistens die Ehefrau.«

»Evi, ich weiß, daß ich ... ich glaube irgendwie, ich kenne dich plötzlich gar nicht mehr. Du bist auf einmal so *anders.*«

»Ja«, stimmte Evi einfach zu.

»Können wir nicht – ich meine, mir ist klar, daß du sauer bist, wegen ... Aber ich weiß gar nicht, wie du das ...«

»Heute bist du wirklich ein Meister der halben Sätze«, stellte Evi gereizt fest. »*Ich* habe das Gefühl, einen anderen vor mir zu haben. Was ist mit deiner sprichwörtlichen Beredsamkeit, mit der du die Schnarchsäcke der örtlichen Politik so bezaubert hast? Was willst du wissen? Wie ich erfahren habe, daß du dein kleines *Zuckerschneckchen* hast? Was würde es ändern, wenn du wüßtest, wie ich das erfahren habe, hm?«

»Vermutlich nichts«, gab Charlie zu. Er konnte nicht umhin, sich einzugestehen, daß er Evi niemals soviel Sarkasmus zugetraut hätte. Ihre bissigen Kommentare beeindruckten ihn wider Willen. Früher war sie immer so schnell eingeschüchtert gewesen. Sie hatte ihn angehimmelt, ihm jedes Wort von den Lippen abgelesen. Er hatte das gemocht. Schade, daß es jetzt anders war.

Aber sie sah süß aus, ein bißchen blaß vielleicht, aber unglaublich süß. Und da war ein neuer Zug um ihren Mund, der ihr gut stand.

Er seufzte. »Ich dachte nur, wir könnten uns vielleicht einfach mal aussprechen. Du hast mir ja bis jetzt keine Gelegenheit gegeben.«

»Gelegenheit, mir das mit Zuckerschneckchen zu erklären? Also, ganz ehrlich, auf eine Erklärung kann ich auch verzichten. Ich meine, man kann nicht erwarten, daß eine Ehe ewig hält. Du hast doch gehört, was der Richter gesagt hat: Jede dritte Ehe wird geschieden. Wieso sollten wir die große Ausnahme bilden?«

»Weil wir uns – lieben, hätte ich vielleicht gedacht«, sagte Charlie.

»Liebe ist so ein vieldeutiges Wort«, sagte Evi. »Wahrscheinlich haben wir beide völlig unterschiedliche Vorstellungen davon.«

»Tja«, sagte Charlie. »So sieht's wohl aus. Denn du hast ja schnell Ersatz gefunden. Sah nett aus, dein Neuer. Eine etwas zu markante Nase vielleicht, aber sonst – tadellos.«

»Danke, ich werd's ihm ausrichten«, sagte Evi. »Und du gehst jetzt besser zu deiner Mutter. War's das?«

Charlie sah sie traurig an. »Nein, eigentlich nicht. Aber vielleicht brauchst du einfach noch etwas Zeit.«

»Ja, versuchen wir, in zehn oder zwanzig Jahren noch mal darüber zu reden. Vielleicht sehe ich es dann anders«, sagte Evi und ließ Charlie stehen.

»Komm, Nobbi«, sagte sie. »Wir fahren!«

In aller Eile machte Evi das Haus bewohnbar, indem sie zunächst alles putzte, die alte, dunkelgrüne Einbauküche auf ihre Tauglichkeit überprüfte und die Fenster weit aufriß, damit frische Luft hineinkam. Dann stellte sie zwei frischgekaufte Betten auf, eines in der größeren Kammer, die Fannys Kinderzimmer werden sollte, und eines in dem Zimmer, das sie sich selber zugedacht hatte. Fannys Bett war aus Holz, wie eine große Bank gebaut, das Kopfteil an der Längsseite. Mit den zwei geräumigen Schubladen darunter sah es aus wie eine Schiffskoje. Mit ihrem eigenen Bett hatte Evi sich den Traum vom romantischen Himmelbett erfüllt. Es war ein verschnörkeltes Eisenbett mit vier verlängerten Pfosten, die auf zwei Meter Höhe mit vier Querstangen verbunden waren. Sie stellte sich vor, das Gestell später mit weißem, leichten Musselin zu drapieren.

Als sie die Betten überzogen hatte, fand sie, daß es schon viel freundlicher aussah. Kaspar, der mitgekommen war, um zu helfen, betrachtete das Ergebnis ihrer Bemühungen eher mit trübseligen Blicken.

»Auch sauber ist es immer noch das deprimierendste Haus, das ich jemals gesehen habe. Wenn man sich so umschaut, weiß man gar nicht, wo man anfangen soll, die Scheußlichkeit zu beseitigen.«

»So scheußlich ist es nicht, du mußt …«

»… das *Ganze* sehen. Ich weiß«, fiel Kaspar ihr ins Wort. »Aber ich sehe nur dieses Spinatkotzgrün und Holzimitat. Dezifix oder wie das heißt. Der typische Siebzigerjahreschreck.«

»Das bleibt doch nicht mehr lange so. Norbert kennt einen Installateur, der die alte Heizung ausbauen und eine neue einbauen wird«, erklärte Evi ihm voller Geduld und geriet sofort wieder ins Schwärmen. »Außerdem meint er, daß es hier in der Nähe sicher eine Menge Handwerker gibt, die den Rest erledigen: die Wände einreißen, die Fenster einbauen und so weiter. Ich will oben in den Giebeln nur die Balken stehen lassen und den Rest verglasen. Dadurch kommt jede Menge Licht in die Räume. Und hier unten werde ich alle Fenster bis zum Boden runterziehen, wie der Makler vorgeschlagen hat. Ich will honigfarbene Holzfenster haben, die sich nach außen öffnen lassen. Wie in Schweden oder wo auch immer. Also brauche ich einen Schreiner und einen Dachdecker, der ein paar zusätzliche Dachfenster einbaut und das Dach neu eindeckt. Mit roten Ziegeln. Die sind irgendwie fröhlicher! Ah, und der Schreiner soll auch Schlagläden machen und eine neue Haustüre. Die werde ich blau anstreichen. Distelblau. Provencalisch-blau. Oder bretonisch-blau. Auf jeden Fall blau. Du wirst ja sehen.«

»Und die dunkelgrüne Pracht hier drinnen?« fragte Kaspar. »Dafür brauchst du eine ganze Malerkolonne.«

»Nein«, sagte Evi. »Das mache ich selber!«

»O je«, entfuhr es Kaspar. »Du wirst Depressionen darüber bekommen. Was würdest du davon halten, wenn ich meinen Kinojob aufgeben und statt dessen dir helfen würde. Das Wellblech draußen abreißen wäre doch eine schöne Aufgabe für mich. Ich würde sicher meine Aggressionen dabei loswerden.«

»Das wäre schon toll«, meinte Evi. »Ich würde dich natürlich bezahlen und ab und zu mit dir ins Kino gehen, damit du es nicht vermißt. Der Makler hat doch gesagt, in diesem netten Ort zehn Minuten weiter gäbe es ein Kino.«

»Ich will doch kein Geld«, sagte Kaspar verlegen, aber Evi bestand darauf. Nach einigem Hin und Her einigten sie sich schließlich darauf, daß er Evi einen ungeheuren Gefallen tat, wenn er wenigstens achtzehn Mark die Stunde annahm.

Auch Norbert fand die Idee gut, daß Kaspar bei Evi statt im Kino arbeiten würde.

»Dann bist du wenigstens an der frischen Luft«, sagte er und versprach, an den Wochenenden ebenfalls mitzuhelfen. Er schlug vor, daß Kaspar einige seiner Kommilitonen zum Helfen aktivierte. Die seien bedeutend billiger als ausgebildete Handwerker, und Evi könnte wirklich alle Unterstützung der Welt gebrauchen, um das Haus herzurichten. Kaspar erhielt die Zusage von vier Studenten, die ganz begeistert waren, Evi zu helfen, nicht zuletzt, weil Kaspar sie ihnen als werdende Ex-Millionärsgattin mit wirklich schönen Beinen beschrieb. Sie versprachen hoch und heilig, am nächsten Wochenende bereitzustehen.

»Nur für ein paar Bier, etwas Verpflegung und deine nette Gesellschaft«, sagte Kaspar zu Evi.

Das hörte sich sehr vielversprechend an, fand Evi; aber es tat ihr leid, daß Fanny das Haus noch in seinem ursprünglichen Zustand sehen mußte. Es würde sicher nicht einfach werden, sie davon zu überzeugen, daß die »Ruine«, wie Kaspar das Haus nannte, einmal ganz anders, nämlich freundlich und hell aussehen würde.

Fanny kam verabredungsgemäß gleich am übernächsten Tag. Charlie hatte darauf bestanden, sie persönlich zu bringen, und natürlich wollte er bei der Gelegenheit einen Blick auf das Haus werfen. Das war Evi zwar gar nicht recht, aber sie sagte sich, daß sie darüberstehen mußte, wenn er, wie erwartet, die Nase rümpfte. *Sie* liebte dieses Haus, und das Haus würde sie lieben, soviel war klar.

Das Wetter spielte leider auch nicht so recht mit, als Charlie und Fanny mit Charlies metallic-glänzendem Jaguar vorfuhren. Es regnete Bindfäden, der Frühling hatte sich vorübergehend verkrochen, und Haus und Umgebung machten einen trübseligen Eindruck. Um das auszugleichen und natürlich um Charlie zu gefallen, hatte Evi einen fröhlichen mangofarbenen Pullover angezogen und dazu ihre Lieblingsjeans. Dabei hatte sie festgestellt, daß diese ihr ziemlich um die Taille schlotterte, was sie wiederum auf ihre Brechanfälle schob, die immer noch nicht aufgehört hatten. Ihre Nerven schienen immer noch blank zu liegen. Trotzdem war sie mit ihrem Spiegelbild – im spinatgrünen Bad hing ein schimmelgrün verkleideter Spiegelschrank – durchaus zufrieden gewesen.

Als sie Charlies Wagen hörte, riß sie die Tür auf und lächelte Fanny entgegen. Fanny verzog keine Miene.

»Habt ihr gut hergefunden?« fragte Evi.

»Wie man's nimmt«, antwortete Charlie und sah sich schockiert um. Das kleine Haus schien ihm so überhaupt keinen Charme zu besitzen. Er hatte sich doch etwas anderes vorgestellt, als Evi davon erzählt hatte. Aber vielleicht hatte seine Mutter ja recht, wenn sie sagte, Evi habe einfach keinen Geschmack und keinen eigenen Stil.

Nun waren Geschmäcker ja bekanntlich verschieden, aber das hier war auf jeden Fall geschmack*los*. Diese kupfernen Blumentröge, die links und rechts der abscheulichen Haustür plaziert waren, zum Beispiel – das konnte doch nicht Evis Ernst sein!

»Die Vorbesitzer waren Spinat-Liebhaber«, sagte Evi mit halbem Lächeln zu Fanny, die ihre Tasche bis in den Flur geschleppt hatte und sich ebenfalls entsetzt umsah.

Alles grün. Schimmelgrün, bergsteigerschuhegrün, brokkoligrün wohin man auch blickte. Charlie und Fanny tauschten einen einvernehmlichen Blick.

»Nun schaut nicht so entsetzt«, sagte Evi. »Aller Anfang ist grün, oder wie heißt es so schön? In zwei Tagen konnte ich nicht alle Spuren der Vorbesitzer tilgen. Das machen wir der Reihe nach, und du, Fanny, wirst mir dabei helfen.«

»Ich denke gar nicht daran«, sagte Fanny. »Ich bin auch nur hergekommen, weil sonst die Polizei kommt und mich mit Gewalt hierher bringt. Agnes sagt, das sei nämlich kein Rechtsstaat hier. Aber der Richter, der das verbrochen hat, wird bald auf Stempeln gehen.«

»Agnes meinte sicher, er wird stempeln gehen«, wandte Evi ein und konnte sich ein Kichern nicht verkneifen. »›Stempeln gehen‹ ist ein altmodischer Ausdruck für arbeitslos sein.«

»Sie hat gesagt: ›auf Stempeln gehen‹«, beharrte Fanny.

Evi sah Charlie amüsiert an. »Soll das heißen, daß deine Mutter Schläger organisiert hat, die dem Richter die Kniescheiben zertrümmern, damit er auf Stempeln geht? Das sähe ihr ähnlich.«

Charlie mußte grinsen. »Na ja, sie ist auf jeden Fall nicht gut auf den Mann zu sprechen. Du mußt aber auch zugeben, er war ziemlich parteiisch.«

»Ja, weil er dich für ein verwöhntes Muttersöhnchen hielt, und mich dagegen sympathisch fand.« Evi zuckte mit der Schulter. »Also, ich kann ihn verstehen.«

»Wo ist mein – «, Fanny stockte. *Mein Zimmer,* hätte sie beinahe gesagt. Das wäre aber ein taktischer Fehler gewesen. *Ihr* Zimmer lag schließlich daheim im Magnolienweg 34. »Ich meine, der Raum, wo ich schlafen werde.«

»Oben«, sagte Evi. »Ich zeig's dir gleich, wenn dein Vater wieder weg ist. Kann ich dir noch was zu Trinken anbieten, Charlie, bevor du wieder fährst? Ein kaltes Bier, vielleicht?«

»Hast du einen Kühlschrank?« fragte Charlie sarkastisch. »Alle Achtung. Das hätte ich nicht gedacht. Und seit wann trinkst du Bier?«

»Ich hab's für die ... ähm ... Freunde gekauft, die mir ab morgen hier helfen werden.«

»«Freunde? Kenne ich die?«

»Wohl kaum«, entgegnete Evi. »Oder kannst du dir vorstellen, daß die Freunde, die wir gemeinsam hatten, Mauern einreißen oder Tapeten von den Wänden rupfen? Ich jedenfalls nicht.«

Fanny wanderte durch die Räume und sah sich alles genau an. Scheußlich, scheußlich, scheußlich. Wenn der Richter das gesehen hätte, hätte er Fanny sicher nicht dazu verdonnert, hier zu wohnen. Vielleicht sollte sie heimlich Fotos davon machen und sie ihm zuschicken.

Durch das Wohnzimmerfenster erblickte sie den See, von dem Evi gesprochen hatte. Er sah nicht schlecht aus, das mußte sie zugeben. Vielleicht konnte man im Winter darauf Eislaufen. Überhaupt, die Gegend war nicht übel. Sie hatten unterwegs jede Menge Pferde gesehen, und das genügte, um Fanny den Landstrich sympathisch zu machen. Aber das Haus war natürlich trotzdem das Hinterletzte, genau wie Agnes vorausgesehen hatte.

»Diese Person«, hatte sie gesagt – sie nannte Evi jetzt nur noch »diese Person« – »hat ganz sicher nicht viel bekommen für dein Geld, Charlie. Und ihren Geschmack kennen wir ja. Vollkommen fehlgeleitet, wenn man nicht aufpaßt.«

Aber daß sie Agnes' Geschmack nicht traf, schien Evi jetzt gar nicht mehr zu stören. Fanny sah, daß ihre Mutter auch immer noch die Schuhe trug, die ihre Oma so schrecklich gefunden hatte.

»Agnes hat gesagt, du bist eine unberechenbare Person ohne wirkliche Persönlichkeit«, stieß sie unvermittelt hervor. »Und daß du undankbar bist, hat sie auch gesagt, weil du alles, was du bist, ihr und Papa verdankst.«

»Fanny«, sagte Charlie streng. »Du sollst nicht immer wiederholen, was Agnes sagt.«

»Ich find's interessant«, meinte Evi. »Daß ich durch euch eine unberechenbare Person ohne Persönlichkeit geworden bin, wirft ja nicht gerade ein gutes Licht auf euch. Also, willst du jetzt ein Bier oder nicht?«

»Wenn es für deine Freunde ist, dann lieber nicht«, sagte Charlie beleidigt. »Ich habe dir übrigens noch ein paar von deinen Sachen mitgebracht: Kleider und Schuhe und so weiter. Allerdings glaube ich nicht, daß du sie hier wirst tragen können. Ich hole alles rein, dann fahre ich.«

»Ja, das ist eine gute Idee«, sagte Evi kühl. »Sicher wartet dein Zuckerschneckchen auf dich. Mit Champagner.«

Charlie wurde rot. »Was soll das? Vor dem Kind!«

»Was für'n Zuckerschneckchen?« wollte Fanny prompt wissen.

Evi lächelte Charlie zuckersüß an. »Sag du es ihr!«

»Also, Zuckerschneckchen nennen wir die Pralinen, die wir neuerdings in der Firma herstellen«, sagte Charlie zu Fanny.

»Ja, und die mag dein Vater sehr gern«, ergänzte Evi. »Er vernascht sie sozusagen täglich.«

Charlie warf ihr einen bitterbösen Blick zu. Aber was Evi konnte, konnte er auch.

»Tja, die einen mögen Süßigkeiten, die anderen lieber Kartoffeln.« Er faßte sich demonstrativ an die Nase. »*Dicke* Kartoffeln.«

»Wie die Nase des Mannes, so sein ...«, gab Evi lächelnd zurück. »Außerdem machen Kartoffeln nicht dick, Zuckerschneckchen aber sehr wohl.«

Charlie ärgerte sich sichtlich. Sie war wirklich aufreizend, diese fremde Person, die vor wenigen Wochen noch seine liebe Ehefrau gewesen war. Wenn sie dabei doch wenigstens nicht so attraktiv gewesen wäre. Aber das war sie, bei Gott! Sie schien viel besser auszusehen als jemals zuvor. Kein Wunder, daß dieser Nasenbär so vernarrt in sie war.

Wortlos holte er die restlichen Sachen aus dem Kofferraum seines Autos, verabschiedete sich von Fanny und setzte sich dann hinters Steuer, ohne Evi noch einen Blick zu gönnen. Er war plötzlich unglaublich wütend auf sie, ohne genau zu wissen warum. Deshalb beschloß er, auf direktem Weg zu Margitta zu fahren. Sie würde schon Mittel und Wege finden, ihn abzulenken.

»Wir danken Ihnen für den Besuch«, sagte Evi und warf die Haustür zu.

❦

Die nächsten Tage und Wochen wurden die bisher hektischsten in Evis Leben. Es schien, als würde die Renovierung des Hauses an allen Ecken gleichzeitig beginnen. Evi mußte zusehen, daß alle, die kamen um zu helfen, auch mit entsprechender Arbeit versorgt wurden und daß sie bloß nichts falsch machten.

Dazwischen mußte sie sich auch noch um ihre störrische Tochter kümmern, die es sich in den Kopf gesetzt hatte, besonders unausstehlich zu sein. In der Nacht hatte sie ohne zu murren in ihrem neuen, frisch bezogenen Bett geschlafen, und sie hatte sogar Evis Gute-Nacht-Geschichte gelauscht, ohne einen Kommentar dazu abzugeben. Evi hatte schon die Hoffnung geschöpft, daß Fanny sich hier schneller wohl fühlen würde, als sie geglaubt hatte. Als sie aber das Licht ausknipste – eine nackte Glühbirne – hatte Fanny ihr hinterhergerufen: »Das Haus ist genau wie du: unmöglich und geschmacklos. Nur, damit du's weißt.«

Ein Schreiner aus dem Nachbardorf kam samstags in aller Frühe, um die Fenster auszumessen und einen Kostenvoranschlag zu erstellen, gleich anschließend kam auch ein Dachdecker, mit dem Evi die Größe der Dachfenster und die Form der Dachpfannen absprechen mußte.

Dazwischen mußte Evi sich mehrmals in das kotzgrüne Klo übergehen. Immer noch die Nerven! dachte sie. Dann weckte sie ihre Tochter, und sie frühstückten an einem Campingklapptisch, den Norbert ihnen besorgt hatte. Fanny sagte kein Wort. Sie hatte sich offenbar in den Kopf gesetzt zu schweigen.

Evi tat, als merkte sie es nicht und plauderte einfach drauflos. Norbert, Kaspar und vier Kommilitonen standen pünktlich um neun Uhr vor der Tür. Die vier Kommilitonen hießen Peter, Mark, Anton und Witold. Sie warfen einen begeisterten Blick auf Evi und begannen mit Feuereifer, die Wand zwischen Küche und Eßzimmer einzuschlagen. Das ganze Erdgeschoß war binnen weniger Minuten völlig eingestaubt und kniehoch unter Schutt begraben.

Als die Wand fast verschwunden war, kam einer der Studenten, Witold, auf die Idee zu fragen, ob das Einreißen, statisch betrachtet, nicht ein großer Fehler gewesen sei. Man stelle sich vor, es handle sich hierbei um eine tragende Wand, sagte er, und alle verließen sicherheitshalber das Haus, ehe ihnen die Decke auf den Kopf fallen konnte.

Voller Panik rannte Evi in die nächste Telefonzelle – ihr Telefon war noch nicht angeschlossen – und rief den Makler an. Der schwor Stein und Bein, daß nur die Außenwände des Hauses tragende Wände seien und alles andere nach Belieben eingerissen werden könne. Erleichtert gab Evi bei ihrer Rückkehr daher den Befehl, auch die Wände zwischen Eßzimmer und Wohnzimmer einzureißen, wo sie nun schon mal dabei waren. Der Schuttberg vor dem Haus wuchs, der Staub breitete sich allmählich auch vom Erdgeschoß ins Dachgeschoß aus, obwohl Evi den Aufgang mit einer Plastikfolie verhängt hatte.

Fanny spazierte, über und über mit Staub eingezuckert, mitten im Chaos herum und wünschte, Frau Dreifuß könne das alles sehen. Aufmerksam beobachtete sie auch den Dicknasigen, der der Liebhaber ihrer Mutter sein sollte. Wie ein richtiger Liebhaber benahm der sich allerdings nicht, fand sie, obwohl sie zugegebenermaßen nicht so recht wußte, wie ein richtiger Liebhaber sich denn zu verhalten hatte. Auf jeden Fall mit Küssen und Händchenhalten und ähnlichen ekelhaften Dingen, aber Kaspar und Evi taten nichts dergleichen. Vielleicht machen sie es nachts, überlegte Fanny. Aber dann fiel ihr ein, daß sie ja nachts mit ihrer Mutter alleine war. Auf der anderen Seite war Evis Bett breit genug für zwei. Vielleicht kletterte Kaspar ja nachts leise durch das Fenster.

Evi hatte Fanny aber nicht die Rolle der passiven Beobachterin zugedacht, sondern stellte sie vor die Wahl: »Entweder, du hilfst mir hier unten beim Tapetenabreißen, oder du hilfst den Jungs, den Schutt in die Schubkarren zu laden.«

Fanny schüttelte den Kopf und brach ihr Schweigen kurz für einen einzigen Satz: »Ich habe erstens Ferien, zweitens kannst du dein blödes Haus alleine abreißen, und drittens spreche ich sowieso nicht mit dir.«

»Schätzchen, wenn du dich nicht entscheiden kannst, dann bestimme ich. Du hilfst mir beim Tapetenabreißen.« Evi drückte Fanny einen Mundschutz und einen Spachtel in die Hand. »Diese grünen Lappen gehen ganz einfach runter, ich hab's dahinten schon probiert. Und hervor kommt ein netter grauer Putz.«

Fanny kratzte probeweise an der Tapete. Ein kleiner Streifen löste sich bereitwillig von der Wand und klappte ihr entgegen. Sie zog daran und hatte im Nu die ganze Bahn in der Hand.

»Gut so«, strahlte Evi sie an und machte sich ihrerseits daran, die Tapete zu bearbeiten. Aus den Augenwinkeln beobachtete sie, wie Fanny zuerst widerwillig und dann mit sichtlich immer mehr Spaß die Wände kahlrupfte.

Evi war zufrieden. Früher oder später würde ihre kleine Eistochter schon auftauen.

Während die Männer mit Hämmern, Meißeln und Spitzhacken den Steinwänden zu Leibe rückten, piddelten Fanny und Evi alles Spinatgrüne von den verbleibenden Wänden. Die Arbeit schritt zügig voran. Als die letzte Wand fiel, hing der Staub so dicht in der Luft, daß auch die Staubmasken, die alle trugen, nichts mehr nutzten. Hustend und spuckend retteten sie sich vor die Terrassentür.

»Es ist erst halb zwei«, meinte Kaspar nach einer Mittagspause mit belegten Brötchen, Kaffee, Bier und Limonade für Fanny unter dem Wellblechdach, mit dem die Terrasse, solchermaßen vorsorglich gegen Regen geschützt, überdacht war. »Wir können noch einiges an Wellblech entfernen.«

Witold, Anton, Peter und Mark tranken ihr Bier leer, warfen einen Blick auf Evis Beine – sie trug netterweise Bermudas – und krempelten bereitwillig die Ärmel hoch.

Norbert dachte an den riesenhaften Schutthaufen vor der Tür. »Du mußt einen Container kommen lassen für den ganzen Baumüll«, sagte er zu Evi, »oder auch zwei. Da wird noch einiges zusammenkommen.«

»Der Schreiner hat gesagt, er habe Verwendung für die alten Fenster, und ein paar von den Holzfenstern wollte ich für den Bau eines Frühbeetes nehmen«, sagte Evi. »Das ist dann schon etwas weniger Abfall. Die neuen Fenster kann der Schreiner übrigens frühestens in sechs Wochen liefern. Und vielleicht nehmen die Dachdecker die alten Dachpfannen ja auch mit?«

»Nein, das glaube ich nicht.« Norbert krempelte sich ebenfalls die Ärmel hoch. »Okay, Jungs, laßt uns weitermachen. Der ganze Schutt muß raus aus dem Haus, und dann kümmern wir uns um das viele Wellblech. Obwohl ich ja finde, andere Dinge haben Priorität. Was ist zum Beispiel mit den Bädern, Evi?«

»Ein Installateur kommt am Montag vorbei und schaut sie sich an«, sagte Evi. »Und einen Fliesenleger habe ich auch angerufen.«

»Gut«, befand Kaspar. »Und wodurch ersetzt du den spinatwachtelgrünen Teppichboden und das kinderkackefarbene Linoleum in der Küche?«

Fanny kicherte über seine Ausdrucksweise. Ohne es recht zu merken, begann sie den Tag ganz lustig zu finden.

»Das kommt darauf an, was sich darunter befindet«, sagte Evi hoffnungsvoll.

»Es kann auf jeden Fall nur besser werden«, meinte Norbert, und damit hatte er recht.

Unter dem Teppichboden, den sie in einer Ecke des Wohnzimmers abrissen, befanden sich alte Bodendielen aus Holz, zum Teil angeschimmelt, zum Teil mit fingerbreiten Spalten dazwischen. Aber die Substanz war tadellos.

Evi strahlte. »Seht ihr? Wenn man sie abschleift und neu versiegelt, sind sie unbezahlbar. Vergeßt das Wellblech vorerst, ich wünsche mir, daß ihr den Wändeschutt wegräumt und anschließend den Boden rausreißt.«

»Zu Befehl«, sagte Witold.

»Nein, nein, ich bin dafür, wir teilen uns auf«, widersprach Kaspar. »Ich habe mich so auf das Wellblech eingeschossen und den ganzen Tag darauf gefreut. Also werde ich mich auch darum kümmern. Ihr anderen könnt von mir aus den kotzgrünen Teppichboden rausrupfen.«

❦

Am Abend, als alle Arbeiter fort waren, zog Evi Bilanz. Das Haus sah zwar entschieden chaotischer aus als noch am Morgen, doch auch schon *etwas* besser. Vor allem der Vorgarten bestand nur noch aus Bauschutt. Bauschutt, Teppichboden, Tapetenreste und Wellblech stapelten sich hinter dem Jägerzaun. Kaspar hatte seine Drohung wahrgemacht und alles Wellblech, das er auf dem Grundstück hatte finden können, hier vorne zusammengetragen. Drinnen war es trotz mehrfacher Kehr- und anschließender Staubsaugaktionen immer noch schmutzig. Es schien, als hinge der Staub überall und dächte gar nicht daran, jemals wieder zu weichen.

»Wenigstens unsere Schlafzimmer sind davon verschont geblieben«, sagte Evi tröstend zu Fanny und dachte voller Sehnsucht an die sauberen weißen Laken. »Was möchtest du essen, Schätzchen?«

»Lachsfilet in Zitronenrahmsoße mit weißen Bandnudeln«, sagte Fanny.

»Hm, klingt lecker«, sagte Evi. »Leider haben wir nur Spaghetti mit Tomatensoße.«

»Und wer soll kochen?«

»Ich«, sagte Evi. »Während ich koche, nimmst du ein Bad in der Spinatbadewanne. Ich habe Himbeerschaumbad eingekauft, das mochtest du früher immer so gerne.«

Zu ihrem Erstaunen machte Fanny keinerlei Schwierigkeiten. Sie badete den Staub im Himbeerschaum herunter und kam anschließend im Bademantel an den Campingtisch. Die von ihrer Mutter zubereiteten Spaghetti mit Soße verzehrte sie anstandslos. Sie muß völlig ausgehungert sein, dachte Evi perplex. Anders war es nicht zu erklären.

Als sie gegessen hatten, war es schon nach neun, und weil der Tag so früh begonnen hatte und wirklich anstrengend gewesen war, waren beide gleichermaßen müde. Evi folgte Fanny hinauf in ihr Schlafzimmer, deckte sie zu und setzte sich an ihren Bettrand.

»Morgen erholen wir uns ein wenig, gehen spazieren und schauen uns unsere Nachbarschaft an«, versprach sie. »Wir könnten auch Inlineskaten. Die Straße eignet sich, glaube ich, ganz gut.«

»Inlineskaten? Du?«

»Ja«, sagte Evi stolz. »Ich habe es ein bißchen geübt. Kaspar hat es mir beigebracht.«

»Dein Liebhaber kann Inlineskaten?«

»Ja, aber Kaspar ist nicht *mein* Liebhaber, sondern der von Norbert.«

»Das geht nicht«, sagte Fanny. »Sie sind beide Männer.«

»Das ist egal«, sagte Fanny. »Sie lieben einander genauso wie dein Papa und ich ... uns geliebt haben. Wenn zwei Männer sich lieben, nennt man das ›schwul sein‹.«

»Und wer ist Zuckerschneckchen?«

»Eine Pralinensorte, das hat Papa dir doch gesagt.«

»Ja, aber es war gelogen. Zuckerschneckchen ist seine Liebhaberin.«

»Hm, stimmt«, gab Evi zögernd zu. Man sollte Kinder wirklich niemals unterschätzen. »In dem Fall nennt man es Geliebte.«

Fanny sah sie eine Weile abwartend an, aber Evi sagte nichts mehr dazu. Sie begann vielmehr, mit melodischer Stimme das Märchen von den drei kleinen Schweinchen zu erzählen, obwohl Fanny schon viel zu groß dafür war. Trotzdem hörte sie es immer wieder gerne.

»Das Haus hier würde sicher auch wegfliegen, wenn der Wolf mal dagegen bläst«, meinte sie schläfrig. »Du hast dir eine richtige Bruchbude andrehen lassen, typisch. Nicht mal eines der drei kleinen Schweinchen würde hier wohnen wollen.«

»Unser Haus ist ganz fest in der Erde verankert«, beteuerte Evi. »Außerdem würde der Wolf es nicht mögen, weil Wölfe Spinat hassen. Gute Nacht, Fanny.«

Fanny antwortete nicht mehr. Sie war bereits eingeschlafen.

10

Nach dieser Nacht schien so eine Art Waffenstillstand zwischen Fanny und Evi zu herrschen. Evi war erstaunt und erleichtert, daß Fannys bösartige Kommentare fast ganz ausblieben und sie sich scheinbar widerspruchslos in ihr neues Leben fügte. Nach dem Frühstück im eingestaubten Wohnzimmer, das jetzt richtig großzügig wirkte – »Warte erst mal, bis die richtigen Fenster drin sind«, sagte Evi –, beschlossen sie, zu Fuß die Gegend zu erkunden. Das Wetter war immer noch nicht wunderbar, aber es regnete immerhin nicht mehr. Sie zogen sich warm an und stiefelten einfach los. Der Löschteich, stellten sie fest, grenzte zu zwei Dritteln an Gärten und Weiden. Man konnte ihn daher als Spaziergänger nicht umrunden, aber sie sahen, daß mehrere Grundstücksbesitzer Stege ans Wasser gebaut hatten, an denen kleine, buntbemalte Ruderboote vertäut waren.

»Im Sommer kann man hier wahrscheinlich von einem Boot auf das andere springen«, meinte Evi. »Aber wir schaffen uns trotzdem eins an, was meinst du?«

»Von mir aus«, sagte Fanny. »Aber schwimmen werde ich in der Brühe nicht.«

»Nein, ich auch nicht«, pflichtete Evi ihr bei. »Ich muß den Grund sehen, wenn ich schwimme. Hier sind bestimmt jede Menge dicker Karpfen, Molche und Hechte unterwegs, die einem dann beim Schwimmen zwischen den Beinen herumglitschen.«

»Iiiih«, machte Fanny, aber ein paar hundert Meter weiter stieß sie Töne des höchsten Entzückens aus. »Ooooooh, Pferde!«

Sie waren auf eine Pferdekoppel gestoßen, die sich den sanften Hügel herab bis zu einem Wäldchen erstreckte, hinter dem man schon wieder die Häuser des nächsten Dorfes erblicken konnte. Die Weide schien ein richtiges Pferdeparadies zu sein. Es gab Platz genug für einen ausgiebigen Galopp, große Bäume, unter deren Schatten man, pardon, pferd sich im Sommer verkriechen konnte, winterfeste Ställe, in denen die Pferde aus- und eingehen konnten, wie es ihnen paßte, und viel, viel Gras zum Fressen.

Fanny und Evi zählten ein gutes Dutzend Pferde, und Fanny erklärte Evi, daß Pferde am liebsten in der Gruppe lebten.

»Pferde sind Herdentiere«, sagte sie altklug. »Manche Leute stellen sie ganz allein auf eine Weide, manchmal nur mit einer Ziege oder einem Schaf als Gesellschaft. Das ist aber Tierquälerei. Pferde sollten wenigstens zu zweit leben.«

»So?« meinte Evi. »Das habe ich nicht gewußt. Meinst du, die Besitzer würden sich über ein bißchen Hilfe freuen? Vielleicht könntest du sogar eines der Pferde reiten?«

»Ja, vielleicht«, sagte Fanny und versuchte, ein gleichgültiges Gesicht zu machen. Nicht, daß sich ihre Mutter am Ende noch einbildete, es würde ihr hier gefallen! Ihr Zuhause war schließlich immer noch der Magnolienweg Nummer 34.

Sie wanderten weiter, nachdem sie die Pferde, die freundlich ihre großen Köpfe über den Zaun streckten, gestreichelt und getätschelt hatten. Das Dorf war ziemlich schnell erforscht. Es gab einen großen Bauernhof, auf dem man frische Kuhmilch, Eier und Gemüse kaufen konnte, wenn man dem handgemalten Schild glaubte, das am Tor angebracht war, ansonsten viele kleinere Häuser, die alle in gepflegten Gärten standen.

»Na ja, viel Infrastruktur hat Rabeneck wirklich nicht zu bieten«, meinte Evi. »Aber immerhin einen Briefkasten, die Bushaltestelle und ein paar Straßenlaternen. Was will man mehr?«

In vielen Gärten sahen sie Kinder spielen, und einige fuhren auch auf der Straße mit Inlineskates herum. Fanny beobachtete sie neidisch.

»Guck mal, die sehen aus, als wären sie etwa in deinem Alter«, sagte Evi. »Vielleicht geht ihr ja ab Sommer zusammen in eine Klasse.«

Niemals gehe ich in diese Bauernschule mit all diesen Dorftrotteln, wollte Fanny eingedenk Agnes' Worte sagen, aber die Kinder sahen eigentlich ganz normal aus. Und sie konnten Inlineskaten, etwas, das *sie* leider nicht konnte. Also war es vielleicht besser, den Mund zu halten.

»Kaspar wird es dir beibringen«, meinte Evi, die versucht hatte, ihre Gedanken zu erraten. »Wenn du's lernen willst, natürlich nur.«

»Vielleicht«, sagte Fanny.

Sie machten einen ausgedehnten Spaziergang durch die angrenzenden Felder und Wälder, immer entlang der ausgezeichneten Wanderwege. Weil es Sonntag war, begegneten sie vielen anderen Spaziergängern, jungen Ehepaaren mit Kinderwagen oder Kleinkindern auf den Schultern, älteren Leuten, die zum Teil am Stock gingen, und einigen Joggern, die sich schwitzend bergauf und bergab quälten. Wenn die Leute an Fanny und Evi vorbeikamen, grüßten sie sehr freundlich, und Evi und Fanny grüßten zurück. Das waren sie aus der Stadt nicht gewohnt. Es wäre ja auch schlecht möglich gewesen, jeden Menschen in einer Fußgängerzone mit einem freundlichen »Guten Tag« zu begrüßen. Hier aber machte es Spaß.

Die Sonne brach urplötzlich durch die Wolken und ließ das Grün der Wiesen so strahlend aufleuchten, daß Fanny verblüfft stehenblieb.

»Warum ist das Gras hier nur so grün?« wollte sie wissen.

Evi lachte. »Ich glaube, das liegt an den vielen Kuhfladen«, meinte sie, und da mußte Fanny auch lachen.

❦

Der Waffenstillstand zwischen Mutter und Tochter hielt an. Gemeinsam befreiten sie in der kommenden Woche Erd- und Dachgeschoß von der grünen Tapete und den verschiedenen Deckenverkleidungen und suchten die Fliesen, die Sanitärobjekte sowie die Armaturen für beide Badezimmer aus. Dabei entschieden sie sich für schneeweiß an den Wänden und terracotta auf dem

Fußboden im Erdgeschoß. Das Bad im Dachgeschoß sollte ganz weiß werden, mit einem breiten Fries in Türkis- und Blautönen, auf dem Fische, Muscheln und Seepferde zu sehen waren.

Mit dem Wagen fuhren sie in die Stadt und in diverse Möbelzentren, kauften Lampen, einen großen Eßtisch, Regale, Schränke, ein kuscheliges Sofa sowie eine neue Küche aus hellem, massiven Holz. Die meisten der Möbel konnten erst in acht bis zwölf Wochen geliefert werden, was Evi ganz recht war, weil es vorher ja auch noch keinen Sinn machte. Sie wunderte sich über Fannys Ausdauer. Die meisten anderen Kinder haßten es, von einem Laden zum nächsten geschleppt zu werden, und Möbel aussuchen war sicher für die wenigsten Zehnjährigen ein spannendes Vergnügen. Aber Fanny war anders. Ihr schien das alles großen Spaß zu machen. Sogar in den Baumärkten auf der Suche nach den richtigen Tapeten, Farben und Bodenbelägen war sie mit Feuereifer dabei.

»Weil ich aufpassen muß, daß du nichts Geschmackloses kaufst«, antwortete sie auf Evis vorsichtige Nachfrage. »Ich will nicht, daß Agnes hinterher sagen kann, das Haus sei geschmacklos eingerichtet.«

»Oh, und warum nicht?« erkundigte sich Fanny gerührt.

»Weil …« Fanny stockte. Sie wußte selber nicht, warum ihr das auf einmal so wichtig war.

»Weißt du was, Schätzchen?« Evi lächelte sie an. »Ich bin sehr froh, daß du mich so gut berätst, aber was Agnes angeht – es ist mir sch… – ziemlich egal, was sie von unserem Haus hält. Unter uns gesagt: Ich finde die

Villa am Magnolienweg ganz hübsch, aber insgesamt ein bißchen steril. Ich wünsche mir ein gemütlicheres Haus, nicht ganz so perfekt, aber dafür mit ein bißchen mehr Phantasie eingerichtet. Ein Haus, in dem man Spaß haben kann.«

»Wahrscheinlich wird es gar nicht so schlecht«, sagte Fanny, aber sie sah Evi dabei nicht an.

Evi war versucht, sie in den Arm zu nehmen, egal was sie dazu sagen würde. Leider meldete sich genau in diesem Augenblick ihr Magen wieder.

Sie schaute sich suchend nach der Kundentoilette um.

»Entschuldigung, wo ist die Toilette?« keuchte sie den Verkäufer an, der sie gerade in Sachen Parkettboden beraten hatte.

»Ganz vorne bei den Kassen«, sagte er, und Evi spurtete los. Sie schaffte es aber nicht weit. Das gesamte Frühstück landete auf einer Palette Landhaustüren, und Evi fiel passenderweise ein, daß sie sich ja auch noch um neue Zimmertüren und Klinken kümmern mußte.

Der Verkäufer war ihr gefolgt und schaute ein wenig fassungslos auf Evis Mageninhalt.

»Es tut mir schrecklich leid«, stammelte Evi. »Aber es sind hübsche Türen. Wenn sie in der Größe passen, kaufe ich sie. Und wenn Sie vielleicht eine Rolle Küchenkrepp parat hätten …«

»Das ist nicht weiter schlimm«, behauptete der Verkäufer. »Machen Sie sich keine Gedanken, und werden Sie erst mal gesund.«

»Komische Grippe«, sagte Fanny, die hinter ihr stand. »Du kotzt jetzt schon seit einer Woche jeden Tag.«

»Seit drei Wochen«, verbesserte Evi. »Das sind die Nerven. Das letzte Mal habe ich so gekotzt, als du unterwegs warst …« Sie stockte und fuhr dann nachdenklich fort: »Damals habe ich drei Monate lang täglich rückwärts gefrühstückt.«

Verwirrt kratzte sie sich am Kopf. War es möglich, daß nicht die Nerven, sondern ein Baby für ihre Übelkeit verantwortlich war? Sie dachte an die Nacht, bevor sie Charlie verlassen hatte, an diese wunderbare, zärtliche Nacht – so ganz ohne Kondom.

Es *war* möglich. Plötzlich war sie sich sogar ganz sicher.

»Wir müssen nach Hause«, sagte sie zu Fanny. »Und vorher bei der Apotheke vorbei.«

❦

Evi wußte nicht, ob es pädagogisch sinnvoll war, eine Zehnjährige die Packungsbeilage eines Schwangerschaftstestes lesen zu lassen, aber Fanny bestand darauf.

»Ich weiß, was ein Schwangerschaftstest ist«, sagte sie verächtlich. »Die Lehrerin hat einen mit in den Unterricht gebracht. Und Binden und Tampons und die Anti-Baby-Pille und Kondome und …«

»Tatsächlich?« Evi fand, daß man in der Grundschule vielleicht doch ein wenig zu gründlich Aufklärung betrieb. »Also gut, dann lies vor, was ich machen soll.«

»Mama? Wenn du schwanger bist, gehst du dann zu Papa zurück?«

Evi, die sehr genau registriert hatte, daß Fanny sie Mama genannt hatte, wie schon seit einem Jahr nicht mehr, schüttelte den Kopf.

»Das kann ich nicht«, sagte sie.

Fanny nickte. »Wegen dieser anderen Frau?«

»Ja, und weil ich jetzt mein eigenes Leben lebe. Ich könnte nicht mehr zurück zu Agnes und der Villa und alldem.«

»Wenn Papa weiß, daß du ein Baby bekommst, dann schickt er die andere Frau sicher weg. Ganz bestimmt will er dich dann zurückhaben.«

»Vielleicht«, sagte Evi. »Aber ich will nicht, daß er mich nur zurück will, weil ich ein Baby bekomme. Verstehst du?«

»Ja«, sagte Fanny, faltete die Gebrauchsanweisung zusammen und bestimmte, was Evi zu tun hatte. Mit gemischten Gefühlen warteten die beiden anschließend auf das Ergebnis. Als sich beide Felder des Röhrchens blau färbten, schauten sie sich an.

»Tja«, meinte Evi. »Sieht so aus, als bekämst du einen kleinen Bruder.«

»Oder eine Schwester«, ergänzte Fanny. »Die kann dann im dritten Zimmer schlafen, und ich erzähle ihr die Geschichte von den drei kleinen Schweinchen.«

Evi seufzte schwer. Das Leben war ganz schön kompliziert geworden. Nachdenklich legte sie ihre Hand auf den schlanken Bauch. Der Streß und die Kotzerei der letzten Wochen hatten sie einige Kilo verlieren lassen. Schwanger sah sie nun wirklich nicht aus. Wenn es gehen würde wie damals bei Fanny, dann würde das auch noch ein Weilchen dauern.

»Besser, wir behalten das erst mal für uns«, sagte sie zu Fanny. »Es ist jetzt unser Geheimnis. In Ordnung?«

Fanny nickte.

❦

Die Osterferien vergingen rasend schnell. Während die Renovierung des Hauses mit Hilfe von Kaspar und den vier fleißigen Studenten Witold, Mark, Anton und Peter voranschritt, freundete sich Fanny mit zwei Mädchen aus der Nachbarschaft an, die sie zufällig beim Gang zum Briefkasten kennengelernt hatte. Das eine Mädchen, das auf den seltsamen Namen Aurora hörte, wohnte im Haus nebenan. Fanny und sie schlossen gleich dicke Freundschaft, denn Aurora war wie sie ein Pferdefan, hatte Reitstunden und jede Menge Pferdeposter in ihrem Zimmer hängen. Das beste an Aurora aber waren die kleinen Kätzchen, die bei Auroras Mutter in der Küche in einem Karton lagen und gerade mal eine Woche alt waren. Aurora schleppte Fanny sofort mit, um mit ihr den Kätzchen beim Saugen an der Mutter, einer dicken Tigerkatze mit Namen *Paprika*, zuzuschauen. Auroras Mutter sagte, Fanny dürfe gerne eines oder zwei der Kätzchen haben, wenn sie groß genug seien.

»Und wann ist das?« fragte Fanny begeistert. Beim Anblick der kleinen, noch blinden Fellknäuel hatte sie völlig vergessen, daß sie eigentlich, wenn überhaupt, nur Rassekatzen besitzen wollte.

»In sechs Wochen sind sie groß genug«, sagte Auroras Mutter.

»Das paßt«, meinte Fanny zufrieden. »Dann sind auch die neuen Fenster drin und die meisten Möbel da.«

»Wenn du möchtest, rede ich mal mit deiner Mama«, schlug Auroras Mutter vor, und obwohl Fanny beteuerte, das sei gar nicht nötig, ihre Mutter habe schon immer Katzen haben wollen, stand sie gleich am nächsten Tag vor der Tür. Sie hatte Salz und Brot dabei. Das verschenkte man in dieser Gegend traditionell zum Einzug.

Evi bat sie herein ins Chaos und bot ihr eine Tasse Tee am Campingtisch an. Dabei erging es ihr mit der Nachbarin wie Fanny mit Aurora. Die beiden wurden gleich dicke Freundinnen. Monalisa, so hieß die Frau, war ebenfalls alleinerziehend und nur ein paar Jahre älter als Evi. Sie bekam nur wenig Unterhalt von ihrem Exmann, verdiente sich aber ein bißchen Geld dazu, indem sie Horoskope verfertigte und den Leuten die Karten legte. Sie nannte sich eine »Weiße Hexe« und verstand sich auf das Fertigen von diversen Talismanen und Zaubertränken. In ihrem Garten baute sie allerhand Kräuter an, die sie nur an bestimmten Tagen ernten oder säen durfte, je nachdem, wie der Mond stand.

Evi fand sie unglaublich interessant. Sobald sie etwas Zeit habe, erklärte sie, würde sie sich von Monalisa die Karten legen lassen. Und gegen ein Kätzchen oder auch zwei hatte sie ebenfalls nichts einzuwenden. Im Gegenteil.

»Dann nehmen wir das ganz pechschwarze und einen von den Tigern mit den weißen Füßchen«, bestimmte Fanny. »Eins ist ein Kater, das andere eine Katze.«

Monalisa bot Fanny ihre Hilfe an, falls sie jemanden brauchte, der Vorhänge säumen oder Kissen nähen könne, denn sie sei eigentlich gelernte Schneiderin. Sie äußerte sich außerdem lobend darüber, daß Evi das Wellblech aus dem Garten hatte entfernen lassen, vor allem die Wellblechabtrennung am Zaun zu Monalisas Garten hin.

»Das hat mich schon immer gestört«, sagte sie. »Aber Wellblech war nun mal das liebste Kind der Vorbesitzer, mit denen war darüber wirklich nicht zu reden.«

»Ich wollte Klettererbsen dorthin pflanzen«, meinte Evi, und das entsprach genau Monalisas Geschmack. Bevor sie ging, versprach sie, Evi noch einen Schwangerschaftstee vorbeizubringen, und als Evi etwas verblüfft aus der Wäsche schaute, lachte sie und meinte, sie habe gleich gesehen daß Evi ein Baby erwarte.

»Aber woran denn?« fragte Evi und schaute an ihrem eher mageren Körper herab.

Monalisa machte ein geheimnisvolles Gesicht. »Eine Hexe sieht so etwas«, sagte sie.

Das Osterfest feierten Evi und Fanny gemeinsam mit Kaspar und Norbert. Fanny hatte eigenhändig Eier gefärbt und mußte am Ostermorgen feststellen, daß Evi sie alle versteckt hatte. Weil die Sonne schien, suchten sie draußen im Garten danach, und Fanny fand nicht nur die Eier, sondern einen Schokoladenosterhasen und eine neue Reithose. Es war genau die Hose, die sie sich gewünscht hatte.

»Toll«, sagte sie mit gerötetem Gesicht zu Evi. »Wirklich.«

Evi wagte es, sie an sich zu drücken, und Fanny schien es sogar zu genießen.

»Wenn du in den Sommerferien wieder kommst, kannst du hier in der Nähe Reitstunden haben. In dem Reitstall, in den auch Aurora geht«, sagte Evi schnell. »Es ist gar nicht weit, ihr könnt mit dem Fahrrad dorthin fahren.«

»Prima«, sagte Fanny, und es klang, als fände sie das wirklich prima.

Am Nachmittag kamen Norbert und Kaspar und brachten eine riesige Torte und noch mehr Schokoladenosterhasen für Fanny mit. Norbert, der die ganze Woche nicht hier gewesen war, staunte nicht schlecht über die Fortschritte. Zwar sah das Haus nun mehr denn je wie eine Baustelle aus, aber die meisten scheußlichen Elemente waren verschwunden, und die Räume wirkten viel großzügiger und heller.

Am Abend räumten sie Fannys Bett in Evis Zimmer und entfernten den schlammfarbenen Teppichboden. Statt dessen verlegten sie den hellblauen Tretfortteppichboden, den Evi und Fanny gekauft hatten. Obwohl die alten Fenster noch drin waren und die Wände ohne Tapeten recht nackt wirkten, sah der Raum gleich freundlicher aus. Da das Zimmer ohnehin wieder ausgeräumt werden mußte, wenn der Schreiner kam, ließen sie das schwere Bett gleich in Evis Zimmer stehen, und die verbleibenden Tage schlief Fanny also neben ihrer Mutter. Sie brachte keinerlei Einwände dagegen vor.

Am Ostermontag brachte Aurora eine Überraschung nach nebenan. Fanny hatte ihr gesagt, daß Evi gerne

Hühner halten wollte, und Monalisa hatte beim Bauern zwölf winzig kleine Küken gekauft. Die Kleinen waren gelb und flauschig und sahen aus wie aus einem Osterprospekt. Fanny und Evi waren gleichermaßen entzückt. Damit die Kleinen es schön warm hatten, ließen Evi und Fanny sie in der Wohnung. Kaspar versprach, einen hübschen Hühnerstall für die zwölf zu bauen, aber Evi hatte es damit gar nicht eilig. Die flaumigen, drolligen Daunenknäuel waren zu niedlich, wie sie in der Wohnung herumwuselten oder in der warmen Handfläche schmusten.

Fanny dachte sich für jedes Hühnchen einen Namen aus, aber es war nahezu unmöglich, sie auseinanderzuhalten. Deshalb überlegten sie sich der Einfachheit halber einen Namen für alle Küken. Evi war für »Agnes«, aber Fanny fand, die Kleinen sähen Agnes so überhaupt nicht ähnlich. Also einigten sie sich auf »Julischka«, weil das so fröhlich klang. Alle zwölf Julischkas gediehen prächtig. Evi hoffte, daß sie in ein paar Wochen groß genug wären, sich gegen die beiden Kätzchen zu wehren, die dann ebenfalls ins Haus kämen. Fanny war fest davon überzeugt. Die Kätzchen, die sie nebenan regelmäßig besuchte, waren so klein, daß man sich tatsächlich nicht vorstellen konnte, daß sie irgendeinem anderen Tier etwas zuleide tun sollten.

Der Müllcontainer, den Norbert angefordert hatte, wurde – randvoll mit Bauschutt beladen – abgeholt, und gleich ein neuer hingestellt, weil ein Ende des Müllberges noch nicht in Sicht war. Die allergrößte Stauberei richteten Kaspar, Witold, Mark, Peter und Anton an, als sie mit fünf Schleifgeräten auf einmal begannen, den alten Dielenboden vom jahrhundertealten Knies zu befreien. Glücklicherweise war an diesem Tag schönes Wetter, und Evi, Fanny und die zwölf Julischkas konnten sich in den Garten flüchten. Die fünf Studenten verschlissen jeder mindestens zehn Mundschutze, bevor sie endlich fertig waren.

Als der Staub durch die Fenster abgezogen, zusammengekehrt oder mit dem Staubsauger entfernt worden war, staunten sie nicht schlecht: Zurückgeblieben waren wunderschön gemaserte Holzdielen, vom Schleifen ganz hell geworden, die jeden neuen Parkettboden an Charme und Schönheit übertrafen. Evi und Fanny versiegelten die frisch geschliffenen Dielen mit einem duftenden biologisch einwandfreien Öl, das dem Boden eine honigfarbene Patina verlieh. An den Stellen, an denen die Fugen zu breit waren, wurden sie mit Silikon zugespritzt, um das Eindringen von Feuchtigkeit zu verhindern.

Einen Tag vor Ende der Ferien begann auch der Fliesenleger mit seiner Arbeit im unteren Badezimmer. Praktischerweise verklebte er die neuen Fliesen über die Alten, so daß durch ihn nicht allzuviel neuer Dreck entstand. Dennoch war das Haus in noch größerem Chaos als vorher, als Charlie kam, um Fanny wieder abzuholen. Er hatte sich per Telefon angekündigt, das in dieser Woche endlich angeschlossen worden war.

Kaum, daß es in Betrieb war, hatte das Telefon auch schon geklingelt. Es war Charlie.

Evi war verblüfft. »Woher hast du die Nummer? Der Mann von der Telekom ist doch gerade erst gegangen.«

»Von der Auskunft«, sagte Charlie knapp. Er hatte seit einer Woche ununterbrochen dort probiert, Evis Nummer herauszufinden. Aber weder unter ihrem jetzigen Namen noch unter ihrem Mädchennamen war sie eingetragen gewesen. Er befürchtete schon, sie könne das Telefon unter dem Namen dieses Nasenbärs angemeldet haben, aber gerade eben hatte die Frau von der Auskunft ihm ohne weiteres die Nummer gegeben. Eingetragen auf Evelyn Bennemann. Na bitte! »Ich wollte nur sagen, daß du Fanny nicht herbringen mußt. Ich hole sie morgen ab. Gegen drei, ist das in Ordnung?«

»Natürlich«, sagte Evi.

»Und, hat Fanny große Schwierigkeiten gemacht?«

»Nein. Sie war im Gegenteil eine große Hilfe. Wenn sie aus Agnes' Wirkungskreis verschwunden ist, ist sie ganz erträglich. Es war auch keine Rede mehr von Diät und so einem Blödsinn.«

»Na, fein«, sagte Charlie. »Und wie geht es dir so?«

»Gut.« Evi machte eine Pause und legte unwillkürlich die Hand auf ihren Bauch. »Wenn du morgen kommst, können wir vielleicht doch einmal den Versuch machen, uns auszusprechen, was meinst du?«

»Das fände ich großartig«, sagte Charlie sofort. »Ich habe es die ganze Zeit gewollt, weißt du noch? Also, um drei dann.«

»Bis morgen«, sagte Evi und legte auf.

Als Charlie kam, herrschte gerade wieder Hochbetrieb im Haus und um das Haus herum. Kaspar und Witold bauten im ehemaligen Hundezwinger ein Hühnerhaus. Mark, Anton und Peter waren damit beschäftigt, die vom Dezifix befreiten Decken im Erdgeschoß abzuschleifen und neu zu streichen. Norbert, der die Renovierungsarbeiten als eine Art Wochenendzeitvertreib betrachtete, beaufsichtigte das Tun der Dachdecker, die das Dach komplett abräumten, zwei Dachfenster einbauten und dann neu eindeckten. Glücklicherweise spielte bei dieser Aktion das Wetter mit, denn obwohl die Dachdecker zu viert waren und um fünf Uhr in der Frühe begonnen hatten, mußten sie sich beeilen, um bis zum Abend fertig zu werden, damit Evi im Trockenen schlafen konnte. Im Badezimmer werkelte der Fliesenleger mit einem Lehrling. Die Hälfte der kotzgrünen Scheußlichkeit war schon unter großen, weißglänzenden Fliesen verschwunden. Mitten durch das vielbevölkerte Haus wuselten die zwölf Julischkas, und Fanny und Aurora bemühten sich, sie vor den schweren Schuhen der Arbeiter zu beschützen. Die Geräuschkulisse war auch ziemlich facettenreich; es hämmerte, bohrte und sägte überall, dazu kamen Schleifgeräusche und das Plärren mehrerer Radios mit unterschiedlichen Sendern.

Charlie mußte sein Auto auf dem Dorfplatz parken, weil die Einfahrt und der Bürgersteig komplett mit fremden Fahrzeugen zugestellt war. Er traute seinen Augen nicht, als er das Chaos zu Gesicht bekam. Evi erschien in der offenen Türe, ziemlich angestaubt in ihrer Arbeitskluft, aber ohne Zweifel sehr gut aussehend. Sie trug die Haare auf dem Hinterkopf zu einem kleinen Pferdeschwänzchen zusammengebunden und sah unglaublich jung aus.

»Hallo«, sagte sie und lächelte ihm entgegen.

Charlie lächelte zurück. »Hier passiert ja einiges.«

»Das kann man wohl sagen. Und alles auf einmal.«

»Aber dieser Briefkasten hängt immer noch«, meinte Charlie und zeigte auf das scheußliche Ungetüm, das ihm bei seinem ersten Besuch schon ins Auge gestochen war. »Hör mal, das muß ja ganz schön was kosten. Du sagst Bescheid, wenn dir das Geld ausgeht, ja?«

»Noch reicht es«, gab Evi zurück. »Und ich muß sagen, ich wundere mich, daß du diesbezüglich so großzügig bist. Das muß wohl das schlechte Gewissen sein.«

»Na, besonders fein habe ich mich dir gegenüber jedenfalls nicht benommen«, gab Charlie zu. »Auf der anderen Seite hast du mir nie die Gelegenheit gegeben, mich zu rechtfertigen. Du bist einfach auf und davon gegangen. Keine Chance für unsere Ehe.«

Das stimmt nicht, dachte Evi. Ich habe dir sehr wohl eine Chance gegeben. Dieser Chance verdanke ich das kleine Kerlchen in meinem Bauch!

Laut sagte sie: »Komm erst mal rein. Ich habe Kaffee aufgesetzt. Und Monalisa hat uns einen Kuchen gebacken.«

»Wer ist Monalisa?« im Flur wäre Charlie beinahe über ein Küken gestolpert.

»Vorsicht, Papa, das ist Julischka«, sagte Fanny, die ihn zur Begrüßung stürmisch umarmte.

»Mein Gott«, meinte Charlie. »Ein echtes Küken.«

»Wir haben zwölf Stück davon«, erklärte Fanny. »Sie sind ganz zahm. Später werden sie mal Eier legen.«

Charlie folgte Evi weiter in die Küche, die zusammen mit Wohnzimmer und Eßzimmer jetzt neun Zehntel des gesamten Erdgeschosses ausmachte.

»Gehst du unter die Landwirte?« fragte er. Es klang wie: »Spinnst du jetzt total?«

»Wegen der Hühner?« Evi schenkte ihm eine Tasse Kaffee ein. Geschirr und Besteck hatte sie zusammen mit Fanny ausgesucht. »Das ist erst der Anfang. Ich möchte Schafe haben, die ersetzen praktisch den Rasenmäher auf so einem großen Grundstück. Und dann noch zwei Gänse. Statt Hund. Gänse bewachen ein Haus besser als ein abgerichteter Schäferhund. Kannst du dich noch an diesen alten Kinderfilm erinnern, wo immer zwei Gänse mit Schleifen um den Hals herumliefen? Clemens und Clementinchen.«

»Die Kinder vom Mühlental oder so ähnlich«, sagte Charlie. »Halst du dir da nicht ein bißchen viel Arbeit auf?«

»Aber nein«, sagte Evi. »Im Gegenteil. Ich habe so viele Jahre gar nichts tun dürfen, und hier kann ich so richtig die Ärmel hochkrempeln. Kochen, backen, gärtnern, das alles sind Dinge, die ich mit meinen eigenen Händen tun kann. Es macht einen Riesenspaß. Sogar die Hausarbeit, wenn ich ehrlich bin.«

»Hm«, machte Charlie. Sie hatte ja recht, die letzten Jahre waren nicht besonders aufregend für sie gewesen. Margitta hatte ihm gesagt, sie sei schon viel länger unzufrieden, und ihrer Ansicht nach sei seine Affäre nur ein Vorwand, ihn verlassen zu können.

»Übrigens, ich soll dir schöne Grüße von Margitta bestellen«, sagte er.

Das Leuchten in Evis Augen erlosch urplötzlich. »O, wo hast du sie denn getroffen?«

»Ähm, sie hat bei mir angerufen, um zu erfahren, wo du zu erreichen bist. Offenbar hat sie schon lange nichts mehr von dir gehört. Sie wundert sich darüber, ist doch klar.«

»O ja, das kann ich mir vorstellen«, sagte Evi leise.

»Tja, und bei mir waren natürlich auch einige Fragen offen, also haben wir uns getroffen.«

»Zwecks Informationsaustausch?« Evi schäumte innerlich vor Wut. Da tat er so zerknirscht, und jetzt log er sie doch wahrhaftig wieder ganz dreist an.

»Genau«, sagte Charlie und nahm einen Bissen von dem Käsekuchen, den Monalisa freundlicherweise gebacken und vorbeigebracht hatte. Evi hatte ihr gesagt, daß ihr Noch-Ehemann und Vater ihrer Kinder, der geborenen wie der ungeborenen, vorbeikäme. Monalisa hatte daraufhin geheimnisvoll gelächelt und etwas später den Kuchen vorbeigebracht. Evi schloß nicht aus, daß er neben den üblichen Zutaten auch noch einige andere, ungewöhnlichere Zutaten enthielt. Deshalb kostete sie nur äußerst mißtrauisch. Aber der Kuchen schmeckte ganz köstlich.

»Margitta und ich haben uns mal getroffen, zwecks Informationsaustausch, und sie hat mir erzählt, daß du schon länger mit dem Gedanken gespielt hast, mich zu verlassen, weil du diesen Kaspar schon seit einem Jahr kennst«, sagte Charlie anklagend.

»Das hat sie dir gesagt?« Evi kniff die Augen zusammen. »Na ja, vielleicht solltest du mal darüber nachdenken, ob deine Quellen so zuverlässig sind, wie du denkst. Ich meine, es könnte immerhin sein, daß Margitta ein gewisses Interesse daran hat, dir ein ganz bestimmtes Bild von mir zu vermitteln.«

»Wieso sollte sie das? Sie ist deine Freundin«, sagte Charlie.

Evi platzte der Kragen. »Charlie, du bist so verlogen, daß einem der Kuchen wieder hochkommt. Du und Margitta, ihr haltet mich wohl für total verblödet! Meinst du denn allen Ernstes, ich wüßte nicht, wer dein *Zuckerschneckchen* ist und wie euer sogenannter Informationsaustausch aussieht?«

Charlie wurde abwechselnd rot und blaß im Gesicht.

»Seit wann weißt du's?«

»Seit wann weißt du's?« äffte Evi ihn nach. »Einen Seitensprung hätte ich dir vielleicht verzeihen können, aber daß du ausgerechnet mit meiner besten Freundin schlafen mußtest, fand ich unglaublich geschmacklos. Und selbst jetzt versuchst du noch, mich anzulügen – du bist wirklich ein skrupelloser, aalglatter Taktiker. Der geborene Politiker. Was Margitta angeht – nun, sie sei dir gegönnt. Wahrscheinlich paßt ihr hervorragend zusammen. Sie hat mir gesagt, daß ich viel zu ungebildet und ungeschliffen sei, um an deiner Seite weiterzuleben. Ich nehme an, sie ist dafür besser geeignet. Ein bißchen älter vielleicht, aber sie hat sich ja gut gehalten dank ihrem Kampf-dem-Hängebusen-Programm. Ich wünsche euch alles Gute.«

»Schieb mir jetzt nicht den ganzen schwarzen Peter zu«, sagte Charlie, während er in Gedanken gegen seinen Willen einen Vergleich zwischen Evis und Margittas Oberweite zog. Zu seinem Ärger schloß Evi dabei weit besser ab. »Ich kann wenigstens zugeben, daß ich was falsch gemacht habe. Ich habe ja gesagt, daß ich mich dir gegenüber nicht fair erhalten habe. Aber weißt du, wie schwer das ist, wenn man so viel Verantwortung trägt wie ich und die Frauen sich einem geradezu an den Hals schmeißen?«

»Ich fass' es einfach nicht«, sagte Evi. »Armer, armer Charlie, so viel Verantwortung und so viele Frauen, die was von dir wollen. Sicher versteht jeder außer mir, daß du da nicht nein sagen konntest! Vor allem nicht bei meiner besten Freundin.«

»Ich hätte es dir ja gesagt, aber ... – wir wollten dich eben schonen.«

»Ha!« machte Evi.

»Glaub es, oder glaub es nicht«, redete sich Charlie in Wut. »Auf jeden Fall bist *du* es gewesen, die unsere Ehe von einem Tag auf den anderen für ungültig erklärt hat!«

»Ja, und jetzt sag mir bloß nicht, du hättest dir eine wunderschöne harmonische Beziehung zu dritt vorstellen können: Margitta in der Mittagspause und an den Abenden und mich an den Wochenenden und im Urlaub! Das wäre doch eine feine Ehe gewesen.«

»Ich habe nicht gesagt, daß ich meine Beziehung zu Margitta nicht aufgegeben hätte, wenn ich gewußt hätte, daß du Bescheid weißt«, sagte Charlie, und Evi lachte laut auf.

»Hörst du dir eigentlich selber zu? Wenn du gewußt hättest, daß ich Bescheid weiß ... – du bist in deiner Verlogenheit so selbstherrlich, daß einem der Kopf wehtut.«

»Ja, und du bist das arme betrogene Opferlamm, was? Dafür, daß du so unschuldig bist, hast du aber ganz schnell einen Neuen zur Hand gehabt!«

»Charlie, ich kann nur wiederholen, daß du deine Informationsquellen vielleicht mal kritisch überprüfen solltest!«, sagte Evi.

»Meine Quelle in diesem Fall bist du, meine Süße, und außerdem habe ich den Typ mit eigenen Augen gesehen.«

»Du meinst Kaspar, nehme ich an.« Evi seufzte. Jetzt wäre vielleicht der Augenblick gekommen, endlich die Wahrheit zu sagen. Lügen haben kurze Beine, und Charlie ist der Vater meines Kindes. »Kaspar ist – « Sie brach ab. Was würde es schon nutzen, ihm die Wahrheit zu sagen? Würde er Margitta dann fallenlassen wie eine heiße Kartoffel? Wohl kaum. Wenn ihm wirklich etwas an ihr läge, dann hätte er das schon längst getan, schon um seinen guten Willen zu beweisen.

»Kaspar ist im Garten und baut ein Hühnerhaus für die kleinen Julischkas«, sagte Evi.

»Fein! Und da machst du mir Vorwürfe, weil ich mich mit Margitta treffe!«

»Keineswegs! Genau deshalb habe ich dich ja verlassen. Aber du kannst nicht vertragen, daß ich mich mit einem anderen treffe!«

»Treffen ist gut«, schnaubte Charlie.

»Was erwartest du? Daß ich den Schleier nehme und bei deiner Hochzeit mit Margitta in der letzten Reihe sitze und ein paar Tränen vergieße? Entschuldige mal, aber so toll bist du nun auch wieder nicht.«

Charlie stand auf. »Ich sehe schon, mit dir ist nicht zu reden. Ich hatte gehofft, daß wir noch einmal über uns nachdenken könnten. Aber nachdem ich sehe, wie wunderbar du dir dein neues Leben einrichtest und wie glücklich du offensichtlich mit dieser Rübennase bist, können wir uns das wohl abschminken!«

»Ja«, sagte Evi. »Das können wir wohl. Margitta paßt ohnehin viel besser zu dir. Sie kann deine Karriere perfekt unterstützen und gibt bestimmt mal eine wunderbare Bundeskanzlergattin ab. Ich hingegen, das sage ich gleich, wähle bei der nächsten Wahl die Grünen.«

Anton und Peter kamen in die Küche.

»Hi«, sagten sie zu Charlie, der sie ungehalten musterte. »Evi, kommst du mal gucken, ob dir die Decken so gefallen? Anton findet sie zu weiß, er meint, wir hätten sie ein bißchen abtönen sollen.«

»Ich komme gleich«, sagte Evi. Zu Charlie sagte sie: »Du siehst, die Arbeit ruft. Wenn es dir nichts ausmacht, sage ich dir jetzt auf Wiedersehen. Vergiß nicht, daß Fanny nächstes Wochenende zu mir kommt, und achte bitte darauf, daß sie von Agnes nicht wieder mit diesem Diätquatsch infiziert wird.«

Charlie erhob sich zähneknirschend. Seine Frau hatte sich wirklich verändert – nicht zu ihrem Vorteil, wie er fand. Sanft und schüchtern hatte sie ihm viel besser gefallen. Allerdings war die neue Evi verflucht sexy. Das schienen auch diese jungen Typen zu finden, die hier überall rumlungerten. Es war ein schreckliches Gefühl. Und wenn er daran dachte, daß diese Rübennase da draußen seine Evi berühren durfte – von anderen Dingen ganz zu schweigen – hätte er vor Wut platzen können.

Charlie ging in den Flur hinaus und packte Fanny fest an der Hand.

»Hast du deine Sachen?« fragte er mürrisch.

Fanny nickte. »Stimmt es, daß Margitta deine Liebhaberin ist?«

»Du sollst nicht lauschen«, erwiderte Charlie verärgert.

»Ich kann Margitta nicht leiden«, sagte Fanny.

Fannys Tagebuch

Es ist schön, wieder zu Hause zu sein. Weit und breit kein Staub und kein Dreck. Agnes ist sehr nett zu mir und gibt mir jeden Tag Kinderüberraschung und Joghurette, soviel ich will. Sie sagt aber, ich soll auf die Kalorien achten. Mehr als fünfzehnhundert am Tag machen dick. Ich kann also bedenkenlos zwei Tafeln Schokolade und zwei Überraschungseier essen, wenn ich sonst gar nichts esse. Papa ist auch sehr nett zu mir. Er sagt, er will morgen schon mittags mit der Arbeit Schluß machen und mit mir und Margitta in den Zoo gehen. Dort gibt es kleine Babytiger. Ich habe Papa gesagt, daß ich lieber mit ihm alleine gehen würde, aber er sagt, Margitta würde gerne meine Freundin werden. Ich kann Margitta nicht leiden. Mache mir ein bißchen Sorgen um Mama. Wie sie wohl ohne mich zurechtkommt mit den ganzen Julischkas und den vielen Handwerkern? Ich habe gerade noch mit ihr telefoniert und sie daran erinnert, die bestellten Waschbeckenarmaturen im Baumarkt abzuholen. Von Margitta habe ich ihr nichts gesagt. Mama sagt, sie ist sehr froh, wenn ich am Freitag wiederkomme. Sie sagt, das Hühnerhaus ist fertig, und wenn schönes Wetter ist, können die Julischkas am Wochenende einziehen, und wir feiern eine Hühnerhauseinweihungsparty.

11

Über Nacht wurde es so richtig Frühling. Die Bäume schlugen aus, überall blühten Sträucher und Tulpen in dicken Büscheln, und man konnte im T-Shirt umherlaufen. Die Hormone erwachten aus dem Winterschlaf, und die Menschen, die nicht unter Frühjahrsmüdigkeit litten, beschlossen wie jedes Jahr um diese Zeit, ihr Leben von Grund auf neu zu regeln.

Margitta war einer dieser Menschen. Am Morgen ihres zweiunddreißigsten Geburtstages beschloß sie, daß ihr Leben von nun an nur noch so verlaufen sollte, wie sie es wollte und verdient hatte. Sie setzte sich noch im Nachthemd an ihren Schreibtisch und fertigte eine Liste von allen Dingen an, die das Schicksal ihr mit tatkräftiger Unterstützung ihrer eigenen Person so bald wie möglich erfüllen sollte.

1. *Die offizielle Frau an Charlies Seite werden.*
2. *Charlie heiraten.*
3. *Mit Charlie zusammen ein repräsentatives Haus kaufen und beziehen* (Ein Zusammenleben mit Agnes kam für Margitta überhaupt nicht in Frage. Sie hieß schließlich nicht Evi.)
4. *Von Charlie ein Baby bekommen* (Die biologische Uhr tickte bereits, und sie mußte doch dafür sorgen, daß Charlies Augenmerk von die-

ser kleinen verwöhnten Göre Fanny abgelenkt wurde. Von Margitta aus konnte Evi sie gerne für immer und ewig behalten. Der Besuch im Zoo mit der Kleinen war jedenfalls grauenhaft gewesen.)

5. *Dafür sorgen, daß Charlie erfolgreich blieb und Karriere in der Politik machte.*

Nachdem Margitta alles aufgeschrieben hatte, lehnte sie sich zurück und betrachtete die Cellulite auf ihren Oberschenkeln mit anklagendem Blick. Ihr Vorhaben wurde durch ihren Körper nicht gerade positiv unterstützt, fand sie. Aber sie hatte eben mehr zu bieten als einen makellosen Körper. Da war ihre Intelligenz, ihre Bildung, ihr Witz, ihre Fähigkeit zuzuhören, ihre Stilsicherheit, ihre vielen wichtigen Kontakte, ihre Arbeit bei der Zeitschrift – im Grunde mußte Charlie wirklich froh sein, eine Frau wie sie zu bekommen. Zwar war er, seit Evi abgehauen war, lange nicht mehr so zärtlich und unbekümmert wie vorher, aber dafür, das spürte sie ganz genau, war er viel mehr auf sie angewiesen. Früher war ihre Beziehung in erster Linie sexuell gewesen. Charlie hatte niemals besonders viel Zeit gehabt, er hatte sie zwischen zwei Terminen besucht, oder bevor er nach Hause zu Frau und Kind fuhr. Margitta hatte immer davon geträumt, einmal eine ganze Nacht neben ihm liegen zu können oder gar einen Urlaub mit ihm zu verbringen. Aber das war natürlich wegen Evi niemals in Frage gekommen. Charlie war immer sehr gut gelaunt und großzügig gewesen, und ihre Bettbeziehung war trotz des immer gleichen Schauplatzes

– nämlich Margittas Wohnung – voller Abwechslung und äußerst aufregend verlaufen. Aber sie hatten niemals über private Dinge gesprochen, nicht einmal über Evi, obwohl sie beide wußten, daß das ein wirklich wichtiges und heikles Thema gewesen wäre. Jetzt, seit Evi gegangen war, war das anders geworden. Charlie blieb auch schon mal über Nacht, er erzählte Margitta von seiner Arbeit und – ganz selten – auch von seinen Gefühlen Evi gegenüber. Es war offensichtlich, daß er jemanden zum Reden brauchte, jetzt wo Evi nicht mehr da war. Und Margitta freute sich darüber. Endlich, endlich hatten sie eine richtige Beziehung zueinander, nicht nur eine Bettgeschichte. Auf der anderen Seite spürte sie genau, daß Charlies Gefühle ihr gegenüber nicht unbedingt eindeutig waren. Es war nichts mehr zu spüren von dieser Unbekümmertheit, die er vorher an den Tag gelegt hatte. Trotz der plötzlichen Vertrautheit schien er gleichzeitig zurückhaltender zu sein, und wenn Margitta nicht diejenige gewesen wäre, die ihn immer wieder anrief, hätte er sie womöglich tagelang nicht treffen wollen.

Er weiß es nur noch nicht, dachte sie. Aber er braucht mich. Schon alleine, um von Evi loszukommen.

Erst vor wenigen Tagen hatte sie herausgefunden, daß weder Evi noch er bis jetzt die Scheidung eingereicht hatten.

Auf ihre Nachfrage hin hatte er gesagt: »Wenn *sie* es nicht tut, werde ich es auch nicht tun«, was Margitta sehr verletzt hatte.

Sie war sich ganz sicher, daß Charlie Evi nicht mehr liebte – sonst hätte er ja wohl kaum etwas mit ihr, Margitta, angefangen –, sondern daß er die Scheidung vor lauter Schuldgefühlen herausschob. So, als habe er Evi gegenüber eine Verpflichtung. Scheinbar ganz umsonst versuchte Margitta ihm einzureden, daß Evi doch nun einen anderen habe und sehr glücklich mit ihm sei. Ganz offensichtlich würde Charlie ihr einen großen Gefallen mit der Scheidung tun.

Aber Charlie beharrte darauf, daß Evi eine Scheidung ebenfalls nicht so recht wolle, denn sonst hätte ihr Anwalt – dieser Komiker namens Norbert Schweis – sie doch längst eingereicht.

Margitta merkte, daß sie in dieser Angelegenheit mit mehr List und weiblicher Raffinesse würde vorgehen müssen. Es war klar, daß Charlie erst einmal begreifen mußte, daß Evi ihn nicht mehr wollte und daß seine Schuldgefühle ihr gegenüber vollkommen überflüssig und fehl am Platze waren. Dann erst konnte er sich Margitta zuwenden. Das Klügste würde sein, sich so lange von ihrer allerbesten Seite zu zeigen und immer für ihn da zu sein, wenn er sie brauchte.

Zum Beispiel, indem sie sich für seine berufliche Laufbahn einsetzte. Margitta hatte bei der letzten Redaktionssitzung ihrer Zeitschrift durchgesetzt, ein Porträt über Charlie in der Juli-Ausgabe zu bringen, und Charlie war außerordentlich angetan gewesen von ihrem Engagement für ihn. Es war nur eine Frage der Zeit, bis er ihr mit Haut und Haaren und seiner dicken Geldbörse gehören würde.

Ihr kam die Idee, ihren Geburtstag heute abend ganz alleine mit ihm zu feiern. Es wurde Zeit, Nägel mit Köpfen zu machen.

Es war bereits nach halb neun, da war Charlie schon in seinem Büro. Sie wählte seine Durchwahl und ließ sich von seiner Vorzimmerdame mit ihm verbinden.

»Wir öffnen eine Flasche Champagner, und ich koche uns was Feines«, hauchte sie ins Telefon. »Wie wäre das?«

»Das wäre im Grunde wunderbar«, erwiderte Charlie. »Aber ich hatte Fanny versprochen, heute abend mit ihr Monopoly zu spielen.«

»Verschieb's auf morgen«, sagte Margitta. »Ich habe nur einmal Geburtstag.«

»Du hast Geburtstag?« Charlie machte eine Pause. »Warum hast du mir denn nichts davon gesagt? Jetzt habe ich ja nicht mal ein Geschenk für dich.«

»Hauptsache, du fragst nicht, wie alt ich werde«, sagte Margitta und ärgerte sich im gleichen Augenblick über sich selber. Das klang ja, als sei sie schon uralt, viel älter als sie aussah und noch älter als sie tatsächlich war. Mein Gott, mit zweiunddreißig war man schließlich noch kein Methusalem. »Um acht dann bei mir?«

»In Ordnung. Ich werde Fanny vertrösten«, sagte Charlie nach kurzem Zögern. »Sie wird es schon verstehen.«

»Bestimmt.« Margitta legte den Hörer auf. Diese Göre! Natürlich würde sie es verstehen. Ihr Geburtstag war ja wohl wichtiger als so ein doofes Monopoly-Spiel. Heute abend, das stand fest, würde sie Charlie so becircen, daß er Evi ein für allemal unter »ferner liefen« ablegte.

Sie stand auf. Um einen gelungenen Abend vorzubereiten, würde sie eine Menge Zeit benötigen. Gut, daß sie sich heute freigenommen hatte.

❦

Charlie hatte eigentlich vor, seiner Tochter zu sagen, ein wichtiger geschäftlicher Termin sei ihm dazwischen gekommen, aber als Fanny ihm auf der Treppe entgegenkam, hatte er für einen Augenblick das Gefühl, Evi stünde vor ihm. Plötzlich konnte er es einfach nicht über sich bringen zu lügen.

»Hör mal, Kleines«, begann er. »Ich weiß, daß ich dir versprochen hatte, heute mit dir Monopoly zu spielen.«

»Ja, und Versprechen muß man halten«, sagte Fanny mißtrauisch.

»Schon, aber manchmal kommt eben etwas anderes dazwischen, und dann muß man abwägen«, sagte Charlie.

Fanny schürzte die Unterlippe. »Was ist denn Wichtiges passiert?«

»Na ja, du kennst doch Margitta ...« – Die Unterlippe wurde noch dicker – »Sie hat jedenfalls heute Geburtstag, und ich hatte ganz vergessen, daß das so ist. Nun hat sie mich zu einem Essen eingeladen und wäre sicher sehr, sehr traurig, wenn ich nicht käme.«

Fanny schwieg. Sie sah ihn nur aus ihren großen blauen Augen an und zuckte mit keiner Wimper.

»Ich habe ihr gesagt, du verstehst das schon«, fuhr Charlie fort, »und daß wir beide einfach ein anderes Mal zusammen spielen.«

»Gut, ich versteh's«, sagte Fanny. »Jetzt hat sie schon so schön gekocht und alles, da wäre sie sicher sehr traurig, wenn niemand käme.«

»Genau«, sagte Charlie erleichtert.

»Weißt du was, Papa? Ich komme einfach mit. Dann freut sie sich sicher noch viel mehr.« Fanny strahlte ihren Vater an.

»Wie bitte?«

»Na ja, ich komme mit dir. Sie hat doch gesagt, daß sie meine Freundin sein will. Also freut sie sich bestimmt sehr, wenn ich mit dir zusammen komme. Als Überraschung.«

Charlie schaute sie überrumpelt an. So hatte er sich das nun wieder nicht gedacht. Aber warum eigentlich nicht? Das war sicher die eleganteste Lösung des Problems.

❦

Um fünf Minuten vor acht sah Margitta sich in ihrer Wohnung um. Auf dem Herd kochte Wasser für den Hummer, der noch im Spülbecken herumschwamm; der Rucolasalat war bereits angerichtet, ebenso der kleine Krabbencocktail, den es zur Vorspeise geben sollte. Dazu gab es knusprig geröstetes Brot mit Knoblauchcreme. Allzu schwer durfte das Essen nicht sein, denn mit vollem Bauch konnte man im Bett nicht mehr allzuviel herumturnen. Und das wollte Margitta. Sie hatte soeben die restlichen Anti-Baby-Pillen ihrer Dreimonatspackung ins Klo geworfen. Wenn schon, denn schon!

Am Vormittag war sie nach dem Fitneßstudio zur Kosmetikerin gegangen, und einen Friseurbesuch hatte sie sich auch gegönnt. Sie trug ein tiefausgeschnittenes schwarzes Kleid und sah perfekt aus. Das Licht der üppig aufgestellten Kerzen tat das übrige. Alles war bereit für einen ganz besonderen Abend.

Es klingelte pünktlich um acht. Margitta lächelte. Das war eine von Charlies liebenswertesten Eigenschaften. Niemals ließ er einen warten. Sie öffnete die Tür mit einem besonders verführerischen Augenaufschlag und zuckte zusammen. Vor der Tür stand dieser Dreikäsehoch von Fanny und strahlte sie an.

»Herzlichen Glückwunsch. Papa kommt mit dem Aufzug. Er hat Blumen mitgebracht«, stieß sie außer Atem hervor. Sie hatte sich so beeilt, weil sie unbedingt als erste hatte oben sein wollen, um Margittas dummes Gesicht zu sehen. Es hatte sich gelohnt.

»O, du bist mitgekommen«, sagte Margitta perplex.

Fanny stiefelte an ihr vorbei in die kerzenbeschienene Wohnung.

»Ja, freust du dich?« fragte sie mit einem süßen Lächeln. Sie war sehr mit sich zufrieden. Wenn ihre Mutter schon nichts dagegen unternahm, daß diese hinterhältige Margitta sich ihren Papa schnappte – Fanny wußte sehr wohl Mittel und Wege, ihnen einen Abend zu zweit zu vermasseln.

»Sie wollte so gerne mit«, erklärte Charlie, der mit einem großen Strauß Blumen – keine Rosen, darauf hatte Fanny geachtet – in der Tür erschienen war. »Du bist doch nicht böse?«

»Aber nein«, Margitta hatte sich schon wieder in der Gewalt. »Im Gegenteil. Ich hoffe nur, sie mag Hummer.«

»Oh, ich *liebe* frischen Hummer«, rief Fanny aus und legte ihren hübschen Rucksack an der Garderobe ab. Darin hatte sie noch ein kleines Geschenk für ihre Möchtegern-Stiefmutter. Allerdings eines, das sie später still und heimlich irgendwo deponieren würde.

»Na dann«, sagte Margitta und schüttelte die blonden Haare in den Nacken. »Dann machen wir es uns mal gemütlich.«

Gute Miene zum bösen Spiel zu machen, schien ihr die einzige Möglichkeit, mit der Situation fertig zu werden. Fannys »Geschenk« fand sie erst eine Woche später, als sie sich ihrer Bügelwäsche zuwenden wollte. Ihre zarten Seidenblusen und weißen Leinensachen hatten im Badezimmer im Wäschekorb gewartet, bis sie endlich Zeit hatte, sie zu bügeln. Aber aus dem Bügeln wurde nichts. Unter ihrer Lieblingsbluse ganz zuoberst fand sie eine Packung Tiefkühlspinat.

Fassungslos starrte sie auf die Schweinerei, die dieser seltsame Fund angerichtet hatte. Sogleich erkannte sie, daß hier auch kein noch so gutes Waschpulver helfen würde – die Sachen waren ein Fall für die Mülltonne. Margitta knirschte mit den Zähnen. Wer immer das gewesen war, – er würde es ihr büßen!

Der April und der Mai gingen dahin, und Evis Haus verwandelte sich mehr und mehr in das Schmuckstück, das sie sich von Anfang an vorgestellt hatte. Obwohl für

Kaspar und seine Kommilitonen das Semester wieder begonnen hatte und sie kaum noch Zeit hatten, waren die Fortschritte gewaltig. Jedesmal, wenn Fanny am Wochenende kam – Charlie ließ es sich nicht nehmen, sie zu bringen und auch wieder abzuholen – hatte sich eine Menge verändert. Charlie mußte zugeben, daß es allmählich wirklich reizend aussah. Obwohl er nie mehr von Evi hereingebeten wurde und seinerseits nicht darum bitten wollte, konnte er auch von außen sehen, wie kräftig Evi und ihre Leute arbeiteten. Der Vorgarten war inzwischen von allem Bauschutt befreit worden, und Kaspar und seine Freunde hatten eine häßliche Tanne, die dem Küchenfenster das ganze Licht weggenommen hatte, gefällt, ebenso mehrere hochgeschossene Kirschlorbeerbüsche. Die unschönen Waschbetonplatten rund ums Haus wurden ebenfalls herausgerissen, Gartenwege, Terrassen und kleine Treppen statt dessen mit Natursteinpflaster belegt. Das Hühnerhaus hatte Evi selber weiß und blau gestrichen, und die Hühnchen schienen es zu mögen. Der sechseckige Pavillon weiter hinten im Garten war, so weit wie möglich, wieder hergerichtet worden. Das Dach des Pavillons hatte Evi eigenhändig mit Reet gedeckt, und es zeigte sich, daß es leider einen starken Regenguß nicht abhielt. Evi fand das nicht weiter schlimm, sie meinte, daß man bei Regen sowieso nicht draußen wäre. Sie hatte sich mehrere Gartenbücher angeschafft und beschnitt voller Eifer die Bäume, Hecken und Sträucher. Je weiter das Frühjahr voranschritt, desto mehr Pflanzen entdeckte sie. Die alten Leute, die Vorbesitzer, mochten zwar in den letzten Jahren nicht mehr viel im Garten gearbeitet haben, und ihr Geschmack, was das Wellblech et cetera anging, stand sicher außer Frage, dennoch fanden sich viele wunderschöne Staudengewächse in den Beeten, und auch die Auswahl der blühenden Sträucher hätte Evi selber nicht besser treffen können.

Die Fortschritte im Inneren des Hauses ließen zunächst noch auf sich warten. Die Badezimmer wurden zwar fertig und wunderschön, vor allem das obere mit der Eckbadewanne und dem Fischfries, den Fanny ausgesucht hatte, aber alles andere mußte zurückgestellt werden, bis der Schreiner die Fenster liefern konnte. Jetzt hatte Evi zwar schon diejenigen Wände tapeziert, an denen weder Türen noch Fenster ein- und ausgebaut werden würden, aber mit dem Rest mußte sie warten, bis der Schreiner kam. Das gleiche galt für das Streichen der Außenfassade.

Als der Schreiner endlich soweit war, spielte das Wetter verrückt. Es war schlecht möglich, bei Regen und Sturm sämtliche Türen und Fenster auszuhängen, also wartete man fast eine Woche, bevor der Schreiner mit der Arbeit anfangen konnte. Inzwischen war es Anfang Juni, und die beiden Kätzchen von Monalisa und Aurora waren schon längst zu Fanny und Evi hinübergezogen. Sie hatten das sanfte, schwarze Kätzchen Melusine und den frechen, verschmusten Tigerkater Willi getauft. Willi jagte Melusine mit Vorliebe auf eine der beiden Birken hinter dem Haus, und wenn er das tat, saßen am Ende alle beide oben im Baum und maunzten kläglich, weil sie nicht mehr runterkonnten. Fanny liebte beide Katzen mit einer Leidenschaft, die es ihr immer schwerer machte, am Sonntagabend zurück in die Stadt zu fahren. Während der Woche rief sie jeden Tag zweimal bei Evi an und wollte wissen, was die beiden Kleinen wieder angestellt hatten. Überhaupt schien es Fanny jedes Mal schwerer zu fallen, Evi wieder zu verlassen, und das lag nicht nur an den Tieren. Ihre beiden Betten standen immer noch in einem Zimmer, und Evi mußte Fanny jeden Abend die Geschichte von den drei kleinen Schweinchen erzählen.

Ab und zu legte Fanny dann die Hand auf Evis Bauch und meinte: »Ich muß mir die Geschichte gut merken, damit ich sie später dem Kleinen da erzählen kann.«

Evis Übelkeit ließ langsam nach. Sie war längst beim Frauenarzt gewesen und hatte sich gründlich untersuchen lassen. Mit ihr und dem Baby, sagte der Arzt, sei alles in bester Ordnung. Allerdings solle sie sich um gesunde und reichliche Ernährung bemühen. Das tat Evi natürlich auch. Langsam aber sicher nahm sie wieder zu. Ihr Bauch wurde allmählich ein bißchen runder, wie es sich gehörte. Kaspar und Norbert wußten inzwischen über den Nachwuchs Bescheid, und nach dem ersten Schreck hatten sie sich für Evi gefreut.

»Geld genug hat sie ja«, sagte Kaspar zu Norbert auf dem Nachhauseweg.

»Hm«, machte Norbert. »Eigentlich nicht mehr. Der Kauf des Hauses und die Renovierung verschlingen Unsummen. Aber ihr komischer Charlie hat mich angerufen und gebeten, Evis Vermögen so zu verwalten, daß sie nicht unbedingt mitbekommt, wenn er ab und zu mal eine Finanzspritze leistet. Nett, oder? Wenn du mich fragst, liebt er sie noch. Und zwar heftig.«

»Na ja, hat man jedenfalls noch nie gehört, daß so'n reicher Knochen seiner Ex das Geld nur so hinterherwirft«, gab Kaspar zu. »Obwohl er ja denkt, daß Evi und ich was miteinander haben.«

»Ja«, stimmte Norbert zu. »Wenn du mich fragst, ist das auch alles andere als klug. Wenn Evi dem Kerl endlich reinen Wein einschenken würde, dann wären die beiden schneller wieder zusammen als ein Ferkel blinzeln kann. Aber das will sie ja partout nicht.«

»Also, wenn du mich mit meinem besten Freund hintergehen würdest, dann wollte ich dich auch nicht wieder zurückhaben«, rief Kaspar empört aus. »Du hättest die beiden mal sehen sollen, damals auf der Straße. Ich an Evis Stelle hätte den Kerl gleich kastriert.«

»Aber sie liebt ihn noch«, behauptete Norbert. »Da bin ich mir ganz sicher. Überhaupt – die beiden sind eigentlich füreinander gemacht. Es ist eine Schande, wenn die Menschen sich derart mißverstehen.«

»*Mißverstehen* würde ich das nicht nennen«, widersprach Kaspar. »Wenn Charlie Evi noch lieben würde, dann würde er sich doch ein bißchen mehr Mühe geben.«

»Er traut sich nicht«, erklärte Norbert. »Aber die Sache mit dem Geld ist doch Liebesbeweis genug.«

»Pah, bloß schlechtes Gewissen«, tat Kaspar das ab. »Wenn er sie noch liebte, würde er als erstes diese Margitta in die Wüste schicken. Und dann stünde er bei Evi auf der Matte. Mit einem riesengroßen Blumenstrauß und tausend Liebesschwüren auf den Lippen. So macht man das.«

Norbert lachte. »Meinst du, ja? Wenn du mich fragst, funktioniert das nur, wenn einer vom anderen weiß, daß der noch Gefühle für ihn hat. Solange aber jeder denkt, der andere habe jeweils einen neuen, werden die nie wieder zusammenkommen.«

»Wie auch? Und selbst wenn, dann könnte doch nichts mehr so sein wie vorher«, meinte Kaspar. »Oder meinst du etwa, Evi würde zurück in diese Zuckergußvilla ziehen zu dem Drachen von Schwiegermutter! Die hättest du mal sehen sollen.«

»Sie könnten ja alle zusammen in das neue Haus ziehen«, schlug Norbert vor. »Und der Drache von Schwiegermutter könnte in der Villa alleine versauern. Das wäre doch das geringste Problem. Ach, ich hätte gute Lust, da ein bißchen Amor zu spielen.«

»Hüte dich«, sagte Kaspar. »Evi würde uns den Kopf abreißen. Und stell dir nur mal vor, das würde auch noch in die Hose gehen! Nicht auszudenken.«

»Du hast vielleicht recht«, erwiderte Norbert. »Vielleicht aber auch nicht. Mir tut es jedenfalls in der Seele weh, zwei Menschen zu sehen, die einander lieben, sich aber nicht kriegen können. Das ist schlimmer als bei *Titanic.*«

»Du bist eben ein hoffnungsloser Romantiker«, meinte Kaspar zärtlich.

❦

An dem Freitagnachmittag, an dem der Schreiner mit zwei Gehilfen dabei war, die Fenster einzusetzen, wurde Fanny nicht von Charlie gebracht, sondern von

Agnes. Evi, die ihr in Jeans und T-Shirt die nicht vorhandene Haustür öffnete – das alte Drahtglasding war ausgehängt worden und lag nun im Container, zum endgültigen Abtransport bereit – erschrak.

Agnes musterte das fensterlose Haus mit hochgezogenen Augenbrauen. »Nun ja, luftig hast du's ja hier.«

»Nur vorübergehend«, erwiderte Evi nicht besonders schlagfertig.

»Wenigstens etwas.« Agnes ließ ihren Blick über das Gelände schweifen und dann einmal über die ganze Evi. »So sieht also deine Art der Selbstverwirklichung aus: in unmöglicher Kleidung, mit ungeschnittenem Haar und Dreck unter den Fingernägeln ein plumpes Landhaus renovieren. Als nächstes werden deine Freunde ihre alten Mantas herbringen und die Motoren frisieren. Ein richtiges Proletenparadies.«

»Besser ein Proletenparadies als ein Mausoleum für die Halbtoten der sogenannten besseren Gesellschaft«, gab Evi zurück und legte ihre Hände hinter dem Rücken zusammen. Agnes hatte recht, es war Dreck unter den Fingernägeln. Das blieb nicht aus, wenn man mit den Händen arbeitete.

Fanny runzelte die Stirn. »Was sind Proleten, Mama?«

»Das ist ein abfälliges Wort für Menschen der Unterschicht«, erklärte Evi.

»Meint Agnes, daß du ein Prolet bist?«

»Nein, das meinte Agnes nicht«, sagte Agnes. »Agnes meint, daß deine Mutter noch viel schlimmer ist. Prolet kommt von Proletarier und ist ein Begriff, der von Marx geprägt wurde. Er bezeichnet Menschen aus der Arbeiterklasse. Aber da kann man deine Mutter nicht zu zählen. Sie arbeitet nachgewiesenermaßen nicht, sondern lebt auf Kosten deines Vaters. So etwas bezeichnet man als gesellschaftliche Zecke, Blutsauger, die vom Geld anderer leben. Deine Mutter hatte nur das Glück, sich einen reichen Mann zu angeln.«

Evi lächelte. »Liebe Agnes, das ist das einzige, was wir gemeinsam haben. Auch du hast dir, soviel ich weiß, einen reichen Mann geangelt und seitdem als gesellschaftliche Zecke gelebt. Aber im Gegensatz zu dir, ist es bei mir noch nicht zu spät.«

»Oh, möchtest du mit Charlies Geld etwa unter die Wohltäter gehen?«

»Nein, ich sagte doch, daß wir fast nichts gemeinsam haben. *Mir* käme es nicht in den Sinn, wehrlose Kranke mit meiner Anwesenheit zu belästigen.«

»Du hast ja keine Ahnung«, sagte Agnes und wandte sich zum Gehen. »Ich finde es eine Schande, daß man einem Menschen wie dir ein Kind überläßt. Jetzt, wo ich mit eigenen Augen gesehen habe, wie es hier lebt, bin ich endgültig entschlossen, Charlie zu unterstützen, dir das Sorgerecht zu entziehen.«

»Das ist deine Idee, nicht die von Charlie«, stellte Evi kalt fest. »Wo ist er überhaupt?«

Agnes, die schon ein Bein in ihrem Auto hatte, drehte sich noch einmal um. »Oh, hatte ich das nicht gesagt? Er ist mit Margitta am Comer See. Ein romantisches Wochenende in einem Fünf-Sterne-Hotel. Das hat er ihr wohl zum Geburtstag geschenkt.«

Evi schwieg, unfähig, den Ansturm von Gefühlen in ihrem Inneren zu deuten. Agnes hatte jetzt wieder

Überhand. Sie stieg in ihren Wagen, winkte noch einmal aus dem Fenster und fuhr davon.

»Margitta hat Papa die Reise zum Geburtstag geschenkt«, sagte Fanny zu Evi.

»Dein Papa hat erst im Oktober Geburtstag«, sagte Evi.

»Ja, weiß ich. Aber Margitta hat Papa die Reise zu *ihrem* Geburtstag geschenkt«, erklärte Fanny.

»Ach? Und woher weißt du das?«

Fanny lächelte. »Ich weiß das, weil ich mitgehört habe am Telefon. Margitta hat Papa erzählt, daß jemand eine Packung Tiefkühlspinat in ihre Designerwäsche gelegt hat. Und zum Trost mußte er ihr versprechen, am Wochenende mit zum Comer See zu fahren.«

»Tiefkühlspinat?« fragte Evi perplex. »Wer macht denn so was?«

»Ich«, sagte Fanny mit einem teuflischen Grinsen. »Das nächste Mal nehme ich Fisch. Oder Himbeeren.«

»Was soll bloß aus dir werden«, seufzte Evi, aber sie war tief gerührt. Ihre kleine Tochter bezog eindeutig Position.

12

Nach dem Wochenende am Comer See war Margitta mehr denn je entschlossen, sich Charlie für immer zu krallen. Daher mußte sie ihn dazu bringen, so schnell wie möglich die Scheidung einzureichen. Sie überlegte, ob sie nicht den uralten Trick anwenden und ihm sagen sollte, daß sie schwanger sei. Aber da sie a) nicht schwanger und b) der Ansicht war, daß sie Charlie damit womöglich etwas überfordern könnte, entschied sie sich für einen anderen Trick. Wenn Charlie die Scheidung erst dann einreichte, wenn er sicher war, daß Evi sie wirklich wollte, dann mußte sie eben Evi dazu bringen, Charlie deutlich zu signalisieren, daß sie die Scheidung wünschte.

Daher machte Margitta sich an einem sonnigen Junitag auf, um Evi einen Besuch abzustatten. Sie fand den Weg nur mit Hilfe einer Straßenkarte und mußte zugeben, daß ihre ehemalige Freundin sich einen ganz hübschen Landstrich zum Leben ausgesucht hatte. Das Haus sah aus wie aus einem Laura-Ashley-Prospekt für ländliches Wohnen. Es war in einem sahnigen Weiß frisch gestrichen, hatte honigfarbene, mehrfach unterteilte Holzfenster und distelblaue Schlagläden. Von der gleichen Farbe war auch die Haustür, der nostalgische Briefkasten und die gemütliche Bank, die gleich daneben stand.

Über dem Klingelknopf stand kein Name, aber Margitta war sich ganz sicher, das richtige Haus gefunden zu haben, zumal auf der Fensterbank eine pechschwarze, winzige Katze saß und sie mit großen Augen anschaute. Evi hatte sich doch immer eine Katze gewünscht.

Auf ihr mehrfaches Klingeln hin öffnete niemand die Tür, und Margitta überlegte schon, ob Evi sie vielleicht durchs Fenster gesehen und einfach keine Lust hatte, ihr aufzumachen. Neugierig schlenderte sie dennoch ums Haus herum, sah das Gehege für die Hühner, die mittlerweile richtig groß geworden waren, das niedliche Hühnerhaus, das, in blau und weiß gehalten, eine genaue Kopie des Haupthauses war, und den romantischen Gartenpavillon. Der Blick auf den Löschteich, auf dem sich gerade heute die ersten Seerosen geöffnet hatten, verblüffte sie. In der Tat, alle Achtung, Evi hatte sich wirklich ein nettes Fleckchen Erde ausgesucht.

Am Ufer des Sees war eine kleine Terrasse angelegt worden, und dort saßen zwei Frauen auf einer Hollywood-Schaukel mit blauweiß-gestreiften Polstern. Eine davon war Evi, mit ungewohnt langen Haaren, die sie im Nacken hochgesteckt hatte; die andere war eine rothaarige, junge Frau und Margitta gänzlich unbekannt. Die beiden waren so ins Gespräch vertieft, daß sie Margitta nicht näherkommen sahen.

»Hallo«, sagte sie, als sie nur noch ein paar Meter entfernt war.

Die beiden Frauen schauten auf.

»Margitta«, sagte Evi überrascht. »Was willst du denn hier?«

»Ich wollte mir mal anschauen, wie du so lebst«, sagte Margitta und machte eine ausholende Handbewegung. »Nicht schlecht, wie ich sehe.« Sie ärgerte sich, daß das nicht abfällig, sondern eher neidisch klang. Denn sie war leider tatsächlich neidisch. Neidisch auf diese Idylle, dieses kleine Haus am See, auf die Hollywood-Schaukel mit Blick auf rosafarbene Seerosen und auf die getigerte Katze, die auf Evis Knien lag. Dazu diese himmlische Ruhe und Evis wirklich gutes Aussehen. Margitta wußte nicht, was sie sich vorgestellt hatte, aber bestimmt nicht, daß Evi so jung und unglaublich entspannt aussah. Leider war das aber der Fall. Ein paar weiche Locken fielen in ihre leicht gebräunte Stirn. Die Gesichtshaut war klar und frisch, so wie bei Margitta nur nach einem kombinierten Sauna- und Kosmetikbesuch. Evis Haltung war lässig, wie die von jemandem, der sich in seiner Haut rundum wohl fühlt. Sie trug eines dieser Kittelschürzenkleider im Lingerielook – cremefarbene Häkelspitze über superdünnem Batist – und sah ganz einfach entzückend aus. Die Rothaarige mit einem durchgeknöpften Kleid in Nougatbraun und beeindruckend grünen Augen bildete einen reizvollen Kontrast dazu. Neben ihnen kam sich Margitta plötzlich steif und verkrampft vor.

»Wirklich, nicht übel«, wiederholte sie.

»Vielen Dank«, sagte Evi. »Möchtest du etwas selbstgemachte Limonade?« Sie griff nach einem Glaskrug, in dem Eiswürfel schwammen und einige Zitronenscheiben. Leider hatte sie kein weiteres Glas mehr.

»Danke, gern«, sagte Margitta und nahm ungefragt auf einem der geschwungenen Stühle Platz. »Ich hoffe, ich störe nicht.«

Die Rothaarige sah sie durchdringend an. »Nein, eigentlich nicht«, sagte sie dann mit überraschend weicher Stimme.

»Dann ist es ja gut.« Margitta sah Evi nach, die ins Haus ging, um ein sauberes Glas zu besorgen. »Würde es Ihnen wohl etwas ausmachen, uns alleine zu lassen? Evi und ich, wir sind alte Freundinnen und haben etwas Persönliches zu bereden.«

»Aber nein«. Die Rothaarige erhob sich. »Ich muß sowieso nach Hause, weil meine kleine Tochter gleich von der Schule kommt.« Sie lächelte auf Margitta herab. »Hast du es schon mal mit Koriander versucht?«

»Was, wie bitte? Koriander?«

»Also nicht. Das habe ich mir gedacht«, meinte die Rothaarige und verschwand wie von Zauberhand entfernt durch die Hecke in den Nachbargarten. Margitta sah ihr verblüfft hinterher.

Als Evi mit dem Glas zurückkam, sah sie mit Schrecken, daß Monalisa gegangen war. Dabei hätte sie ihre Unterstützung jetzt wirklich gut gebrauchen können. Margitta sah nicht so aus, als wäre sie in friedlicher Absicht erschienen.

»Schau mich nicht so an«, sagte Margitta. »Ich habe deinen Besuch nicht vertrieben. Sie mußte sowieso wegen ihrer Tochter gehen.«

»Ja, ich weiß.« Evi setzte sich wieder und goß Margitta die selbstgemachte Limonade ein. »Bist du aus einem bestimmten Grund gekommen, oder warst du einfach nur neugierig?«

»Letzteres«, log Margitta. »Ich wollte einfach mal schauen, wie du und dein Klaas so lebt. Wie weit ist er denn mit seinem Roman?«

»Klaas? Oh, du meinst Kaspar! Er lebt nicht hier.«

»Ach, die große Liebe schon wieder vorbei? Das täte mir aber leid für dich.«

Evi dachte einen Augenblick nach, dann sagte sie: »Es war nie die große Liebe. Ich habe dich belogen.«

»Wie meinst du das?«

»Nun, Kaspar und ich waren niemals zusammen. Das habe ich erfunden, um dich neidisch zu machen. Es hat wohl funktioniert.«

»Ach, Blödsinn«, sagte Margitta verärgert.

Und wie es funktioniert hatte!

»Die Wahrheit ist, Kaspar ist ein lieber Freund, der mir sehr geholfen hat.«

»Kein Millionenerbe«, fragte Margitta schrill.

»Nein.« Evi lächelte sie an. »Und außerdem ist er schwul.«

»Also wirklich. Charlie ist fest davon überzeugt, daß du einen anderen hast.«

»Da ist er auf dem Holzweg, wie so oft«, sagte Evi kühl.

»Wenn er das wüßte ...« Margitta stockte mitten im Satz. Ja, was wäre dann? Sie erschrak. Möglicherweise würde er dann alles daran setzen, Evi zurückzugewinnen. Und das mußte sie auf jeden Fall verhindern. Sie wechselte das Thema.

»Hat er dir erzählt, daß ich ein Porträt über ihn bringe? Übermorgen ist Redaktionsschluß, dann muß ich fertig sein. Übernächste Woche kannst du es schon am Kiosk kaufen. Wenn es hier so etwas gibt.«

Evi schwieg.

»Hat er dir von unserem Wochenende in Italien erzählt?« fragte Margitta und nahm einen Schluck von der Limonade. »Es war himmlisch. Achtundvierzig Stunden lang gutes Essen, gute Gespräche und guter Sex. Hat er es dir erzählt?«

»Nein«, antwortete Evi. »Das war doch erst vor ein paar Tagen, und wir haben unter der Woche keinen Kontakt.«

»Und am Wochenende?«

»Margitta, wenn du gekommen bist, um mir zu erzählen, wie wunderbar es mit Charlie ist, dann kannst du genausogut wieder gehen. Ich wundere mich sowieso, daß du dich traust, hier aufzutauchen, nach allem, was du mir angetan hast.«

»Ich dir angetan?« Margitta sah sie geradezu entsetzt an. »Du meinst, weil ich und Charlie ...« Sie machte eine kleine Pause, um nach den richtigen Worten zu suchen. »Na ja, das war für dich sicher nicht angenehm, aber wenn zwei Menschen sich lieben, dann ist die Anziehungskraft viel größer als die von Freundschaft zwischen zwei Frauen.«

»Freundschaft war das jedenfalls nicht, was wir miteinander hatten«, sagte Evi. »Und auch wenn du dir einredest, es sei höhere Gewalt gewesen: Es ist und bleibt ziemlich mies, der Freundin ganz bewußt den Ehemann auszuspannen.«

»Es ist nun mal passiert. Es war eben stärker als wir. Charlie wollte dir niemals weh tun, und ich auch nicht. Aber wenn man sich so liebt wie wir beide, wenn man weiß, daß man füreinander geschaffen ist, dann wäre es doch krank, sich aus Rücksicht auf einen einzigen Menschen zurückzuhalten.«

Evi legte den Kopf in den Nacken und lachte laut los. »Das ist wirklich eine feine Erklärung, Margitta!«, stieß sie zwischen zwei Lachsalven hervor. »Deine Moral ist erstaunlich. Auch wenn es dein Gewissen nicht beruhigt, weil du keines hast – du kannst Charlie gerne haben.«

»Ich habe Charlie ja längst. Aber wenn das mit diesem anderen Mann gar nicht stimmt …« Margitta verzog ihre Lippen. »Wenn das nur ein billiger Trick war, um Charlie eifersüchtig zu machen, …«

»… dann hat es auf jeden Fall funktioniert«, ergänzte Evi immer noch lachend.

»Manchen Frauen reicht es durchaus, mit ihrem Kind zu leben«, sagte Margitta hoffnungsvoll. »Und du hast ja jetzt ein hübsches Zuhause hier in der Walachei.« Sie meinte es ernst. Wenn Evi hierbliebe und sich nicht mehr muckte, dann könnte sie, Margitta, doch mit Charlie ein wunderbares Leben führen.

»Bist du deshalb hier, um auszuloten, ob ich dir Charlie vielleicht doch noch wegnehmen will? Keine Angst. Solange er auch nur den Hauch eines Gefühls für dich übrig hat, will ich ihn nicht mal geschenkt. Ich bevorzuge Männer mit besserem Geschmack.«

»Evi, du weißt ganz genau, daß Charlie froh ist, dich los zu sein. Aber er reicht die Scheidung erst ein, wenn er sicher ist, daß du auf eigenen Füßen stehen kannst. Vor allem psychisch betrachtet, finanziell wirst du ja immer ein Klotz an seinem Hals bleiben.«

»Aha, daher weht der Wind. Aber wenn ich mich nicht täusche, habe ich die Scheidung schon vor Monaten eingereicht«, sagte Evi. »Das hat mein Anwalt für mich erledigt.«

»Was?« Margitta schwieg. Möglich wäre es ja, daß Charlie sie diesbezüglich angelogen hatte. Dann allerdings war wirklich Gefahr im Verzug. Es würde bedeuten, daß er die Scheidung nicht wollte, oder wenn doch, daß er nicht wollte, daß Margitta wußte, daß er bald frei war.

»Wieso sollte ich die Scheidung nicht wollen?« fuhr Evi fort.

»Vielleicht, weil du ihn noch liebst?« fragte Margitta lauernd zurück.

Evi sah sie ernst an. »Selbst wenn ich ihn noch liebte – ich will ihn unter diesen Umständen wirklich nicht zurückhaben.«

»Und wenn sich die Umstände änderten?«

»Daß das nicht passiert, dafür wirst du schon sorgen«, meinte Evi. »Noch etwas Limonade?«

»Nein, danke.« Margitta erhob sich wieder. »Weißt du, ich würde gern noch das Haus von innen sehen, aber ich schätze, es ist so, wie es von außen scheint. Niedlich und brav und der Traum einer echten Landpomeranze. Das möchte ich mir gerne ersparen. Apropos Umstände: Hat Charlie dir gesagt, daß wir beide uns ein Kind wünschen?«

Evi sagte nichts.

»Schon deshalb solltest du ihn freigeben, finde ich«, setzte Margitta hinzu.

Evi sah sie einen Augenblick ruhig an.

»Nichts lieber als das«, sagte sie dann.

❦

»Das verstehe ich nicht«, rief Evi. »Ich dachte, ich hätte die Scheidung gleich zu anfangs eingereicht. Das war doch überhaupt der Grund, daß du mein Anwalt geworden bist.«

»Ja, schon«, sagte Norbert verlegen. Glücklicherweise hatte er Evi nur am Telefon und nicht vor sich sitzen, denn dann hätte sie sein Gesicht gesehen. »Aber wir haben die Scheidung noch nicht eingereicht. Ich dachte, das sollte man nicht so Hals über Kopf entscheiden. Deshalb war ich der Überzeugung, du sagst Bescheid, wenn du es wirklich willst.«

»Spinnst du?« Evi war geschockt. »Natürlich will ich es wirklich. Ich meine, das kannst du doch nicht geglaubt haben, daß ich keine Scheidung will!!!«

»Ähm, doch.«

»Ich glaub's nicht! Wenn diese Ziege von Margitta nicht gekommen wäre, dann würde ich niemals wissen, daß ich die Scheidung noch nicht eingereicht habe. In zehn Jahren würde ich mich noch wundern, daß ich immer noch verheiratet bin. Mit diesem Saftarsch! Margitta hat gesagt, daß Charlie ein Kind von ihr und deshalb selbstverständlich auch die Scheidung möchte. Sie hat gesagt, er würde nur deshalb davor zurückschrecken, selber die Scheidung einzureichen, weil er mich für psychisch unselbständig hält.«

»Ich kenne diese Margitta nicht, aber ich würde mal sagen: sie lügt«, sagte Norbert.

»Norbert! Ich wollte die Scheidung, und du als mein Anwalt ignorierst das einfach! Das ist sicher auch strafbar!«

»In Ordnung, wenn du es wirklich willst – und ich meine *ganz* wirklich – dann schicke ich die Papiere weg. Unterschrieben hast du ja schon!«

»Allerdings«, rief Evi empört aus. »Das ist doch unglaublich. Schick sie sofort weg, oder ich wechsle meinen Anwalt.«

»Vielleicht solltest du vorher noch einmal mit Charlie reden«, sagte Norbert. »Schließlich ist er der Vater deines Kindes.«

»Norbert!«

»Schon gut, ich schicke es ja weg.«

Ermattet legte Norbert auf. Jetzt war es also soweit! Wenn er die Papiere wegschickte, war die Scheidung der beiden wirklich nicht mehr aufzuhalten. Nach einer Weile des Grübelns griff er nach dem Hörer und wählte die Nummer von Charlies Büro.

»Schweis hier«, sagte er. »Ich wollte Ihnen nur mitteilen, daß Ihre Frau gerade ausdrücklich verlangt hat, die Scheidungspapiere einzureichen. Ich habe es so lange es ging hinausgezögert. Aber jetzt muß ich es tun.«

»Oh«, machte Charlie.

»Ja, oh, und ich sage Ihnen auch besser gleich, warum. Ihre Geliebte, diese meiner Ansicht nach völlig schamlos Person namens Margitta, hat Evi gesagt, Sie wünschten die Scheidung, damit Sie ein Kind mit besagter Person bekommen könnten, was wiederum Ihr innigster Wunsch sei.«

»Oh«, sagte Charlie wieder.

»Tja, und da ich irgendwie bescheuert bin und in jeder Beziehung gegen meine Pflichten als Anwalt verstoße, weil ich Ihnen derartige Informationen zuspiele, rate ich Ihnen hiermit: Falls sie diese Frau lieben, und damit meine ich das kleine Schneewittchen und nicht die böse Königin, also, falls Sie Evi lieben, dann reden Sie ihr diese Scheidung aus, ehe es zu spät ist.«

»Aber …« Charlie verstand die Welt nicht mehr. »Wieso sollte sie sich davon abbringen lassen?«

»Weil sie Sie liebt, Sie Holzkopf«, sagte Norbert und legte den Hörer auf. Wenn er so weiter machte, war er bald seine Konzession los. Aber das Seelenheil seiner Klientin war ihm in diesem Fall mehr wert.

❦

Charlie verfiel nach diesem Telefonat in tiefes Grübeln.

Evi sollte ihn noch lieben? Wieso hatte sie sich dann diesem Nasenbären namens Kaspar an den Hals geschmissen? Oder hatte sie ihn am Ende gar nicht mehr? Bei ihrem letzten Streit vor Monaten hatte sie so etwas angedeutet, von wegen seine Informationsquellen, sprich Margitta, seien nicht unbedingt sehr zuverlässig.

Und selbst wenn sie tatsächlich noch mit diesem Kaspar zusammen war, konnte dieser Schweis ja recht haben mit seiner Vermutung. Denn er, Charlie, liebte

Evi schließlich auch noch und war trotzdem mit Margitta zusammen.

Charlie richtete sich kerzengerade auf. Was hatte er da eben gedacht? Daß er Evi noch liebte? War er denn von allen guten Geistern verlassen? Diese völlig fremde Person, die da draußen eine *Hühnerzucht* aufgemacht hatte und ihn stets mit diesen spöttischen Blicken bedachte? Dieses Weibsstück, das ihn jedesmal zur Weißglut trieb, wenn er sie sah, *diese* Frau sollte er tatsächlich noch lieben?

Charlie ließ sich wieder in seinen Chefsessel zurückfallen. Ja, es war die Wahrheit. Er liebte Evi. Und zwar mehr denn je. In den letzten Jahren hatte er sie einfach als selbstverständlich hingenommen, seine süße, liebe, verständnisvolle Frau. Er hatte sich gar nicht klargemacht, was er an ihr zu verlieren gehabt hatte. Und jetzt fehlte sie ihm; sie fehlte ihm ganz schrecklich, und er verzehrte sich vor Eifersucht, wenn er nur daran dachte, daß diese Dicknase …

Sicher, sie hatte sich verändert, aber ihr war ja auch gar nichts anderes übriggeblieben. Charlie hatte sie unbestritten saumiserabel behandelt. Auch wenn es niemals seine Absicht gewesen war, daß Evi von seiner Affäre Wind bekommt, hatte er schon ein- oder zweimal mit dem Gedanken gespielt, Evi gegen Margitta auszutauschen. Nicht, weil er Margitta so viel lieber gemocht hätte, im Gegenteil, aber in ihm hatte sich die Idee festgesetzt, daß jemand wie Margitta, so welterfahren und erwachsen, am Ende doch besser zu ihm passen könnte, jetzt, wo er ganz groß in die Politik einsteigen wollte.

Er hatte auch nicht daran gedacht, seine Affäre zu beenden, obwohl es der Anstand geboten hätte. Dazu war ihm sein Leben, so wie er es sich eingerichtet hatte, einfach zu bequem gewesen. Jetzt, aus der Distanz, empfand er sehr wohl die Ungerechtigkeit, die in seiner Einstellung gelegen hatte. Aber wenn Evi ihn vor die Wahl gestellt hätte, mit Margitta Schluß zu machen oder Evi ganz zu verlieren, hätte er sich in jedem Fall für Evi entschieden, das hatte er immer gewußt. Aber Evi hatte ihn ja nicht vor diese Wahl gestellt. Sie hatte es ja vorgezogen, einfach auf und davon zu gehen. Und dann auch noch mit einem anderen. Charlie gestand sich ein, daß er ihr das sehr, sehr übel genommen und bis heute nicht verziehen hatte.

Aber wenn dieser Schweis sagte, sie liebe ihn noch, und er hatte damit recht, dann würde Charlie Evi verzeihen. Schließlich hatte sie es ihm nur mit gleicher Münze heimgezahlt. Ein Wort von ihr, und alles wäre wieder gut.

Plötzlich hielt Charlie es nicht mehr in seinem Sessel aus. Er sprang auf, nahm seine Jacke und sagte seiner Sekretärin, daß er für den Rest des Tages außer Haus sei. Gerade als er im Erdgeschoß durch die gewaltige Drehtür ging, lief ihm Margitta in die Arme.

»Wolltest du weg? Wir waren zum Mittagessen verabredet, vergessen?« fragte sie.

»Ähm … stimmt … richtig. Aber ich habe … ähm … einen Termin beim … ähm … Zahnarzt«, stammelte Charlie.

»Oh, bitte nicht, Charlie. Nicht heute. Ich habe den Artikel fertig und wollte ihn dir zeigen, bevor ich ihn in die Redaktion faxe.«

»Margitta, ich kann wirklich nicht.« Charlie wollte schon an ihr vorbeigehen und sie einfach stehenlassen, als ihm noch etwas einfiel. »Hör mal, warst du diese Tage bei Evi draußen und hast ihr erzählt, ich wolle ein Kind mit dir?«

Margitta schluckte.

»Nein, das habe ich nicht. Wenn sie das sagt, lügt sie.« Sie strich sich die Haare aus der Stirn. »Sie hat's ganz einfach umgedreht.«

»Inwiefern?«

»Na ja, sie sagte, daß sie und Kaspar kräftig daran arbeiten, ein Kind zu bekommen. Ach Charlie, müssen wir wieder von Evi reden? Der Artikel ist, glaube ich, ganz wunderbar geworden. Die Leute werden sich dein Gesicht und deinen Namen merken und ihr Leben lang nur dich wählen.«

»Laß das jetzt mal.« Charlie schob Margitta von sich. »Du sagst also, Evi möchte mit Kaspar ein Kind bekommen?«

»Ja, unbedingt, so hat sie es mir gesagt. Ehrlich gesagt, sie sah sogar schon ein bißchen schwanger aus, wenn ich es mir recht überlege.« Margitta legte die Hand auf ihren Bauch. »So eine kleine Wampe, weißt du. Und dieses selige Lächeln im Gesicht, wenn sie seinen Namen aussprach. Es scheint wirklich die ganz große Liebe zu sein.«

Charlie kaute an seiner Unterlippe. Sein Gehirn arbeitete fieberhaft.

»Ich bin gleich wieder da«, sagte er dann. »Warte hier unten.«

Ganz gegen seine Gewohnheit nahm er nicht den Aufzug sondern die Treppe hinauf in sein Büro, wo ihn seine Sekretärin nur als vorbeischießenden Blitz wahrnahm. Mit fliegenden Fingern wählte er die Nummer der Kanzlei von Norbert Schweis.

»Charlie Bennemann hier. Warum haben Sie mir nicht gesagt, daß Evi schwanger ist?« Zugegeben, das war ein Schuß ins Blaue, aber nur so würde er die Wahrheit herausfinden.

»Woher wissen Sie das?« fragte Norbert verblüfft zurück, und damit wußte Charlie, was er wissen wollte.

»Meine Geliebte, die Sie nicht leiden können, hat es mir soeben gesagt, und ich bin ihr sehr dankbar, daß sie mir die Augen geöffnet hat!« rief Charlie. »Morgen haben Sie auch die Scheidungspapiere von meinem Anwalt auf dem Tisch!«

»Hey«, rief Norbert zurück. »Sie Schafskopf, was reden Sie sich denn da zusammen?«

»Wünschen Sie Evi, ihrem Liebhaber und dem Fötus bitte alles Gute von mir«, fuhr Charlie fort. »Ich glaube nicht, daß ich sie bis zum Scheidungstermin noch einmal persönlich sehen will.«

Und damit knallte er den Hörer auf. Auf seiner privaten Toilette spritzte er sich mehrere Liter eiskaltes Wasser ins Gesicht. Evi war schwanger! Seine Evi war schwanger von einem anderen Mann. Und er hatte tatsächlich geglaubt – und wenn es auch nur für ein paar Minuten gewesen war – sie würden neu anfangen können, vielleicht selber noch ein Baby bekommen.

Wie hatte er nur so blöd sein können! Evi, das stand ja jetzt zweifellos fest, liebte diesen Kaspar, und ihre Ehe gehörte damit ein für allemal der Vergangenheit an. Also vorwärts schauen.

Er betrachtete sein Gesicht im Spiegel und versuchte ein Lächeln. Es gelang nicht so recht. Na gut, er würde Margitta erklären, daß sein Weisheitszahn ihm wieder mal Probleme bereitete. Das war doch Grund genug, so bedröppelt aus der Wäsche zu schauen.

❦

»Kaspar, Gefahr im Verzug«, rief Norbert, kaum daß er die gemeinsame Wohnung betreten hatte.

Kaspar streckte seinen Kopf aus dem Arbeitszimmer, wo er für eine Klausur gebüffelt hatte. »Was'n los?«

Norbert hängte seine Jacke an die Garderobe und machte ein zerknirschtes Gesicht. »Ich glaube, ich habe ein bißchen zuviel Schicksal gespielt. Evi hatte gestern Besuch von dieser Margitta-Ziege, und heute wollte sie von mir wissen, wann wir die Scheidung eingereicht hätten und wie lange es noch dauern würde, bis sie endlich frei wäre. Na ja, wie du vielleicht weißt, hatte ich die Scheidungspapiere noch zurückgehalten, weil ich fest davon überzeugt bin, daß die beiden sich noch lieben. Und Liebende sollte man meiner Ansicht nach nicht scheiden. Es gibt zu wenige davon.«

»Norbert! Wo liegt jetzt das Problem?«

»Na ja, ich mußte zugeben, daß ich die Papiere eben noch nicht eingereicht habe, und da diese Margitta Evi so richtig fuchsteufelswild gemacht hat, bestand sie darauf, das sofort nachzuholen. Also habe ich bei diesem Hitzkopf namens Charlie angerufen, um ihm eben dies mitzuteilen.«

»Darfst du das denn? Ich meine, so als Anwalt?«

»Nö, die feine, legale Art ist es nicht«, gab Norbert zu. »Aber wenn man zwei Menschen glücklich machen kann, muß man auf die Schweigepflicht scheißen! Ich habe Charlie auf jeden Fall gesteckt, daß Evi ihn noch liebt. Und dann, keine Stunde später, ruft er mich an und sagt, daß Evi schwanger ist.«

»Stimmt ja auch. Woher weiß er denn das?«

»Ja, das habe ich ihn auch gefragt. Von dieser Margitta, ist doch klar. Und aus irgendeinem Grund war dieser Charlie aber stinksauer darüber und reicht jetzt seinerseits die Scheidung ein.«

»Das verstehe ich nicht«, sagte Kaspar. »Ich weiß nämlich von Evi, daß sie dieser Margitta gesagt hat, daß die Geschichte mit mir bloß Erfindung ist und daß ich schwul bin. Also kann Charlie ja nicht glauben, daß ich der Übeltäter bin.«

»Tja, ich schätze, das hat Margitta Charlie nicht verraten. Jedenfalls glaubt der jetzt, daß Evi von dir schwanger ist und ihn nicht mehr liebt.«

»Da hast du was Feines angerichtet!«

»*Ich?* Das war, wenn überhaupt, diese Margitta, die alte Hexe.«

»Mist. Die hat ihn wirklich gut unter Kontrolle. Sie bringt einen Artikel über ihn in ihrem Blatt und so'n Zeugs. Das beeindruckt ihn natürlich.« Kaspar hielt inne. Ein Lächeln breitete sich auf seinem Gesicht aus. »Norbert! Ich habe gerade die beste Idee meines Lebens.«

»Laß hören.«

»Sicher hat die Kuh den Artikel über Charlie zu Hause in ihrem Computer gespeichert. Und am Internet hängt sie sicher auch. Ich könnte mich dort einhacken ...«

»... und den Artikel verändern! Dann kann Charlie die ganze Wahrheit in der Zeitung lesen!« ergänzte Norbert. »Das ist viel spektakulärer, als einfach mit ihm zu reden. Kommst du denn bei ihr rein?«

»Du meinst, in ihr Programm?« verbesserte Kaspar. »Dürfte kein Problem für ein Genie meiner Größenordnung darstellen. Das Ding dann anschließend per E-mail an die Redaktion mit der Bemerkung zu schicken, es wären noch ein paar Änderungen vorgenommen worden, ist dann nur noch ein Klacks.«

Kaspar verschwand voller Tatendrang in seinem Arbeitszimmer.

»Ich rufe dich, wenn ich drin bin«, sagte er über seine Schulter.

Nur eine dreiviertel Stunde später war es soweit.

»Du bist der helle Wahnsinn«, sagte Norbert und hockte sich neben ihn vor den Bildschirm. Da war er, der Artikel über Charlie, sein erstes Porträt in einer überregionalen Zeitschrift. Das Foto konnten sie leider nicht sehen, aber nach dem Platz zu schließen, den Margitta dafür gelassen hatte, war es riesenhaft.

Norbert überflog den Text. »Charlie Bennemann, das neue Aushängeschild der, blabla, zwölf Stunden Arbeit täglich ... ohne die gute Laune zu verlieren, ... Ehrlichkeit und Offenheit, ... seine Jugend, Humor, blabla, laber laber, ein Mann, den die Frauen lieben und die Männer schätzen ... Ich faß es nicht. Kein einziges Wort über seine Familie, seine kleine Tochter, seine schwangere Frau!!! Die ist wirklich hartgesotten, diese

Margitta. Naja, ändern wir es eben entsprechend um. Ehre, wem Ehre gebührt!«

❦

Lügen machen sich niemals bezahlt, dachte Charlie, als er ein paar Tage später mit Zahnschmerzen aufwachte.

Wenn er Margitta neulich nicht gesagt hätte, daß sein Weisheitszahn wieder mal verrücktspielt, dann hätte der ihn jetzt nicht so brutal geweckt. Jetzt war der Zahn nämlich böse und wollte wirklich verrücktspielen.

Im Badezimmerspiegel sah Charlie, daß seine Wange geschwollen war. Seine Augen waren ebenfalls geschwollen, denn zu seinem eigenen Entsetzen heulte er jede Nacht. Wegen Evi, weil sie schwanger war von diesem anderen Kerl, und weil sie für immer verloren war.

»Wie siehst du denn aus?« fragte Agnes, als er am Frühstückstisch erschien. »Bist du gegen irgendwas allergisch, oder hast du einfach zu viel getrunken?«

»Zahnschmerzen«, stöhnte Charlie. »Aber ich habe heute morgen eine wichtige Sitzung, da kann ich nicht fehlen.«

»Ich rufe Doktor Ullmann an und sage, daß Fanny heute nicht alleine kommt«, meinte Agnes. »Du gehst einfach mit ihr, sie hat ohnehin einen Termin, und dann mußt du nicht warten, in Ordnung?«

Charlie war mit allem einverstanden. Nur mit Mühe überstand er die Sitzung, nahm dann, um den Straßenverkehr nicht zu gefährden, ein Taxi nach Hause und fuhr mit dem gleichen Taxi und Fanny neben sich weiter zum Zahnarzt.

»Zuviele Süßigkeiten gegessen?« erkundigte sich Fanny schadenfroh. Sie selber hatte fürchterliche Angst vor Doktor Ullmann und war insgeheim erleichtert, ihren Papa an ihrer Seite zu haben. »Papa, am Mittwoch kriegen wir Zeugnisse, und ich habe fünf Einsen und sieben Zweien. Und keine Drei. Agnes sagt, ich brauche mir gar nicht so große Mühe zu geben, weil ich nach den Ferien sowieso auf eine Trottelschule komme, stimmt das?«

»Hmhmhm«, röchelte Charlie. Der Schmerz in seinem Kiefer wurde sekündlich stärker. »Blödsinn.«

»Warum sagt Agnes es dann?«

»Fanny, mein Zahn schmerzt so schrecklich. Können wir ein anderes Mal über solche Dinge reden?«

»Na gut. Ich laß dich auch zuerst dran«, meinte Fanny, als sie vor der Praxis aus dem Taxi stiegen. »Und wenn es bei dir länger dauert, dann macht das gar nichts.«

Aber Doktor Ullmann durchkreuzte ihren nicht ganz so uneigennützigen Plan. Er sagte, Charlie müsse noch ein wenig warten, Fanny habe schließlich den Termin, und er sei auch ganz schnell mit ihr fertig.

So nahm Charlie im Wartezimmer Platz, hielt sich die Wange und bemitleidete sich selbst. Auf dem Tischchen in der Mitte lagen mehrere Zeitschriften, unter anderem die brandneue Ausgabe von *Focus*. Da er gerade heute erschienen war, hatte Charlie ihn noch nicht gelesen und griff danach, ehe ein anderer ihn ihm wegschnappen konnte. Unter dem *Focus* lag das Blatt, für das Margitta arbeitete. Ebenfalls die heutige, brandneue Ausgabe. Sogleich legte er den *Focus* auf die Seite, denn soviel er wußte, war sein Artikel in der Juli-Ausgabe, und den mußte er doch unbedingt lesen.

Charlie Bennemann – ein Porträt – Seite 40. Wunderbar, da war es ja. Ein riesiges, schmeichelhaftes Foto von ihm und darunter zwei Spalten Text. Das hatte Margitta gut gemacht.

Sich mit der einen Hand den pochenden Kiefer haltend, widmete er sich der Lektüre. Gleich darauf vergaß er den Zahn vollkommen.

... hat Charlie Bennemann schon sehr jung die Freuden, die Verantwortung und auch die Probleme des Familienlebens kennengelernt ... Seine zauberhafte Frau Evelyn, 26, erwartet zur Zeit das zweite Kind ... Bei Bennemann, der sich in der Politik vor allem für die Gleichberechtigung sogenannter Randgruppen einsetzen will, kommt die Familie an erster Stelle. Seine Frau und seine Tochter Fanny, 10, freuen sich auf den Umzug in das kleine Landhaus in Rabeneck, wo sich der erst Dreißigjährige von seinem anstrengenden Arbeitstag erholen und mal ganz abschalten soll ... Nicht immer war das Familienleben so sonnig, wie es jetzt wieder den Anschein macht. Das junge Paar hat gerade eine Krise hinter sich gebracht, an der die Ehe beinahe gescheitert wäre. Aber: »Es lohnt sich, um das zu kämpfen, was man liebt«, sagt Bennemann, und meint damit nicht nur seine Frau, sondern auch die Themen der Politik, die ihm am Herzen liegen ... »Charlie ist der geborene Politiker«, sagt seine Ehefrau: »Er ist ehrlich, engagiert und ge-

recht. Aber ich würde mir wünschen, daß er seine Karriere noch ein paar Jahre nach hinten verschiebt, um als Vater für seine beiden Kinder präsent zu sein ...

Völlig verblüfft ließ Charlie die Zeitung sinken. Das sollte Margitta geschrieben haben? Und was sollte das heißen, *seine* beiden Kinder! Eins davon war doch nachweislich von diesem Nasenkaspar!

»Papa! Du siehst wieder aus wie ein betrunkenes Schaf«, sagte Fanny. Sie stand vor ihm und strahlte über das ganze Gesicht. Der Zahnarzt hatte nicht gebohrt. »Du bist dran.«

Charlie rührte sich nicht. Die Gedanken in seinem schmerzenden Kopf wirbelten wieder einmal durcheinander.

»Papa, das bist ja du in der Zeitung!«

»Da stehst du auch drin«, murmelte Charlie, »und daß deine Mama ein Baby bekommt. Eigentlich alles, was keinen was angeht. Außer, daß das Baby von einem anderen ist.«

»Von wem denn?« fragte Fanny und kicherte. »Papa, du bist wirklich manchmal ziemlich dumm. Das Baby kann nicht von einem anderen sein, weil es ganz fest in Mamas Bauch drinnen wächst. Ich habe es sogar schon mal gefühlt!«

»Ich meinte nicht, daß das Baby nicht von deiner Mutter ist«, sagte Charlie böse. »Ich meinte nur, die Art, wie es da hineingekommen ist.«

Fanny kicherte wieder. »Das weißt du nicht? Also, das ist eigentlich ganz einfach, auch wenn es sich ziemlich ekelhaft anhört. Paß auf, der Mann, der hat ja einen Penis, und ...«

»Fanny! Ich weiß, wie das geht.«

»Na also. Aber, Papa, wie ist das denn, wenn man schwül ist?«

»Wie bitte?«

»Ja, schwül eben. Kann man dann auch Kinder bekommen?«

»Fanny, du raubst mir den letzten Nerv.« Charlie war unfähig, einen klaren Gedanken zu fassen. Er mußte das Gelesene erstmal verdauen und hatte keine Zeit für Fannys Gedankensprünge und Aufklärungsunterricht.

»Weil Nobbi und Kaspar doch schwül sind. Mama sagt, das ist genau, wie wenn Mann und Frau sich lieben. Aber wie ist es denn dann mit den Babys?«

»Kaspar ist schwul?« Ganz langsam fiel bei Charlie der Groschen.

»Ja«, sagte Fanny. »Und Norbert auch. Und Kaspar sagt, ganz viele andere auch. Der eine Mann im Fernsehen zum Beispiel, und ganz viele andere noch, weil schwül sein, das ist ganz normal.«

Endlich kam das Leben in Charlie zurück. »Komm, Fanny, wir gehen. Wir rufen uns ein Taxi.«

»Aber dein Zahn! Doktor Ullmann wartet schon.«

»Der ist jetzt nicht so wichtig«, rief Charlie. »Wir müssen nach Rabeneck zu deiner Mutter!«

❦

Evi schnitt sich einige blühende Zweige der Kletterrose mit dem schönen Namen *Fairy* ab, die den halben Pavillon zuwucherte. Sie würden sich in der Vase auf dem Küchentisch wunderbar machen.

»Evi, hallo!«

»Hallo, Monalisa, wo warst du den ganzen Vormittag? Ich wollte dein Rezept für versunkenen Kirschkuchen.«

»Ich war bei einer Klientin, die die Karten gelegt haben wollte. Ich habe auch eine Tageskarte für dich gezogen, und ich kann dir nur sagen, dies ist ein ganz besonderer Tag für dich.«

»Ganz besonders schön oder ganz besonders scheußlich?«

»Ganz besonders wichtig«, antwortete Monalisa. »Für den Rest deines Lebens entscheidend.«

»Soso«, sagte Evi und seufzte. »Na ja, bis jetzt hat jedenfalls nicht mal das Telefon geklingelt. Und Post habe ich auch keine gekriegt. Der oder die Kleine in meinem Bauch strampelt herum, und ich bin ziemlich kaputt. Wenn ich Fannys Bett überzogen habe, lege mich ein bißchen hin.«

»Das würde ich nicht tun«, sagte Monalisa. »Es könnte gut sein, daß du Besuch bekommst, und zwar bald.«

»Mir egal«, sagte Evi und gähnte. »Ich brauche jetzt einfach ein bißchen Ruhe. Den Kirschkuchen backe ich dann morgen.«

Sie winkte Monalisa zu und schlenderte mit den Rosen im Arm ins Haus zurück. Willi und Melusine flitzten dabei zwischen ihren Beinen umher. Die beiden Katzen waren in den letzten Wochen sehr gewachsen, aber immer noch furchtbar verspielt.

Nachdem Evi die Rosen in einen Krug mit Wasser gestellt hatte, stieg sie damit hinauf ins sonnendurchflutete Dachgeschoß. Das Haus war wirklich zauberhaft geworden. Es gab immer noch Ecken, an denen es nicht fertig war, aber das war auch ganz gut so, denn Evi freute sich darauf, es in den nächsten Jahren nach und nach zu gestalten. Wenn erst mal der Kleine da war, würde sie auch ihren Kummer wegen Charlie überwunden haben. Sicher, er fehlte ihr sehr, so sehr, daß sie sich jeden Abend in den Schlaf weinte. Aber sie sagte sich jedesmal, daß er's nicht wert sei, zumal er jetzt mit dieser Ziege von Margitta zusammen war und sogar ein Kind mit ihr wollte.

Im Badezimmer ließ sie kaltes Wasser über ihre Handgelenke laufen, kämmte sich ausgiebig die Locken, die mittlerweile bis auf ihre Schultern herabfielen, stellte den Krug mit den Rosen auf ihren Nachttisch und legte sich dann – nur im Slip – in ihr mit weißem Leinen überzogenes Himmelbett. Zwei Minuten später war sie tief und fest eingeschlafen, obwohl die beiden Katzen ihr gefolgt waren und rund ums Bett Nachlaufen spielten.

Auch das Klingeln eine halbe Stunde später hörte sie nicht.

»Der Wagen ist aber da«, stellte Fanny fest. »Sie ist sicher im Garten. Komm mit, Papa.«

Charlie folgte seiner Tochter hinters Haus. Der sommerliche Garten mit seinen gemähten Rasenflächen, den vielen, üppig blühenden Pflanzen und den Obstbäumen machte einen gepflegten Eindruck. Charlie mußte daran denken, wie verlottert hier vor ein paar Wochen noch alles ausgesehen hatte. Und das Haus erst. Evi hatte wirklich ein Wunder vollbracht.

»Keiner da«, sagte er zu Fanny.

»Vielleicht ist sie nebenan bei Monalisa und Aurora«, mutmaßte Fanny. »Weit ist sie jedenfalls nicht. Das Schlafzimmerfenster steht offen, siehst du? Wenn wir die Leiter aus der Garage holen, kann ich hinaufklettern und dir die Haustür öffnen.«

»In Ordnung«, sagte Charlie, bestand aber darauf, selber hinaufzuklettern.

»Aber dein Zahn«, erinnerte ihn Fanny. »Du hast drei Schmerztabletten genommen, und auf der Packungsbeilage stand, man darf höchstens zwei nehmen.«

»Eine Leiter werde ich ja wohl noch hochklettern können«, sagte Charlie und lehnte die Leiter an die schneeweiße Hauswand. Ihm war tatsächlich ein wenig schwindlig, je höher er kam, desto wackeliger wurde er.

»Fall jetzt bloß nicht runter«, schrie Fanny. »Und guck nicht nach unten, sonst wird dir schlecht!«

Endlich hatte Charlie es geschafft. Er schwang beide Beine auf das Fenstersims und hielt dann inne. Vor ihm stand ein Himmelbett, dessen weiße, durchsichtige Vorhänge sich sachte im Wind bewegten. Und auf dem Bett lag, wie einst Dornröschen, seine Evi und schlief, die Locken auf das Kissen gebreitet. Am Fußende hatten sich zwei kleine Katzen zusammengerollt, die ihn mit großen Augen anschauten.

»Was ist denn?« schrie Fanny von unten. »Mach mir die Tür auf! Worauf wartest du?«

»Erst muß ich Dornröschen wachküssen«, sagte Charlie und beugte sich über die schlafende Evi.

»Ich liebe dich«, sagte er und wäre beinahe in Tränen ausgebrochen. »Wenn du mich noch willst – hier bin ich.«

Evi rührte sich nicht.

»Das sind die Hormone«, sagte Fanny, die hinter ihm durch das Fenster gekraxelt kam. »Die sorgen dafür, daß sie immer und überall schlafen kann.«

Mit einem einzigen Satz landete sie mitten auf dem Bett.

»Mamaaaaa! Wach auf. Wir sind da!«

Evi schlug die Augen auf.

»Was macht ihr denn hier?« fragte sie blinzelnd.

»Papa hat in der Zeitung gelesen, daß du ihn noch liebst, und jetzt wollte er fragen, ob das wahr ist.«

Charlie wurde rot, Evi ebenfalls. Sie sahen einander verlegen an.

»Dumme Frage«, half ihnen Fanny aus der Patsche. Sie zeigte auf das Foto, das auf Evis Nachttisch lag. »Würde sie sonst wohl dein Bild dahin stellen, Papa?«

»Na ja, vielleicht ist sie aber einfach viel zu wütend auf mich«, sagte Charlie. Er und Evi sahen einander weiter in die Augen.

»Nö, ist sie nicht. Wenn du ihr sagst, daß du Margitta ätzend findest und daß du ab jetzt hier draußen bei uns wohnst und daß du mir ein Pferd kaufst und daß du versprichst, daß Agnes niemals mit uns Weihnachten feiert und mir niemals mehr Aktien schenkt, dann verzeiht Mama dir, nicht wahr, Mama?«

»Bis auf das mit dem Pferd«, sagte Evi.

Charlie versuchte ein Lächeln. »Willst du mich wirklich wiederhaben? Wenn ich verspreche, daß ich von jetzt ab weiß, was ich an dir habe? Und daß Margitta der Vergangenheit angehört?«

Evi nickte.

»Du lieber Himmel, was ist mit deinem Gesicht passiert?« fragte sie. »Es ist ganz schief!«

»Aber küssen darfst du ihn trotzdem«, sagte Fanny, und das tat Evi dann auch.